証し

矢口敦子

幻冬舎文庫

証し

I

このごろ、夜が近づくと、おにいちゃんはなんだか胸が痛くなってくる。

前のように、ママとパパのお部屋で寝たい。だけれども、ママは首をたてにふってくれない。ミルクを全部飲みなさいと言う時と同じ顔と声で言う。

「おにいちゃんはもうおっきいんだからね、一人で寝なくちゃ駄目よ」

ママとパパの間には、にっくきてっちゃんがすやすやと眠っている。

なにもかも、このてっちゃんから始まったんだ。こうのとりに連れられててっちゃんがやってきたために、「たっちゃん」は「おにいちゃん」になり、家から大好きなミケもいなくなってしまったんだ。

もう一度ママとパパの間にはさまって眠りたい。どうしてそう思っちゃいけないんだろう。ある夜更け、おにいちゃんはひどく怖い夢を見て目が覚めた。怖くて震えているのに、隣には慰めてくれるママもパパもいない。

もう我慢できなかった。ベッドを出、ママとパパとてっちゃんの眠る階下へ駆けおりていった。絶対ママに抱きしめてもらうんだ。

不意に、ママとパパとてっちゃんの部屋から誰かが出てきた。背中から明かりを受けて、顔は見えない。黒ずくめの人だった。ううん、人ではないのかもしれない。夢の中から現れ出た魔神、そんなふうに見えた。生のお魚のような臭いがしていた。おにいちゃんは石のようにこり固まって、魔神を見つめた。

「どうしたの」

魔神は、とてもやさしい声で聞いた。左手を伸ばし、おにいちゃんのほっぺたを撫でた。涙をぬぐってくれたのだ。この魔神は、おにいちゃんの味方だ。

「僕ね」おにいちゃんは一所懸命訴えた。「怖い夢を見たの。ママに聞いてほしいんだ」

「ママはもう眠っているよ。きみも眠ろうね」

「じゃ、ママとパパの間じゃなきゃいやだ」

「ママとパパの間で寝よう」

「てっちゃんなしで！」

「うん、いいよ」

すごく幸せな気分になった。その瞬間、魔神は右手をふりあげた。おにいちゃんは反射的に、その手を見上げた。おにいちゃんの目に、鈍い光を放つ切っ先が映った。次の瞬間、背中になにかを感じた。なにかを激痛と知る間もなく、おにいちゃんは頭の中が真っ暗になった。

「一人で大丈夫？」

女の子はにっこり笑って、手をふった。富樫も手をふった。木綿子は富樫を半ばひきずるようにして、歩き出した。

「あなたって、ロリコンだったの」

「まさか」

「じゃあ、子供好き？」

「そうでもないよ。ただ、こんなホテルのロビーに一人ぽつんといたから、気になっただけ」

「やっぱり捨子かも。あ、それとも破産して、両親は最後の晩餐をとってから一家心中しようと考えていたんだけれど、どうしても娘を連れていく気になれず、置き去りにした」

「よしてよ。そんな切ないことは考えたくない」

富樫は、軟弱な男の言いそうなことを言った。そして、それきり女の子への関心を捨てたようだった。

木綿子は、富樫への幻滅を深めた。こんな男は、美味なところもあれば苦いところもある現実をともに食べていくのにふさわしい相手ではない。癌の手術の時にはそれなりにたのもしく見えたけれど、木綿子の気が弱っていたための錯覚だったのだろう。

それでも木綿子は、ディナーを終えるまでは、辛抱して付き合っていた。にこやかとは言いがたかったが、富樫は木綿子が時折ひどく気むずかしくなるのに慣れていたから、おかしいとは思わなかっただろう。

美術商の父親から画廊のひとつをまかされた富樫は、不況のあおりをもろに受けていた。バブル期せっかく銀座に進出した画廊だったが、一、二年前にはとうとう維持費を節約するために撤退しなければならなくなった。

だが、富樫のデートのおしゃべりに愚痴がまじることはない。いい顧客を紹介してくれる恋人の前だからやせ我慢しているわけではない。もともと仕事より遊びを優先させる男なのだ。富樫の画廊はそのうちに人手にわたるだろうと、木綿子は見ている。

愚痴がまじらないから楽しいかといえば、そうともかぎらない。少なくとも、この日の木綿子は、充分に楽しめなかった。富樫の口から流れ出る言葉は、木綿子の耳のふちを上滑っていくだけだった。

フランス料理店にもかかわらず、デザートは砂糖菓子製の男雛女雛《めびな》をわきに置いた、桃のシャーベットだった。雛人形を見て、富樫は言った。

「うちは、雛人形を三日をすぎてもわざわざ飾っておいたんだよ。なぜだか分かる」

「さあ」

「親父が、雛人形をその日のうちに片づけなければ娘が嫁に行き遅れるという迷信を信じていたんだ。一人娘を結婚させたくなかったんだな。ところが、親父の努力もなんのその、妹は大学を出るとさっさと男を見つけて結婚してしまったよ」

そう言って、富樫は明るく笑った。

それがどうしたの、という言葉を、木綿子は憮然と飲み込んだ。木綿子の実家には雛飾りはなかった。貧乏だったからではない証拠に、弟のための五月人形は立派なのがあった。継母が、木綿子に雛人形など必要ないと判断したのだろう。

そう、私は雛人形なんかいらない。家族もいらない。十八の年にアメリカにわたって、木綿子は自分で自分の人生を切り開いた。

当時の木綿子のモットーはこうだった。一、幸運の女神に出会ったら、必ずその前髪をつかまえる。二、愛の女神に出会ったら、これもまた必ずその前髪をつかまえる。三、幸運の女神と愛の女神との関係が相反するようなら、迷わず幸運の女神を選ぶ。

このモットーでもって、木綿子は生きてきた。おかげで幸せ街道をまっしぐらに歩きつづけることができた……ということもない。若い女が一人、異国の地で生き抜くのは並大抵なことではなかった。しばしば進退きわまる事態に遭遇した。しかし、そんな時でも挫《くじ》けなかった。いずれ運命はいいほうに開けると信じて疑わなかったし、実際やがていいほうに開けたものだった。

観光ガイドをやっていた三十歳の時、資産運用会社で一財産築いた男をつかまえることができた。「最初の一歩は、貯めた小遣いの十ドルだった。ハイスクールの時、株を買って倍に増やした。それから……」というのが口癖だった夫のエディは結婚六年目、七十歳で亡くなった。バイアグラを使いすぎたのだ。

会社を運営する自信のなかった木綿子は、エディの持ち株をすべて次期社長に売却した。いまではその会社は存在しない。アメリカのＩＴバブルが崩壊し、会社はそのあおりを食らって倒産したのだ。

年は離れていたけれど気の合った夫を亡くし、一生遊んで暮らせるだけの財産を我が手にした木綿子は、アメリカにたいする憧憬《しょうけい》を失ったことに気がついた。東京に家を買って、十八年ぶりに帰国した。それからしばらくして、アメリカは未曾有《みぞう》のテロに見舞われた。ＩＴバブルに湧くニューヨークで、トライベッカにあった木綿子のコンドミニアムは高値で売却できたが、テロ後だったらそうはいかなかったかもしれない。

ついている。木綿子はそう思った。だが――

体内に空洞が巣くっている。暗い、冷たい空洞だ。それを、木綿子は富樫との久々のデートで発見してしまった。空洞は徐々に拡大して、本体をまるごと乗っ取ってしまうかもしれ

らめいている。すべて人工の光だ。空を見上げれば、そこにあるはずの自然の光はただのひとつも見当たらない。派手で空疎な空間。私みたい。人生に勝利したはずなのに、確固としたものはなにも手にしていない。

子供、唐突にその二文字が木綿子の脳裏に閃《ひらめ》いた。子供がいれば、もしかしたら楽しいかもしれない。

そんなことはいままで一度も考えたことがなかった。たったいま、走りすぎていった車の後部座席に白い帽子をかぶった女の子が乗っていた。それは、偶然にもロビーにいたあの女の子だった。そういう脈絡があったとしても、木綿子が子供のことを考えるのは尋常ではなかった。

木綿子は子供が嫌いだった。夫との間で子供をつくろうとしなかったのは、夫が高齢だったためだけではなく、子供などいないほうが人生を豊かにすごせると信じていたからだ。しかしいま、木綿子は無性に子供がほしくなった。

その理由を、木綿子は半ば見つけている。木綿子は癌の手術の結果、子供を産めない体になった。手に入らないと思うとほしくなる、ないものねだり、そう言ってしまったら、身も蓋もないかもしれない。しかし、病気で不妊となった女の悲劇の面をかぶるより、木綿子の趣味にかなっている。木綿子は負けず嫌いだ。人から同情されることは、金輪際受けつけない。

子供、子供、子供。そうだ。子供こそ空虚な時空を埋める自然の力だ。

唐突に木綿子を訪れたないものねだりは、天啓となって木綿子の胸に住みついた。いまさらのように木綿子は、卵子を冷凍保存もせずに卵巣を二つとも切除してしまったことを悔やんだ。

いまの世の中、クローン技術を使えば自分自身の遺伝子を残すことは可能だろう。

そう、木綿子は、その気になれば非合法に木綿子のクローンをつくってくれそうなアメリカ人科学者を知っている――それとも、アメリカではクローン人間の製造はまだ禁止されていなかっただろうか――。彼に助力をあおぐべきだろうか。

木綿子はすぐさま首をふった。自分とそっくり同じ遺伝子をもった人間など、お断りだった。

同一の遺伝子をもっていたからといって、自分と瓜二つの人格が形成されるとはかぎらない。だが、それにしても、自分を育て直すことになるようで不快だった。

多分、木綿子は彼女に、自分が育つ過程で与えられなかったものを与えすぎてしまうだろう。その結果、自分の心が奥の奥まで見えてしまうにちがいない。それは断固、拒否したいことだった。

木綿子は遺伝子ではなく、子供がほしいのだ。

それならば、養子をもらえばいいだろうか。養子をもらうしかないだろうか。

ふと、記憶の扉がきしむ音が聞こえた。ちょっと待って、さっきの言葉、遺伝子ではなく子供？　そんな言葉を聞いたことがなかっただろうか、遠い昔。

遺伝子のつながりは気にしない。自分の子供と呼べるものであれば、それでいいのだ。遺伝子ではなく子供、それが不妊カップルの望みなのだ。

記憶の扉が開いた。それまで忘却していたのが不思議なほど重大な過去が現れ出た。

木綿子には子供が一ダースくらいいるはずだ。一ダースはオーバーにしても、一人や二人は。

その昔、木綿子はアメリカで食べるのにも困窮したことがあった。売れるものは二つしかなかった。セックスと卵子だ。

エイズがかしましく騒がれていたころでもあり、さまざまな性病のことを考えると、売春には二の足を踏んだ（これでも、木綿子は自分を大事にするほうなのだ）。それで、産婦人科医に卵子を売った。

いまはどうか知らないが、当時の日本では提供卵子による体外受精は認められていなかった。そのため、提供卵子による体外受精や代理母による出産を求めてひそかに渡米する不妊症の日本人カップルが何組もあった。彼らは当然のことながら東洋人の容貌の子供をほしがったから、木綿子の卵子は金になった。

卵子を提供したのは一回きりである。卵子採取前に四週間もホルモン注射を打ったり、採取時に麻酔を使ったりするので、懲りた。とても二千ドルでは割りに合わない。それでも、二十個前後も採卵されたはずである。ドクターが喜んでいたのを覚えている。「これは立派な卵子だ。最低二組のカップルに使えるだろう」と。

それが全部、孵化したとは思えない。しかし、少なくとも一個や二個はめでたく受精して順調に誕生、成長しているにちがいない。その子の半分は木綿子の遺伝子でできているのだから、彼（女）は立派に木綿子の子供である。卵子を提供する時はそんなふうにはまったく考えなかったのだが。

夜空に光がきらめいた。雲の間から星が見えたのだ。そう思いたかったが、実際には羽田にむかう旅客機の灯《ひ》だった。

私は、不妊カップルのように誰の遺伝子でもいいとは思わない。さっきとは矛盾することを、木綿子は考えた。この世に自分の遺伝子を引き継いだ子がいる以上、その子がほしい。

人工の光から目をそむけながら、木綿子は決意した。自分の子供をとり返そう。

この時、運命の歯車がぎしぎしと不穏な音をたてたとしても、木綿子の耳は黙殺しただろう。久々に見いだした人生の新たな目的に、木綿子は熱く高揚していた。

2

暑かったその夏がようやく枯れはじめた九月三十日のことである。

午前八時すぎ、佐伯《さえき》絹恵《きぬえ》は鏡台の前にいた。

朝から頭痛がひどく、顔色が悪かった。まぶたが眠たげに腫れて、鈴のようだった目が糸のようになり、我ながら人前に出せない顔貌だと思う。四十七歳という年齢を考えれば致し方ないが、子供の時から日本人形のようだともてはやされ、降るほどのラブ・レターをもらった娘時代のことを考えると、情けなくなる。

できれば外出などしたくなかったが、しかし仕事を休むわけにはいかない。休めば即クビ、と言いわたされているわけではないが、そうならないともかぎらない。亡夫のつてをたよってようやく見つけた職場だ。頭痛くらいで手放すわけにはいかない。

絹恵は頰紅に手を伸ばした。いつもより厚くファンデーションを塗った顔に、滅多に使うことのない頰紅をさそうとした。その時、玄関のチャイムが鳴った。

こんな朝早くに誰だろう。最近の佐伯家に客が来ることはほとんどない。押し売りかなにかだろうか。

昔の家なら、ドアフォンにはテレビがついていて、来客の顔を確認できたものだ。しかし、四畳半と六畳の二間に台所がついただけのこのアパートに、そういった大袈裟《おおげさ》な小道具は無用の長物だ。

「恵哉《けいや》、出てちょうだい」

絹恵は、襖《ふすま》が閉ざされた奥の四畳半に声をかけた。もちろん、恵哉が出るわけはない。夏休みが終わって気づいてみれば、高校生の息子は不登校になっていた。このごろでは絹恵が家にいる間、自室から出てくることさえ希《まれ》なのだ。先刻承知しているから、声をかけながらも絹恵はすでに玄関へむかって立ち上がっている。

「どなた」

合板のドアのむこうにむかって声をはりあげる。

「……の者です」

男のくぐもった声が返答した。

「どちらの？」

鍵をあけようとして、手がひるんだ。なんだか得体の知れない不安を感じたのだ。まさかこんなぼろアパートに押し込み強盗も来ないだろう。しかし、数カ月前に怪しげな男が周辺をうろついていたことを思い出した。

「警察です。あけてください」

警察。強盗の対極にある存在だ。絹恵は安堵《あんど》して施錠をといた。しかし、強盗の対極であっても悪夢への扉を開くことは可能だ。そのことを、絹恵はこれから思い知らされることになる。

通路には三人の男が立っていた。いずれも背広姿で、若いのが二人と中年が一人だったが、年齢をのぞけば三人ともおそろしく似た顔立ちで、判別がつかなかった。警察よりも押し込み強盗が似合う人相だった。

中年が背広の内ポケットから手帳を出して、絹恵に見せた。警察手帳なのだろうが、そもそもはじめて見るものだから、それが本物かどうか絹恵には判断がつかない。

「佐伯恵哉君はおたくの息子さんですね」

「はい、そうですが」

「いますか」

「いますが、恵哉がなにか」

またかすかな不安が胸に湧いた。このごろ閉じこもりがちの息子がなにか悪さをしたのだろうか。

「ある事件のことで聞きたいことがあります。呼んできてくれますか」

「息子は、このところ私と口をきいてくれないんです。私が呼んでも部屋から出てくるかどうか」

つい愚痴る口調になった。三人の刑事はお互いに顔を見合った。

「上がってもいいですか」

「はい、どうぞ」

部屋のみすぼらしさが、絹恵の頭をかすめた。だが、アパート自体が築何十年にもなる薄汚いものなのだ。いまさら零落した生活を恥じてもしようがない。

三人は靴を脱ぎ、室内に上がった。妙にもの静かな起居《たちい》振る舞いだった。絹恵が恵哉の部屋を指さすと、声もかけずに襖を開いた。

「あっ」という声が刑事の間から上がった。彼らの体が壁になって、部屋の中でなにが起こっているのか絹恵には見えなかった。しかし、なにかが起こっているにちがいない。刑事達が慌てて部屋に入っていった。

四畳半の南がわには窓がある。三人は窓辺にとりついた。

室内に恵哉の姿はない。恵哉が飛び降りたために刑事達が窓に駆け寄ったのだと絹恵が理解するのに、いくらか時間がかかった。部屋は二階であり、息子にかぎらず誰かが窓から飛び降りるとは夢にも思わなかった。

若手の二人がすぐさま玄関へひき返した。靴をはくのももどかしげに外に飛び出していく。一人残った中年は、携帯電話で矢継ぎ早に怒鳴ったりひそひそ話をしたりしている。

窓辺があいたので、絹恵は近寄って下を覗き込んだ。怪我をした恵哉が地べたにうずくまっているのではないか、という想像に反して、下には誰もいなかった。

目を転じると、恵哉がアパートの前の一軒家の屋根からむこうの道路へ降り立とうとしているのが見えた。

前の一軒家はアパートの大家の住まいで、平屋なのだ。平屋とアパートの間には二メートル近い距離にくわえて高低差もあったが、恵哉はその空間をものともしなかったらしい。幼児期、運動音痴で三輪車に乗るのも怖がったことを考えれば、嘘のようだ。

とはいえ、屋根の瓦を傷つけたかもしれない。大家からクレームが来る可能性を考えて、絹恵はいくぶん憂うつになった。あとから考えると、ずいぶん呑気《のんき》な心配だった。

「あの、いったいなにがあったんでしょう」

絹恵は、中年刑事に聞いた。刑事はすでに電話を終えていたが、苦虫を嚙みつぶした表情だった。

「奥さんにもいろいろ聞きたいことがあります。いいですね」

と、懐から手帳とペンを出した。

長くなるらしいと見てとって、絹恵は時間が気になった。間もなく八時三十分。会社には九時十五分までに行かなければならない。通勤に三十分ほどかかるから、そろそろ出なければ遅刻してしまう。

「私、これから会社なんです」

「休んでもらうしかないですね。家宅捜索の立ち会いもしてもらわなければならないし」

家宅捜索と聞いて、絹恵は狼狽《ろうばい》した。高校一年生の息子がかかわりそうな事件といえば万引きとかいじめくらいしか思いつかないが、そんな生易しいものではないのかもしれない。

「恵哉はどんな事件に巻き込まれているんです」

刑事は、探るような目で絹恵を見た。本当にこの母親は事件についてなにも知らないのだろうか。束の間、思案する様子だった。知らないものは知らないから、絹恵は首をしゃんと立てて刑事の顔を見返している。

刑事が口を開いた。

「奥さんは、今月の七日に市内で起こった一家四人の惨殺事件を覚えていますか」

絹恵は最近、ニュースなどに興味をもっていない。生活するのに精一杯で、テレビや新聞で報じられることなどすぐに頭から抜けていく。しかし、一家四人惨殺事件というのは覚えていた。事件現場が以前佐伯家が住んでいた千歳《ちとせ》が丘《おか》だったせいである。そのうえ、あまりに凶悪な事件でしかも未解決のため、三週間ばかり経ったいまも全国ニュースでとりあげられることがあったから、なかなか忘れられなかった。

絹恵がニュースで見聞きした事件の概略はこうである。

惨殺事件が起こったのは七日の夜と思われるが、発覚したのは九日・月曜日の夕方になってからである。月曜日に、長男・織田《おだ》拓摩《たくま》が無断で幼稚園を休んだ。拓摩が連絡なしで休むことはこれまでなかった。幼稚園で拓摩の担当だった藤村《ふじむら》ナホが心配して、幼稚園の終わった三時すぎに織田家を訪れた。

家には鍵がかかっていた。しんと静まりかえって、誰もいないようだった。しかし、ナホは不審なものを感じた。どこが不審か問われれば、せいぜい、まだ明るいのに玄関灯がともっていることくらいだったが。

同じ町内に、織田家の主人・雅芳《まさよし》の姉・三富《みつとみ》礼子《れいこ》が住んでいる。幼稚園での拓摩の緊急連絡先にはその姉の電話番号が記されてあったから、ナホはその番号を押してみた。その結果、礼子と同居している雅芳の母・織田登志子《としこ》が雅芳宅に駆けつけた。

一家が留守にするなどと聞いていなかった登志子は胸騒ぎを感じ、合鍵で中に入った。すると、玄関を入ってすぐの夫婦の寝室の前に血がべっとりと付着していた。寝室に入ってみると、雅芳と雅芳の妻・摩耶子《まやこ》、長男・拓摩が蒲団の中で息絶えていた。生後八カ月にしかならない次男・哲摩《てつま》の姿だけがなく、探すと居間のソファにいて、これも死亡していた。

全員、鋭利な刃物で刺し殺されていた。

摩耶子は寝室の窓ぎわ、拓摩は寝室前の廊下で刺された跡があったが、二人ともわざわざ蒲団まで運ばれ、雅芳と三人、川の字形に並べられていた。逆に、哲摩は蒲団で殺されてから、ソファまで運ばれたものと推定された。

はじめは強盗殺人と思われたが、カードや通帳などは手つかずだったし、財布にも千円札が数枚入っていた。さらに、雅芳のすぐそば（一説によると、雅芳の遺体の上）で、被害者の血液を使って「ＶＳ」と書かれた紙が発見されたため、単なる強盗殺人かどうか疑問を呼んだ。遺体の移動も、なにか意味がありそうだった。なによりも、八カ月の赤ん坊を含む一家皆殺しという凄惨さから、怨恨の可能性が高いとして捜査が始まった。

現場には犯人の手がかりが残っていた。血のついた靴跡と、犯人がもち込んで凶器に使ったと見られる刃こぼれした出刃包丁である。

犯人が合鍵をもっている可能性が疑われたが、織田家から鍵が一本なくなっており、犯人はこの鍵で玄関を施錠したのだろうと結論づけられた。犯人は一家に恨みを抱いていたにしても、合鍵をもつような立場にはなかったのである。

これだけの情報があればすぐに犯人など逮捕されそうなものだと、素人の絹恵は思う。しかし、いまだに容疑者の事情聴取も行なわれていないようだ。

「あの事件と息子となんの関係があるんですか」

絹恵は半信半疑で聞いた。いくらなんでもあんな残酷な事件と息子がかかわりあっているわけはないだろう、とは思う。しかし、犯人が複数であるとの指摘もあり、恵哉が見張り役でもやった可能性までは否定できない。

いや、家にこもっていることの多い恵哉に、そんな悪い仲間ができたとも思えない。では、なんのために刑事はあの事件をもちだしてきたのか。

刑事は絹恵の顔にじっと視線を当てて、話しはじめた。

3

佐伯恵哉は、ずっと後ろ姿を見せて走りつづけている。恵哉を追いかける若松知夫《わかまつともお》と石川《いしかわ》衛《まもる》は、初期にあった十メートルという恵哉との距離をいっこうに縮められない。

若松は二十六歳。石川は二十九歳。二人ともまだ若いつもりだったが、いつの間にか高校生の足にはおよばなくなっていたらしい。石川はそろそろ息が上がりはじめている。若松もそうだ。もっとも、若松は携帯電話で署と連絡をとりながらだから、ただ走っている石川や恵哉より体力を消耗しても仕方がない。

周囲には通勤通学の人々がいるが、その人々にむかって「つかまえてくれ」と叫ぶのは、プロフェッショナルとしてできることではない。たとえ若松や石川が刑事に見えず、いい大人が二人がかりで少年を追いかけるのがみっともいい図ではないとしても。

恵哉がリードをたもっているのは、このへんの地理を熟知しているせいもある。追いつきそうになると不意に路地に飛び込んだりするものだから、こちらの体の動きが狂う。署に応援をたのんでいるのにパトカーがもたもたしているのは、現在自分達がどこを走っていてどこにむかっているか明確でないためである。若松も石川も県警の刑事なので、このへんの地理には不案内なのだ。

それにしても、いつまで奴はこの逃走を続ける気なのか。どんなに体力があっても、逃げきれるわけはないのに。追手の倍もスピードがあるならべつだが。

それはともかく、奴が靴をはいているのはどういうわけだ。まるで、窓からの脱出とそれに続く逃走劇を想定していたかのようではないか。

想定していたのだろう。ということは、奴が一家四人惨殺事件の犯人なのだ。

犯行時間帯に現場付近で恵哉を見かけたという匿名電話が所轄署に来たのは、十日前。ひそかに恵哉の写真を手に入れ、凶器となった出刃包丁を犯人に売ったと思われる店舗をまわった。そして、確かに犯行の前日この写真の少年に出刃包丁を売ったというスーパーマーケットの店員が現れたのが昨日の夕方。それでも慎重を期して、まず任意同行による事情聴取から始めようと今朝、登校時間前に不意討ちで家を訪ねたのだ。

恵哉が犯人だとするなら（犯人に決まっている）十代の少年による凶悪事件がまたひとつ、犯罪史に綴られることになる。困ったことだと石川は思い、若松は腹をたてる。少年では、四人も殺しておいて自分が命を奪われる恐れはないのだ。こんな不公平なことってあるだろうか。

遠くでパトカーのサイレンが鳴っている。どうやら応援が訪れたらしい。もうじきこの追跡劇も終わるだろう。

奴がまた唐突に角を曲がった。しかし、角を曲がると、マンションが立ちはだかっている。この界隈一番の高層建築だ。道路の両脇には一戸建てとアパートが立ち並んでいて、脇道はないようだ。奴はマンションに逃げ込む気か。

逃げ込んだ。これで袋のネズミだ。若松も石川も意気込んでマンション内に駆け込んだ。若松は署に携帯電話でマンション名を告げた、「東町ホームタウン」。

入り口に、恵哉の姿はなかった。わずか十メートルの先行でどこへ消えたのか。マンション内はオートロック方式で、これ以上奥に入るためには住人にガラス扉のロックをといてもらわなければならないらしい。

管理人室の小窓から中年女性が怪訝そうにこちらを見ているのに気づいて、若松が小窓に近寄った。

「いまここに、少年が逃げ込んできませんでしたか」

「逃げ込んだ？」

管理人は、怪しい者を見る目つきだ。若松は、懐から警察手帳を出して見せた。

「警察です。走って入ってきたでしょう。どこへ消えたんです。隠しているんですか」

「いえいえ。あの、ここからは誰も。メール・コーナーにいるんじゃないですか」

管理人が右がわを目でさすのと、石川が管理人室の横の開口部に気がつくのと、同時だった。気づくが早いか、石川はメール・コーナーへ行った。若松も続いた。

四畳ほどの狭い空間だ。メール・ボックスがびっしり並んでいるだけで、身を隠すものなどない。しかし、恵哉は見当たらなかった。

いったいどこへ消えたのだ。奥にマンション内部に通じるらしいドアがあるが、これも鍵がかかっている。妻やその両親とともに大きな一戸建てに住んでいる石川にとっても、警察の独身寮にいる若松にとっても、こういうタイプのマンションは勝手がよく分からない。

いや、そういえば幹部の引っ越しの時にこういうマンションに出入りしたことがあった、などと頭の隅で思い出している暇もあらばこそ、二人はエントランス・ホールへ戻った。パトカーのサイレンがすぐ間近に迫っている。

「誰もいない」

若松は、管理人の責任だと言わんばかりの嚙みつくような言い方をした。管理人は凝固してしまっている。目をきょろきょろと若松と石川の間にさまよわせて、唇をきつくひき結んでいる。

「外部の者が中に入る手段はないんですか」

石川ができるだけやさしく聞くと、管理人はやっと口を開いた。

「あの、住んでいらっしゃる方の後ろをさりげなくついていけば、玄関からでもメール・コーナーのほうからでも入れてしまうと思いますけど。二百人を越える方が住んでいるので、みなさんすべて顔見知りというわけではないですから」

「玄関の扉、管理人室からあけられないんですか」

「えと、私が扉のそばに立てば……あけましょうか」

「あけてくださいよ」

さっさとあけろ、と怒鳴りそうになるのをこらえて、若松は言う。

顔が小窓から消えてたっぷり三十秒経ってから、ようやく管理人がガラス扉のむこうに現れた。

手も触れていないのに、すっと扉が開いた。やっとのことで、しかし呆れるほど簡単に、二人はガラス扉を越えた。

「エレベーターや階段は」

「こちらです」

パトカーが玄関前にとまり、中から制服の警察官が三人、降りてくる。

「中だ」

管理人の後ろについていきながら、若松が制服にむかって叫んだ。しかし、石川は早くも絶望的な気分になっていた。外廊下に出ると、目の前に駐車場があったのだ。外廊下と駐車場の間にはフェンスがはりめぐらされてあるが、二階の窓から飛び降りるような人間にとってはなにほどのものでもないだろう。駐車場のむこうは、もちろん道路だ。このマンションが行き止まりに建っているなんていうのは、よそ者の早とちりだったのだ。恵哉は袋のネズミでもなんでもなく、前もって絶好の逃走経路を調べてあったのだろう。

若松も状況を読みとって、暗澹《あんたん》たる顔つきになった。

制服警官の一人が二基あるエレベーターの標示板を見上げ、それからエレベーターのむかいにある階段に目をやった。エレベーターの標示板は一基が一階、もう一基が十四階、つまり最上階をさしている。

「階段でてっぺんまでのぼってみますか」

「いないと思うな」

若松が力なく言った。

「大丈夫です」

と制服警官は、地域警察官らしからぬ自信ありげな態度だ。彼は若松や石川よりも明らかに年上だ。

「駐車場がわの道路でパトカーが待機していますから、奴がいたらすぐ発見できます」

さすがに地元を知りつくしている「お巡りさん」だ。若松は少なからず感心した。だが、ヘゲモニーは県警の刑事がとるべきだ。

「じゃあ、私とあなたがエレベーターで、あなたとあなたが階段で行ってください。若松君はここに残って見張っていてください」

石川が割り振った。

その時、どさっと砂袋が落ちるような重い音がした。

みんな一斉に、音のした方向をふりかえった。これという予感をもった者はなく、一種の条件反射である。

駐車場に黒っぽい塊があった。塊が人間だと分かるのに、人によって若干の差があった。管理人の黄色い声が空気を切り裂き、それを合図にしたように警察官達が思い思いの方法でフェンスを乗り越えていった。午前九時二十七分のことである。

4

同じころ、朝倉木綿子はベッドの中で夢うつつ、まだ見ぬ子供との出会いに浸っていた。「お母さま」一目見るなり、子供は木綿子に抱きついてくる。そして、これまでの空白を埋めるように片時も離れない日々が続くのだ。

もっとも、子供に会えたからといって、まさか力ずくで手もとにひきとるわけにはいかない。それぐらいは木綿子も心得ている。

しかし、もしも子供が運悪く（木綿子にとっては運よく）経済的困窮の最中《さなか》にある家庭で育っていれば、その子をひきとることは案外たやすいだろうと思っている。誰だって、貧しい育ての親より資産家の実の親のほうがいいに決まっている。育ての親にはこれまでの養育費としてなにがしかの金をつかませれば充分だろう。

妄想がふくらみだすと、都合の悪い方向へは働かない。子供が裕福な家に育っていて、木綿子の財産になど目もくれない、というような状況は考えもつかない。アメリカで卵子を買おうなどというカップルにかぎって、九〇年代のバブル崩壊で破産しているにちがいないと決めつける。そして、アルバイト先を訪ねた木綿子に「お母さま」と抱きついてくる少年なり少女なりの姿をうっとりと思い浮かべるのだ。

少年にしろ少女にしろ、とびきりの美貌の主だ。木綿子の遺伝子を受け継いでいれば、とびきりになるかどうかはともかく、それほどひどい容貌の子は生まれていないだろう。もっとも、いま現在木綿子の夢ともうつつともつかない中に出てくる子供は、姿形もさだかでない、虹色にきらめく螺旋《らせん》状の分子でしかない。

もちろん、木綿子は子供をひきとる夢を見ているだけではなかった。子供と会うための手だては、子供がほしいとなった三月のうちに打ってある。

卵子を提供したといっても、木綿子は相手のカップルとは顔を合わせたことがない。住所や名前など、まったく知らない。相手もそうである。それが、卵子を提供する時の条件だった。

しかし、こんなことは簡単にクリアできると信じている。アメリカで知り合った少しばかりいかがわしいところのある私立探偵にたのめば、日本人カップルの住所氏名をたちどころに入手できるはずである。産婦人科に忍び込み、書類ケースをほんのちょっと盗み見るくらい、彼には造作もないことだ。あれから十六、七年経つということがいくらか懸念材料だが、アメリカ人はあれでけっこうデータを保存しておくのに熱心だから、大丈夫だろう。

それにしても、いかがわしいところのある私立探偵・ウイリアム・ドールの調査は遅々として進んでいない。依頼してもう半年も経つではないか。いい加減最終報告が来てもいいころである。

数日前に、木綿子はあまりに遅い調査報告に、さすがに夢ばかりむさぼっているわけにいかなくなり、ドールに電話を入れた。ドールは可及的すみやかに報告書を送ると返答した。それでも来ない。どうしてくれよう……。

ふと、隣室のファックスがかたかたと音をたてているのが耳に入った。木綿子は、飛び起きた。最終報告書だという予感がした。

隣室に飛んでいくと、ファックスはちょうど三枚目の紙を吐き出しているところだった。

予感通り、ドールからの最終報告書だった。先日の電話では日本での調査に手間取っているのだという返事だったが、ちょっと怒鳴ったらすぐに報告書が来たということは、日米のどちらで怠けていたのか分からない。

いつまで経っても英文の読解が得意にならない木綿子がA4の用紙三枚に綴られた報告書を読み終えるのに、十五分ばかりかかった。

その内容の大半は調査にいかに苦労したかということで、早い話が報告の遅れについての言い訳だった。

肝心な部分は、三枚目にようやく出てきた。たった十行しか費やしていなかった。つまり、一枚の報告書で足り、その分木綿子の苦労も少なくてすんだことになる。

木綿子は憤慨したが、それでも十行の内容に多く気をとられていて、ドールをののしることはしなかった。

十行の英文は伝えている。木綿子の遺伝子を継ぐ子供は二人誕生したが、順調に成育したのは一人きりだった。現在高校一年生の男子で、埼玉県和木市に住んでいる。

息子か。ちょっと意外な気がした。漠然と娘を思い描いていた。しかし、息子のほうがいい。雛人形を与えられて育ったかどうか気にかけなくてすむし、買ってやるかどうか悩む必要もなくなる。

木綿子は、報告書を読み終えるなり外出の支度を始めた。

5

それから一時間後、木綿子は迷いながら愛車を運転していた。なにを迷っているかといえば、息子に会いにいくのに、まず電話をかけてからにするか、不意をつくか、そのどちらにしようかということだ。また、先に母親に会うか、息子に会うか、それとも二人一緒にいるところがいいか、それも決めかねている。ブランチをとるのももどかしく家を出て、息子の住む和木市へむかったものの、これでは予定がたたない。

方針が決まらないなど、行動派の木綿子には滅多にないことだ。それだけ息子に会うのが重大な出来事だということだろう。

ハンドルさばきは鈍いものの、車は着実に目的地に近づいている。すでに和木市内に入っている。千歳が丘というなぜか記憶に残っている、なかなかきれいな住宅街を通りすぎたところだ。

カーナビゲーションによれば、ここから一キロも走れば息子のかよう市立東高校につく。さらに二キロ走れば、息子の住むアパートがある。松木ハイツとかいうアパートは、カーナビには載っていない。名前からして、カーナビに載る価値もない、いかにも安っぽい住居なのだろうと想像がつく。

とろとろ走らせているうちに、東高校に出た。木綿子は車をとめ、高校を眺めた。四階建ての公団住宅みたいな校舎と、広くもないグラウンド。殺風景で、どんな地域にでもありそうな平凡な高校だ。グラウンドに人影はない。

木綿子はダッシュボードの時計に目をやった。午後十二時をいくらかまわったところ。この時間がまだ授業中なのかどうか、昔の記憶をいくらまさぐっても答えは出てこない。真面目に出席しなかったからだ。

部外者が校舎に入るのに、なんの妨げもなさそうだった。つかつかと教員室へ入っていって、これこれこの子を呼び出してください、そうたのむのは簡単だろう。だが、衆目の中でするはじめての親子の対面を息子がどう思うか、見当がつかない。また、親子生き別れの事情は、人前で説明できるようなことでもない。

木綿子は車を発進させた。息子の住まいへ行ってみよう。誰もいないかもしれないが、まず息子の周辺を予備知識として仕入れておくのは悪いことではない。

松木ハイツのある片山町は、東部線和木市駅のむこうがわにある。付近に駐車できる空間があるのかどうか不明だ。とりあえず、駅前の駐車場に車をあずけることにした。それから、タクシーをつかまえて行き先を告げた。

道路が混んでさえいなければ、十分もかからない行程だった。しかし、渋滞している。途中、パトカーや警察官の姿がむやみに目についた。

「なにかあったんですか」

運転手に聞くと、

「あの、一家四人惨殺事件の犯人が自殺したらしいんですよ」

〝あの〟と言われても、木綿子にはピンと来るものがなかった。興味もさして湧かない。木綿子の心を占領しているのは、まだ見ぬ息子のことだけだ。

「一家四人惨殺事件って、なんですか」

たんなる惰性で質問を重ねると、運転手は話題にしたくてたまらなかったらしい。意気込んで話し出した。

「ごぞんじないですか。今月の上旬に、市内で一家四人全員が皆殺しにされるという事件があったんですよ。小さな赤ん坊まで無惨に殺されたひどい事件ですよ。それに、被害者の血で書かれた謎のメッセージ〝VS〟なんていうのが残されていたんで、マスコミが面白がっているようにがんがん騒いでいましたがね」

ああ、そういえば、と記憶が動いた。木綿子は、自分が不本意な不幸を背負ってしまってから、他人ごとにはあまり関心がなくなったのだが、テレビをつければこの話題をやっていた。それで、記憶にひっかかってしまったのだろう。

「その事件って、千歳が丘というところで起きたんでしたっけ」

「そうです、そうです。ここんとこちょっと下火になったかなと思っていたら、殺人犯が自殺ですもんね。でも、まだ犯人の氏名も公表されていないんですよ。未成年者かもしれないという推理が当たっていたんじゃないですかね。私もそうじゃないかと思っていたんですがね」

事件にたいするマスコミの態度を批判したような口ぶりだったのに、運転手自身好奇心むきだしで話している。自分の推理のほどを開陳しそうな勢いだ。木綿子はうんざりだったから（どうせ素人の推理など当たらないのだ）、運転手に自分の仕事を思い出させた。

「まだですか」

「あ、もうじきです。片山町三丁目十二でしょう。この角を曲がれば三丁目ですから。十二だとここからいくらもないですよ」

角を曲がると、パトカーがとまっていた。そのほかにも新聞社の旗をかかげた車が一台。狭い道路で、多分違法駐車だ。しかし、警察やマスコミ関係者の六法全書には駐車禁止なんていう法律はないのかもしれない。

むこうには制服警察官も一人いる。ここからだと、ただぼんやりと立っているだけのように見えるが、実際にはなにかやっているのだろう。

「なんだ、こりゃ」

運転手はつぶやいた。

「ここでいいです」

木綿子は言った。道路の両脇には、びっしりアパートやら一戸建て住宅やらが並んでいる。歩いて一軒一軒の表札を確認したほうが早く松木ハイツを見つけられそうだ。

「このへんが犯人の住まいか、それとも自殺現場かもしれませんよ」

運転手は運賃を受けとりながら、やや興奮気味に指摘した。木綿子の目にもパトカーや制服警察官は映っていたけれど、その意味を検討することはなかった。

「それはすごいわね」

木綿子は上の空で答えた。

松木ハイツを探していくと、警察官が立っている建物についた。警察官は階段のそばで見張りをしている。

「このへんに松木ハイツというアパートはありませんか」

ちょうどいいので、警察官に尋ねた。警察官の顔に警戒の色が浮かんだ。

「松木ハイツはここですが」

「ああ、そうなんですか」

木綿子はさすがに驚いた。惨殺事件となにか関係あるかもしれないとタクシーの運転手が推測した場所に、息子が住んでいるとは。

木綿子はアパートを見上げた。古い建物だ。だが、耐用年数はすぎていない。ベージュの外壁は数年前にペンキが塗り直された気配だ。一昔前の学生の住居のように、畳の焼けた六畳一間があるだけということはなさそうだ。息子の育ての親は零落はしているが、どん底までは落ちていないようだ。

息子はここでどんな暮らしをしているのだろう。ここに凶悪な殺人犯人が住んでいたとして、息子が犯人と顔を合わせることはあったのだろうか。

「なんですか、あなたは」

警察官が聞いている。

「ここに知り合いが住んでいるんです」

「で？」

警察官は怪しんでいる。知り合いがいると言いながら入る様子もなく建物を見上げているのだから、当然だろう。

「でも、なんだかものものしい雰囲気ですね。なにがあったんです」

アパート内に入らないのはあなた達のせいだ、とさりげなく責任転嫁し、さらには探りを入れようとする。しかし、警察官のガードは堅い。

「知り合いというのは、誰なんです」

「そんなこと、おたくにしゃべる必要はないと思うけれど」

「マスコミ関係者じゃないでしょうね」

「マスコミだと入っちゃいけないっていうの」

「やっぱりマスコミなんだ。駄目ですよ。マスコミは一切入れてはいけないと、命令が出ているんです」

「本当なのね、一家四人惨殺事件の犯人がここに住んでいたというのは」

警察官の顔が赤くなった。木綿子は、彼が意外にかわいい顔立ちをしていることに気がついた。若くて、まだ経験不足なのだろう。

「大丈夫よ。私、探りを入れているわけじゃないわ。本当にここの住人に用があるの。さえ……」

さかりのついた猫のような声が、木綿子の言葉を遮った。二階の右端のドアがあき、通路に女の姿が現れた。後ろから男が女の腕をつかんで、ひきとめようとしている。いや、そうではなく、体を支えようとしているのか。

「放して。歩けます」

「大丈夫ですか」

言いつつ、男は腕を放さなかった。女は歩き出している。やはり、男の手は女をひきとめようとしているように見える。女は男をひきずっているために歩くのが容易でないといったふうに、少しずつ前に進んでいる。階段にたどりつき、一段一段踏みしめるようにおりてくる。

警察官の手が、木綿子をわきへどけようとするように動いた。いつの間にかパトカーがハイツ前まで来ている。

女と男が木綿子の前をすりぬけていく。女のつぶやきが、木綿子の耳を打った。

「ああ、恵哉、恵哉……」

女と男はパトカーに飲み込まれた。パトカーはすぐに発進した。サイレンの音を消している。木綿子は茫然と車を見送った。

恵哉、あの女は確かにそう口にしていた。恵哉、それこそ、いかがわしいアメリカの探偵が木綿子の息子だと報告した名前ではなかったか。では、あの女は恵哉の育ての母・佐伯絹恵なのか。しかし、パトカーに乗せられたというのはどういうことなのだ。

まさか恵哉が殺人犯……。

動転して辺りを見回した木綿子の目に、近隣の窓辺が映った。窓ガラスのむこうには、好奇心むきだしの顔が鈴生《すずな》りになっていた。

6

控室の中は、じーじーという蟬の鳴き声に似た音がしていた。油蟬だけれども、去ってしまった夏のむこうから聞こえるような、低く侘《わび》しい声だ。実際には、空調かなにかの音なのだろう。一人きりでなければ、耳に入ることもなかったかもしれない。

佐伯絹恵は、腕時計を見た。二時十分。さっき時計を見てから、まだ五分しか経っていない。恵哉が骨になり終えるのは三時ということだった。あと五十分も耐えなければならない。

夫を荼毘《だび》に付した日のことを思い出した。夫の意向を重んじて密葬にしたので、葬儀から精進落としまで、親族とわずかばかりの知人がいたにすぎなかった。こんな寂しい葬送は見たことがないと、悲しかったものだ。

しかし、恵哉の場合はそれをさらに上回っていた。葬儀も告別式もしなかった。できなかった。残忍な殺人犯の死を悼む式など、できるわけがない。絹恵一人で通夜をし、骨上《こつあ》げも絹恵一人でやることになるだろう。

あるいは、こうやってひっそりと控室にいられることを喜ばなければならないのかもしれない。火葬場をマスコミに嗅ぎつけられ、押しかけられずにすんだわけだから。

この数日のマスコミの攻めようはすごかった。一言でも未成年の凶悪犯の母親の声を拾おうと、昼夜かまわずアパートに押しかけた。絹恵は隣近所に気兼ねして、ホテルに逃げなければならなかった。

ドアの外で物音がした。ドアがあいたようだ。

絹恵はまるきり一人だったわけではない。刑事がついてきていたのだ。あの、最初に捜査に訪れた中年の刑事で、西村《にしむら》という。斎場を兼ねたこの火葬場を世話してくれたのも西村だった。親切でやってくれているのか、絹恵がなにか証拠物件を隠滅しないように見張っているのか、そのへんは分からない。

西村は、狭い室内に二人きりでいることに気詰まりだったのだろう、控室に案内されて一分もしないうちに出ていった。絹恵の様子を気にして戻ってきたのだろうか。絹恵はドアをふりむきもしなかった。西村の親切はありがたいが、しかし警察の人間に全面的に心を開く気にはなれなかった。

「佐伯絹恵さん、ですね」

背中に低い声がした。思いがけず女性の声だったので、絹恵はびっくりしてふりかえった。

見知らぬ女性が立っていた。男の目をひきつけそうな肢体を仕立てのいい喪服に包んで、偽物と見まがうほど大きな粒のピンク・パールのネックレスをつけている。髪型が若々しいショート・ボブなので一見三十代前半だが、よく見ると四十間近と思われる。化粧が上手だ。あくどくなく、厚い。化粧を剝《は》いでも、けっこう美人かもしれない。きゅっと目尻の上がった大きな目が印象的だ。この目は、誰かに似ている。

何者か、見当がつかない。マスコミの人間にしてはワーキング・ウーマンの匂いがしないし、たとえば恵哉の同級生の母親あたりだとしたら、あまりに生活臭が乏しい。それに、印象的な目の中には、まぎれもない悲しみが宿っている。まるで身内のようだが、こんな親戚には会ったことがない。

「どちらさまでしょう」

絹恵は用心しいしい尋ねた。

「桜亜由子《さくらあゆこ》といいます。亡くなられたご主人には大変お世話になりました」

「主人の世話に？」

二年前に不慮の死を遂げた夫・達哉《たつや》の知人なのか。いったいどんな世話をされたというのだろう。

「あ、いえ、そんなおかしな関係ではありません」

絹恵の心の動きを読んだのか、亜由子は慌てたように首をふった。

「お世話になったといっても、私、タツニイと、あ、つまり佐伯さんとご近所に住んでいたんです。で、高校の時に家庭教師をしていただいて、おかげで志望校に入ることができたんです」

「はあ……」

夫が大学時代、家庭教師をしていたという話は聞いたことがある。四十歳そこそこにしか見えないが、夫が大学生の時に高校生だったのなら、自分とほぼ同い年か。それにしても、夫の教え子がいまごろなぜこんなところに現れたのだろう。

「大学を出てから、国際結婚して、ずっとアメリカで暮らしていたんです。主人に死なれてつい先日帰国して、それで佐伯さんに会いたいと探すうちに、ここにたどりついたんです」

「そうでしたか」

絹恵は納得したようなしないような。

不意に、腹立たしさがこみあげてきた。夫の昔の教え子がなんの用があって、恵哉の火葬場にまで押しかけてきたのだろう。一家四人皆殺しにするような息子を育てた女の顔を見にきたのか。嘲《あざけ》りにきたのか。非難しにきたのか。いや、その目に悲しみが浮かんでいるのは承知している。しかし、同情されているのだとしたら、なおのこと悔しい。

できるだけ丁寧に、しかし明確な拒絶の意志を見せて、絹恵は言った。

「お帰りください」

「え」

「あなたと達哉の間にどんな心の交流があったか知りませんが、だからといって私や恵哉とはなんの関係もないはずです。ほうっておいてください」

「でも、私、なにかのお役にたてないかと思って」

「静かにしておいてくださることが一番です」

つい口調が強くなった。

亜由子は唇を噛んだ。そうすると、まとっている贅沢な衣装に似合わず精悍な表情になった。なかなかにしたたかな性格だと想像させる。

絹恵は頭を下げた。これでおしまい、おひきとりください。

亜由子にサインは伝わらなかった。顔をひきしめ、やや攻撃的な態度で言った。

「あなたは恵哉君が本当に殺人を犯したと、信じているんですか」

絹恵は、はじかれたように顔をあげた。瞬間、亜由子と目と目がぶつかった。亜由子は猛《もう》禽《きん》類を思わせる目の色をしていた。

絹恵は、茫然と亜由子の言葉を噛みしめた。あなたは恵哉君が本当に殺人を犯したと、信じているんですか。

「あなたは、恵哉君が犯人だという決定的な証拠を握っているんですか」

亜由子はたたみかけた。絹恵はぼんやりと首をふった。

「じゃあ、なぜ恵哉君が真犯人だと信じているんです」

「だって、警察がそう言ったから……」

「警察が言えば、あなたはなんでも鵜呑《うの》みにするんですか。警察がもしあなたがあの家族を殺したんだって言えば、あなたはそれを受け入れるんですか」

「まさか」

「どうして、まさか？」

「だって、私は自分が殺していないと知っているから」

「そうでしょう。恵哉君も、自分が殺していないと知っていたかもしれない。だけれど、死んでしまったから、なんの言い訳もできないんだわ」

「だって、あの子は自分で死んでしまったのだから」

「本当にそうなんですか」

「え」

「誰かに、たとえば一家四人殺害の真犯人に殺されたのかもしれないじゃないですか」

絹恵は驚愕した。枕もとで目覚まし時計が爆発したような感じだった。亜由子が口にしたことは、いままで考えもしなかったことだった。恵哉は真犯人ではない？　恵哉は自殺したのではなく、真犯人に殺された？

絹恵は、恵哉の殺人も自殺も信じて疑っていなかった。恵哉は、根はいい子だった。だが、反抗期なのだろうか、最近の変容ぶりには正直、戸惑わせられていた。一日じゅう口をきかないこともしばしばだった。それどころか、部屋に閉じこもって姿を見せない日もあったのだ。滅多に外出しないくせに、夜ぶらりといなくなることもあった。子供とはこんなに扱いにくいものだったのかと、あらためて知らされた思いだった。だから、恵哉が絶対に殺人を犯さないと言いきれるかと問われれば、首をふるしかない。必然、ひたすら世間に顔むけできない残虐な犯罪者の母親の意識でいた。

新たな可能性は、絹恵を混乱に陥れた。

「まさか……どうして……恵哉を誰かが陥れるなんて、そんな……」

亜由子は、絹恵の混乱を冷ややかに眺めている。

「自分の育てた子供が信じられないんですね」

「だって、高校生の男の子を陥れてなんになるっていうんです」

「敵は、べつに恵哉君でなくてもよかったのかもしれない。犯人として差し出すのにちょうどいい人間だったら、誰でもよかったんじゃないかしら」

「あなたは真相を知っているんですか」

「多分」

「真犯人も？」

「それはまだ。でも、きっと見つけられます」

絹恵は、亜由子の顔を穴のあくほど見つめた。この人のこの自信はどこから来るのだろう。この人を信じていいのだろうか。信じられるのだろうか。

「警察におっしゃってください。いまここに刑事さんが来ていますから、その人に」

絹恵は狂おしく言ったが、亜由子はあっさりとはねつけた。

「そんなことできません」

「どうして。あなたの言うことが真実なら、警察は捜査をし直してくれるでしょう」

「警察が一件落着した事件を再捜査してくれると思いますか。甘いですよ、佐伯さん」

「じゃあ、どうやって恵哉の無罪を証明するんです」

「個人的に調べるんです」

話を始めてから、亜由子には驚かされっぱなしだ。素人が殺人事件の捜査をしようというのだろうか。どんな方法をとるのか、絹恵には見当もつかない。

「もちろん、私一人で調べるわけじゃありません。探偵を雇います。もう雇っているんです。私がここにたどりつけたのも、探偵のおかげなんです」

「探偵、ですか」

いきなりドラマや小説の世界だ。長年アメリカで暮らしてきた人間は発想法がちがうのかもしれない。そして、絹恵の頭に真っ先に浮かんだのは、実際的な問題だった。

「探偵を雇うのって、お金がかかるのでしょう。主人が亡くなってから、うちの家計には余裕がないんです」

少し前、恵哉をあんな形で失う前の絹恵だったら決して言えなかっただろう言葉が、抵抗もなく口から出た。

亜由子は、きれいに描いた眉を軽く吊りあげた。

「私、探偵の費用をあなたに請求しようとは思いません。私は私の勝手で事件を調査しようと思っているんです」

「でも……」

どうしてあなたはそんな好意を示してくれるんです、達哉のおかげで志望大学に入れたくらいで。そう質問しかけた時、ドアにノックの音がして、西村が顔を覗かせた。

「いいですか」

西村は、絹恵と亜由子の顔を等分に見て言った。

「どうぞ」

と答えたのは、絹恵ではなく亜由子だった。

西村は室内に入ってきた。その視線は亜由子にむけられている。

「お名前を聞かせてもらえますかね」

「桜亜由子と申します」

「佐伯さんとの関係は？」

「その前に、そちらも名乗っていただけますか」

「ああ、和木署の刑事で西村といいます」

「じゃあ、いまのはなにか職務上の質問？」

亜由子は、まったく堂々としている。警察と聞いただけで家のドアを開いた絹恵など、及びもつかない。

「でもありませんがね。一応、聞いておきたいと思って」

「古い友人です、佐伯さんのご主人の」

「ほー、そうなんですか」

と、西村は絹恵を見た。絹恵は反射的にうなずいた。

西村は、二人からやや離れた椅子に座った。ずっと立ちっぱなしだった亜由子も腰をおろした。彼女が選んだのは、絹恵の真横の席である。絹恵は、気詰まりだった。西村にも亜由子にも見張られている気がする。

「失礼ですが、ご職業は」

西村は亜由子に尋ねた。

「未亡人です」

「それは珍しい職業ですね」

「ええ、そうですね。亡くなった主人が小金を残してくれたもので、悠々自適ですごしております。ところで、西村さんも、恵哉君の逃走の時に追いかけたんですか」

亜由子は、刑事にむかって恐れげもなく質問する。

「いや。私が追いかけていれば、結果がちがっていたかとも思いますがね」

西村は苦い表情だった。

「追いかけた人間の手際が悪かった、と」

「それは認めなければなりません、残念ながら」

亜由子の刑事への質問は、それだけで終わった。三人は、それからほとんど言葉を交わさずにすごした。斎場で出してくれたお茶は誰も手をつけず、冷めていった。

予定通り三時に、恵哉の骨上げが行なわれた。西村は参加しなかったが、亜由子が箸を手にした。絹恵の隣に並んでせっせと恵哉の骨を骨壺におさめた。

骨壺におさまりきらないほどの骨があった。細いながら頑丈そうな、白くて美しい骨だった。最後に残った小さな骨や骨灰を、火葬場の担当者が柄の短いシャベルのような器具ですくって壺に入れた。「若いからですね」と感心したように言ったが、骨の多さをさしているのか美しさをさしているのか、不明だった。

絹恵の胸に、恵哉が死んだのだという実感が、はじめてのぼってきた。これまでは、現実の中にいながら現実感覚に乏しかった。世界は歪んだ鏡に映し出されているようで、この鏡が壊れればもとの生活が戻ってくるのではないかという淡い期待があった。しかし、すべては変更しようもない事実であるらしい。

鼻の奥が風邪をひいた時のように痛くなった。思えば、絹恵はまだ恵哉の死に涙を流していなかった。だが、悲しみというにはあまりにさまざまな感情が入り交じっていて、素直に泣き崩れることができなかった。人前で泣ける立場ではないという自制も働いている。

ふと見ると、亜由子の頰に涙が流れていた。会ったこともない人間の死にどうして涙するのだろうと、絹恵は不思議な思いがした。

7

恵哉の骨を拾っているうちに、木綿子は涙がこみあげてきた。一度も会ったことのない息子。ついこの間まで存在することを知らずにいた息子。やっと探しあてたと思ったら、柔らかな肉も温かな血もない状態で会わなければならなかった息子。しかし、この骨の髄に残っているであろうＤＮＡにはまぎれもなく自分の遺伝子の半分が伝わっているのだと、強く感じた。

手放しで泣きそうになるのを、木綿子はかろうじてこらえた。絹恵が怪訝そうにこちらを見ている。木綿子は達哉の古い友人・桜亜由子として絹恵の前に現れたのだ。いずれ真実を打ち明けることがあるかもしれないが、当分は桜亜由子で押し通すつもりだ。

白布に包まれて骨壺が絹恵にわたされた。これで、恵哉の死にまつわるすべての儀式は終了した。

絹恵は、木綿子と西村に頭を下げた。ここで別れるつもりらしい。だが、木綿子にはそんなつもりはない。絹恵はまだ、この一連の殺人事件を調べることに賛同していない。事件解決は絹恵の協力がなくても可能かもしれないが、できれば彼女を巻き込みたい。なんといっても、恵哉の一番身近にいたのは絹恵なのだ。

「車で来ているんです。お送りしますよ」

木綿子は素早く言った。絹恵だけでなく、西村にも声をかける。

「刑事さんは、警察署にお送りすればいいですか」

「いやいや、私はほかに用があるんで。じゃ、どうも」

西村は軽く手を挙げると、さっさと背中を見せて歩き出した。

「私も」

と絹恵が言いかけるのを、木綿子は最後まで言わせず、

「その格好で歩いていると目立ちますから」

絹恵がいかにも断れそうにない口実をもち出した。案の定、絹恵はそれ以上固辞しなかった。この人は、恵哉の母親であることを恥じているのだ、と木綿子は思った。私なら、決して恥じたりしない。万が一恵哉が殺人犯だったとしても、それはそれで母親として高く頭をかかげていてやる。絹恵が恵哉を恥じるのは遺伝子を分かち合った親子ではなかったからなのだと思うと、軽蔑する気持ちよりも大きな優越感を覚えた。

車の中で、絹恵は寡黙だった。火葬場から松木ハイツまで、二人の女が親密になれるほど

の距離はなかった。会話らしい会話をすることもなく、車は松木ハイツの前についた。絹恵は上がれとは言わなかったが、木綿子は佐伯家に足を踏み入れた。

玄関を入ってすぐが台所で、磨《す》りガラスの引き戸のむこうに部屋がある、平凡なアパートのつくりだ。台所は四畳もないが、冷蔵庫と食器戸棚のほかに二人用の侘しいテーブル・セットが置かれている。二年前に達哉を亡くして、二人きりでアパートに越してきた絹恵と恵哉は、ここで食事をとっていたのだろう。来客がほとんどないことが窺われる。流し台は絹恵の性格を表わすように几帳面に片づけられていた。

絹恵は観念したのだろう、木綿子を奥の部屋に導いた。

思いがけず、明るい部屋だった。南がわに面していて陽光がふんだんに入っているせいだが、なんだかこの家の状況にはそぐわない。

六畳しかない部屋が家具で埋まっている。以前の暮らしからもちこんだらしい欅材《けやきざい》の洋服簞笥と整理簞笥、鏡台、24インチ・テレビがあった。

整理簞笥の上には、雛飾りの簞笥を一回り大きくしたようなものが置いてある。それが仏壇だと知れたのは、中におさまりきらない位牌や花がわきにあったからだ。花は枯れかけた数本の白い小菊だ。花をもってくるべきだったと、木綿子は気がついた。

とりたてて祭壇は作られていない。誰も弔問客がないらしい。この数日の絹恵の孤独がひしひしと伝わってくる。恵哉の遺影ぐらいあるのではないかと期待していたのだが、それもなかった。

絹恵は骨壺を整理箪笥の上に置き、仏壇の扉を開いた。

「焼香をなさいますか」

なんだか投げやりに聞こえた。木綿子は少し考えた。いままでは、死者を弔う場所に出席しても神妙な面持ちをしているだけで、内心は弔意もなにもなかった。こんなことをしたって、死んじゃった者は帰ってこないでしょうに？　エディが亡くなった時でさえそうだった。だが、今回はちがっていた。形の上だけの無意味な行為であっても、思いを伝えるためになにかしたかった。

「私、べつに仏教徒じゃないですけど、いいかしら」

「それなら、私もそうですわ」

絹恵は蠟燭に火をともした。

木綿子はうろ覚えの作法で焼香した。骨壺の隣にある位牌は恵哉の父親・達哉のものだろう。はじめて会う息子と、はじめて会う息子の父親。なんとまあ、奇妙な親子対面であることか。

絹恵が台所へ行き、手に小箱をもって戻ってきた。包みに書かれた店の名前から推して、ケーキが入っているようだ。

絹恵は木綿子の焼香のあとに小箱をあげて、焼香した。長々と手を合わせていた。その肩が震えているのが見えた。

「恵哉君はケーキが好きだったんですか」

木綿子は、長い焼香を終えた絹恵に聞いた。

「ええ。甘いものが大好きで」

「お父さんに似ていらっしゃるのね」

と言ったのは、自分が甘いものが苦手だったから、甘党は父親譲りだろうと考えたのだ。

絹恵は小さく首をかしげた。

「どうかしら。達哉は甘いものが好きでした？　私と一緒になってからはあまり食べませんでしたけど」

「あ、そうなんですか」

事件が起こってから、大急ぎで探偵に佐伯家の調査をしてもらった。その中には達哉の学歴や職業も入っていたが、達哉の嗜好などは未調査だった。この話題は避けたほうがよさそうだ。

「恵哉君のお写真、見せてもらえますか」

木綿子は恵哉の顔をまだ見たことがない。マスコミでは未成年の犯罪者である恵哉の写真はマスキングしたものしか出回らなかったし、木綿子が雇った探偵も手に入れることができないでいた。いずれ目にできるかもしれないが、どうせならいま見たかった。

絹恵はうっすらと眉をひそめた。

「お茶をいれます。どうぞあちらへ」

話をそらされた。恵哉の写真を見せたくないのか。なぜだろう。まだ木綿子に気を許していないのかもしれない。マスコミのまわし者とでも思っているのだろうか。

台所では湯が煮立っていた。ケーキの箱をとりにいった時にお茶の準備もしたようだ。主婦らしい手際のよさで、緑茶が木綿子の前に置かれた。恵哉と絹恵がむかい合って座っていただろうテーブルで、木綿子は絹恵とむかい合った。

「事件の真相を知っているとおっしゃいましたね」

しようと思っていた話を、絹恵のほうからもちだした。木綿子は意気込んでうなずいた。

「ええ。織田家の四人を殺したのが恵哉君のわけはありません。高校一年生がたった一人で四人もの人間を殺せるわけがありませんもの。それに、テレビや新聞で伝えられているところによれば、恵哉君が犯人だとされたのは」

息子が容疑者だと知ってから急いでかき集めた事件の知識をひっぱりだした。

「犯行の時間帯に恵哉君の姿を現場付近で見た人がいることと、凶器となった出刃包丁を買った人物に恵哉君が似ていたということと、あと……」

「現場に残されていたVSの文字です」

絹恵が溜め息とともに言った。

「そうそう、部屋を調べた結果、恵哉君のノートにVSと書き散らされているページがたくさんあったんですって」

「ええ。でも、VSという文字ばかりじゃないんですが」

「ほかにはどんな」

「警察にノートをもっていかれたのでよく覚えていないけれど」絹恵は、テーブルに『―HF』と書きながら「というつながりが多かったみたいです」

「『―』というのは、マイナス、それともハイフン？」

「さあ。ノートには数字もアルファベットもあったので、どちらかははっきりしなかったんですよ」

なんにしろ、どういう意味かさっぱり分からない。そもそもVSにしてからが、いまだ意味不明だ。マスコミでは識者がいろいろしゃべっているが。

VSから木綿子が思いつくのは、「versus（…対…）」の略である「vs」くらいだ。

その場合でも、何対何だと言いたいのか。「被害者対犯人」ということなのか。そうだとすれば、わざわざ血文字にして残していくほどの意味があるとは思えない。

木綿子同様、ｖｅｒｓｕｓの略だと考えるマスコミの識者は多い。多分「被害者と犯人」の「対立関係」を表わしているのだろうという意見が大半だったが、対立関係といったような大袈裟なものではなく、たんに「あなた対私」程度の意味しかないのではないかという者もいた。

「ｖ－ｓｉｇｎ」の略のつもりではないかという識者もいた。つまり、勝利宣言だ。ｖｓまで書いたが、あとの綴りが分からなくてやめたのだろうというのだ。ここからして、犯人の教育レベルが分かるのではないか。

意味などない、捜査を攪乱するためにただ残していっただけだとか、面白がってやっただけなのだろうという意見もあった。また、これは恵哉が犯人だということになって真っ先に却下された解釈だが、犯人のイニシャルだと述べる者もいた。犯人のイニシャルだとすれば、日本人にはＶのイニシャルをもつ者はいないのだから、外国人ということになる。イニシャル説の識者は、これはまちがいなく外国人の犯行だと真顔で主張していたものだ。恵哉の無実を信じる木綿子には、いまでも捨てがたい説ではあった。

「恵哉君はなんのつもりでノートにアルファベットや数字を書き散らしたんでしょう」

「さあ」

「外国語というわけではないのでしょう」

「ええ、そうは見えませんでした。どちらかといえば、暗号とかそんな感じ」

「暗号？　恵哉君は普通の十六歳だったのですよね」

絹恵は上目遣いになって、木綿子を見た。

「ああ、もちろん、高校に入ってから不登校になったというのはワイドショーやなにかで知っていますけど、学校に行かないからといって、精神的にというか知的にというか性格的にというか、劣っているというか勝《まさ》っているというか、そういうことはなかったのでしょう」

「中学を卒業するころまでは、ごく普通の子供だったと思います」

「中学を出てからは普通じゃなくなった？　つまり個性的ってことですよね。けっこうなことじゃありませんか」

この国では没個性的でなければ、なかなか暮らしていくのが大変だ。木綿子もそうだった。だからこそ、アメリカに自分の世界を求めたのだ。木綿子がもっと早く恵哉のことを思い出していれば、恵哉を辛い境遇からひっぱりあげてやることができたかもしれない。そうすれば、こんな悲劇にも巻き込まれずにすんだだろう。

しかし、絹恵は個性的をいいことだと思っていないのか、あるいは普通じゃなくなったというのがイコール個性的を意味していないのか、暗い表情だった。

「近ごろでは、恵哉の考えていることがさっぱり分からなくて……」

「あまりお母さんと口をきかなかった？」

「ええ。やはり男の子には女親だけじゃ駄目なのかなと……」

それは性差の問題ではなく、二人が真の親子ではなかったせいでは、と木綿子は思ったが、おくびにも出さず、べつなことを言った。

「お父さんとは仲がよかったのでしょうね」

「ええ。主人はそれはもうかわいがっていて。忙しい最中にも、よくキャッチ・ボールなんかして遊んでいました」

絹恵はほんのり微笑しかけて、すぐに悲しげな顔に戻った。

木綿子の得たデータによれば、達哉は腕がいいと評判の歯科医師で、彼が生きていたころには絹恵は恵哉と三人、なに不自由ない生活を送っていたらしい。しかし二年前、達哉が死んでみると、不運にもクリニックを改装した直後だったこともあり、少なくはない額の借金が残されていた。専業主婦だった絹恵には、家を手放して借金を返すしか方策がなかった。

そして今度の事件。

たった二年で絹恵はすべてを失ってしまったのだ。人の運命は分からない。

「でも、恵哉君が不登校になったのは、達哉さんが亡くなったせいではないですよね。達哉さんが亡くなったのは二年前なんですから」

絹恵はなんとも言わなかった。

「恵哉君、毎日学校に行かないでなにをしていたんですか」

「私、勤めに出ていたのでよく分かりません」

「外出とかは？」

「まあ、たまに私が帰宅してもいないことがありましたけど」

「どこに行っていたんでしょうね」

木綿子は、少年の孤独な姿を思い描いた。父親を失い、生活も貧しくなり、高校にも自分の身の置き場を見つけられない。行くあてもなく、町をさまよいつづけていたのだろうか。そして、たまたま事件のあった日時、千歳が丘の現場を通りかかり、知人に姿を見られた……不運としか言いようがない。

考えに沈んでいて、ふと気がつくと、絹恵の顔つきが険しくなっていた。絹恵は、肩に力をこめる感じで口を開いた。

「本当にあなたは恵哉の無実を信じているんですか」

「え」

「さっきから恵哉の身辺調査のようなことばかり質問しているじゃないですか。恵哉を疑っているからじゃないんですか」

「とんでもない。恵哉君が殺人犯だなんて、絶対に信じられません」

「そうですか」

絹恵はそれ以上追及しなかったが、木綿子の言葉を受け入れたのかどうか、表情からは分からなかった。木綿子としては、絹恵と決裂したくないし、なによりも恵哉を疑っていると思われるのは心外だったから、少し質問を軌道修正した。

「恵哉君を現場近くで見たと警察に通報した人についてごぞんじですか」

「匿名電話だったのでしょう」

「匿名といっても、警察はおおよそ誰か分かっているのじゃないかしら。事件後、がんがん聞き込みをやったのだし、恵哉君を知っている人間でなければ、恵哉君を現場で見たと名指しはできないのだから」

「でも、警察に聞いても、教えてくれないんですよ」

「聞いたんですか」

「ええ。だって、密告者が本当に恵哉を知っている人間かどうか知りたかったから。でも、警察は教えられないって。報復なんかしないのに」

報復、という単語がくっきりと木綿子の耳にとどいた。

「警察は佐伯さんが報復するのを恐れて、密告者について教えてくれないんですか」

「そう口に出して言ったわけではありませんけれど」

「じゃあ、それはこちらで調べるしかないですね」

「そんなこと、調べられるんですか」

「私の雇った探偵はなかなか優秀なんです」

「でも、密告者を知って、桜さんはどうするつもりなんですか」

不安のかけらが、絹恵の面ににじんでいる。

「恵哉君を現場付近で目撃した時の状況を詳しく聞きたいんです。それに」

一呼吸おいてから、

「もしかしたら、密告者が真犯人かもしれませんしね」

絹恵は大きく目を見張った。そんなことは考えたこともなかったのだろう。新たな可能性を咀嚼《そしゃく》しきれないでいる絹恵に、木綿子はたたみかけた。

「恵哉君のアルバムを見せてもらえますか。とくに学校の記念写真を見たいんです。その中に密告者がいる可能性がありますから。それと、友人や級友の名簿があれば、それも」

今度は絹恵も抵抗しなかった。「ちょっと待ってください」とつぶやいて、立ち上がった。

8

日が、ずいぶん短くなった。まだ五時をすぎたばかりだというのに、周辺には夕暮れの気配が漂っている。

木綿子は、千歳が丘二丁目で車をとめた。千歳が丘の中央を走る二十メートル幅の道路は、この数日何度か通っている。しかし、二丁目まで入り込んだことはなかった。

千歳が丘は、二十メートル道路をはさんで西がわが一丁目となり、東がわが二丁目となっている。町並みがきれいな碁盤の目につくられたのは、二つの大手デベロッパーが西がわと東がわに分かれて宅地開発を競ったからだ。

宅地のみ、または建て売り住宅つき宅地の分譲が始まったのはちょうどバブル経済華やかなりしころで、かなり派手で宏壮な建物が並んでいる。東がわよりも西がわのほうが落ち着いた町並みに感じられるのは、西がわのほうが建て売り住宅つき宅地の比率が多かったからだろうと察せられる。家の外観がそろっているのだ。

二丁目三の三が、以前佐伯一家の住んでいた家だった。どうやら宅地だけ買って、家は注文建築したらしい。アーリーアメリカンふうの木造住宅だ。いままでは「長坂《ながさか》」という一家が住んでいるのが表札から読みとれる。アーリーアメリカンふうの建物には不釣り合いな狭い玄関アプローチに三輪車が置いてあるところをみると、幼い子供がいるのだろう。

木綿子は深く息を吸い込んだ。この家に暮らしていたころの恵哉の姿が目に見えるような気がした。ふっくらした足を一所懸命動かして三輪車をこいでいるいたいけな姿は、もう少しというところで顔立ちまでは定かにならない。けれど、詰襟を着てすましている新中学生のやんちゃな様子は、はっきりと眼前に浮かんだ。さっき見た写真からの借り物ではあったけれど。

恵哉の写真を出し渋った絹恵は、アルバムを一冊しか見せてくれなかった。それは、中学時代のアルバムだった。一ページ目に、中学の詰襟の制服を着てこの家の前に立っている恵哉がいた。真面目な顔をしつつ、いまにも笑い出しそうな雰囲気を漂わせていた。その時はじめて、いままで観念的だった息子が、息遣いをもって木綿子に迫ってきた。

恵哉の容姿は、予想よりはるかに木綿子の気に入った。目尻が上がり加減の二重まぶたの目と尖った鼻先が、木綿子との遺伝子のつながりを証明していた。眉毛の濃いのと唇がぽってりと厚いのは木綿子とはちがう。

次のページに一家三人で並んでいる写真があって、眉毛と唇は父親譲りなのだと知れた。達哉はこれに細い目とまるみがかった鼻翼と丸い輪郭をもっていた。お世辞にも美男子とはいえない。しかし恵哉は、どこからもらったのか逆三角形の輪郭をしていて（木綿子の輪郭はジャクリーン・ケネディのように角張っている）、なかなかの美少年だ。眉毛が濃いおかげで、うっかりすると女の子に見られかねない容貌を救っている。

アルバムは半分も貼られていなかった。最後の一葉は、緑豊かな自然の中で撮られたスナップ写真だった。途中までは写真を撮った場所と日付のラベルが貼られていたが、いつの間にかなくなっていた。絹恵に聞いて、昨年の初夏、十和田湖へ修学旅行に行った時のものだと分かった。

恵哉は友達と二人肩を組み、Vサインをして写っている。一見楽しそうだが、口もとに笑いがない。この半年前、すでに恵哉は父親を失っている。修学旅行には積立金があったからかろうじて行けたものの、家の処分も決まっていて、前途は真っ暗だったという。

恵哉と肩を組んでいる友達は小林陽輔《こばやしようすけ》といって、千歳が丘一丁目に住んでいる。恵哉は近くの市立高校に、陽輔は東京の私立高校に進学したし、住居も離れたので、いまは付き合いがないが、小学校から中学校卒業までずっと一番の仲よしだったということだ。

写真では、陽輔と恵哉はよく似た体格だった。ほっそりして、身長は中くらい。小学校時代、恵哉は後ろから二番目のノッポで、陽輔が一番目だったという。それで席が並び合って、付き合いが始まったのだそうだ。

二人とも中学に入学してからは身長の伸びが停滞して、ずいぶんヤキモキしたということである。しかし、恵哉は高校に入るころからふたたび伸びはじめ、百八十センチに届きそうな勢いだった（過去形で聞かなければならないなんて、なんて悔しいんだろう）。陽輔が現在どれほどの身長になっているか不明である。

陽輔の顔立ちは、木綿子の気に入らなかった。額が狭く、大きな垂れ目といつも半開きにしているような唇が精神のだらしなさを感じさせる。「成績はトップ・クラスだったはずだけれど」と絹恵は言っていたから、顔と勉強の出来不出来に相関関係はないのだろう。もっとも、日本で成績がいいというのは、往々にしてただの記憶マシーンを意味している。頭がいいというわけではない。

恵哉の成績はつねに中くらいだったらしい。けっこう、けっこう。

警察への密告者として、木綿子は陽輔を最有力候補にあげている。織田家も陽輔の家と同じ一丁目にあるからだ。それに、陽輔がもし恵哉と同じ背丈になっていれば、木綿子の抱いている真犯人の像にきれいに当てはまることになる。

アルバムには、クラスそろって撮影した写真がなかった。警察がもっていってしまったという。それで、陽輔以外はクラスメートの顔を知ることができなかった。その写真を見れば、別の真犯人候補が出てくる可能性はある。

木綿子は、アーリーアメリカンふうの家の前に立つ、詰襟姿の恵哉をふりはらった。メランコリックな想像に浸るのは、真犯人をこの手で追いつめてからでも遅くはない。

車を出して、一丁目にむかった。


一丁目二の八に小林家はあった。横目で見ながら、走り去る。

小林家は椿の生け垣で囲われ、庭には灯籠《とうろう》があるなど、日本ふうの趣だ。家はそれほど大きくなく、その分庭も玄関へのアプローチもそこそこの広さがあるようだ。横目でとらえられたのはその程度だった。

千歳が丘での最大の目的地は、一丁目一の四にある織田家だ。織田家やその近辺はテレビで何度も見ているので、近づくにつれ、見覚えのある風景になる。小林家からはほんの目と鼻の先である。

織田家の南がわは六メートル幅の道路で、東西は隣家である。六メートル道路のむこうには、言うまでもなく、家がびっしり立ち並んでいる。

テレビでは立入禁止用のテープが張られた織田家がお馴染みだったが、そのテープはなくなっている。警察官の姿もない。

織田家の建物は瓦にモルタル塗りの和洋折衷、二階建てだ。テレビからはそんなふうに見えなかったのだが、敷地が狭く、庭はほとんどない。玄関が南がわにつくられていて、車を一台置くスペースがある程度だった。

　白いフェンスの塀は低く、開放的な感じだ。東隣の家は人の背丈のブロック塀で、西隣の家は椿の生け垣である。すでにテレビで見知っている光景なのだが、実物を目の当たりにすると、囲いぐらい隣近所で統一せんかいと、木綿子は一喝したくなった。

　それはともかく、これだけ家が近接していたら、悲鳴や争う声が聞こえないわけはないだろう。誰もそういったものを聞いたと証言していないのは、どういうことだろう。四人も家族がいて、襲われている間、誰も声ひとつたてなかったのだろうか。それとも、声をたてたのだけれど、人が殺される声だと隣近所から認識されなかったのだろうか。まあ、そうかもしれない。人が殺される時に出す声なんて、きっと明瞭に分かるものではないのだ。

　車を織田家の北がわに移動させる。

　北がわは、道路をはさんで千歳が丘小学校の校庭になっている。恵哉も陽輔も、この小学校にかよったということだ。したがって、二人が織田家の人々と知り合いになっていた可能性は充分にある。もっともマスコミでは、恵哉と織田家の人々との接点は発見されていないと報じていたけれど。

　そうだ。織田家の主人・雅芳の年齢は確か三十二、三歳だった。恵哉の小学生時代となると、二十代ということになる。そんな年齢で、こんなところに一戸建てをもつのはむずかしいのではないだろうか。あるいは、織田家はごく最近中古住宅を買って、移り住んだのかもしれない。織田家がいつからここに住んでいるか調べること、と、木綿子は頭のメモ帳に書き込んだ。

　小学校のほうから、ひょろ長い影が伸びてきた。こちらに近づいてくる。影は長いが、実体はずんぐりむっくりの体型だ。ハンティング帽をかぶっている。自分が雇った私立探偵の尾《お》形《がた》久《ひさ》雄《お》だと気づいて、木綿子は車のドアをあけた。尾形は、まるでそこに木綿子がいたのが当たり前だという態度で、助手席に乗り込んできた。

「菫色のジープだなんて、探偵するには目立ちすぎますよ」

　と、尾形は言った。嫌みったらしくはなく、むしろのほほんとした調子なのだが、それがかえって木綿子の癇《かん》にさわった。

「べつに私は探偵しているわけじゃなくてよ。それは、あなたの仕事でしょう」

「私は、目立つ車も目立たない車ももっていませんから」

　つまり、都内で車を所有していられるだけの稼ぎがないということだ。木綿子は心の中でひそかに舌打ちした。絹恵には、私の雇った探偵は優秀なのだと言ったけれど、あれはたんなるはったりだった。本心では、この人物の能力を深く疑っている。

尾形は、佐伯達哉の履歴を調べたり、恵哉の葬儀について情報を得るのに万事遺漏はなかった。しかし、肝心の殺人事件にどれほど役だってくれるか心もとない。

日本では殺人事件を扱う私立探偵などいないのだ。それを承知で知人（知人？　富樫は知人と呼ぶべき人だっただろうか）に紹介してもらったのは、数年前、尾形が埼玉県警をなにか些細《ささい》なミスで辞めさせられ、それから私立探偵を始めたという話を聞いたからだ。県警にかなりのつてをもっているのではないかと、その一点だけに期待して雇ったのである。

「断っておくけれど、この車の色はただの菫色じゃないのよ。そのへんを走りまわっているジープと区別するために、特別に塗装させたの」

「広い駐車場ですぐに発見できるためですね」

無邪気とも形容したい口調。木綿子は、車の話を打ち切ることにした。

「小学校ではなにか分かった？」

「残念ながら、校長にも恵哉君の担任だった教師にも会えませんでした。ガードがひどく堅いんです」

「だって、ここの校長、テレビに出ていたわよ、恵哉君が自殺した翌日。なんだかしたり顔で、犯人は小学校にかよっていたころといまでは環境が変わってしまったので、そういうことをする子になったとしても、学校教育のせいとは言えない、なんて」

「それが舌禍となって、事件について口をつぐむことにしたのかもしれませんね」

「学校に抗議でも行った？　それならまあ、仕方がないけれどね」

「あとですね、過去にも現在にも、学校で飼っている動物が殺されるなんてことはなかったということは確認できました」

「あ、そう？」

これは、木綿子が指示した調査ではない。

「この近辺ではいまのところ、動物虐待するような人間はいないようですね」

「動物虐待の線を当たっていたわけね、あなたは」

「わざわざ赤ん坊の遺体を親から引き離した点が、ひっかかっているんです」

「異常性格者だって？　でも、長男の遺体は両親の間に運んだのよ。なかなかやさしいじゃないの」

「犯人は、きょうだいというものにたいして、なにか特別な感情を抱いている人間なのかもしれませんね」

「それ、あなたのオリジナルじゃないわね。テレビで誰かが言っていたでしょ」

「はあ。人は、似たようなことを考えるものですから」

テレビの知識人と同じ見解など披露しなくてもいいから、県警の誰それと接触して……などというたのもしい台詞《せりふ》を口にしてくれないものだろうか。どうも、期待はずれのところの多い探偵だ。

風采があがらないので、よけいたよりなく感じられるということもある。いつもハンティング帽をかぶっているのは、どこかの名探偵を真似たのではなく、早くも後退の始まった頭髪を気にしてのことらしい。目がびっくりした猫のように丸くて、なんともいえず柔和だ。とても探偵だの元警察官だのには見えない。

そこへいくと、アメリカのいかがわしいところのある探偵は、見るからに切れ者だった。まあ、恵哉を探すのに半年もかかったのだから、内容は見てくれほどではなかったのかもしれないが。

木綿子はゆっくりと車を発進させた。

「どこへ行くんです」

「池袋」

そこに、尾形の探偵事務所がある。

「送ってくれるんですか」

「送るのはついでよ。そちらはいろいろ報告することがあるでしょう。こちらもこれからしてもらうことを言わなければならないから」

「移動する会議室ってわけですね」

またしても無邪気な言いようだ。二十歳の青年が口にするのならいいのだが、富樫の友人の弟である尾形は二十八歳、すでにおじさん予備軍に入っている。

「佐伯さんから、恵哉君の友人の名簿をもらってきたわ」

警察に要求されて提出した名簿の原本をコピーさせてもらった。それは学校の名簿や連絡網の用紙から成っていたが、ページが欠けているのもあれば、よくまぁ捨てずにとっておいたよというような半分破けたものまであった。恵哉のアドレス帳はないのかと聞くと、どこを探しても見つからなかったと、絹恵は寂しそうに答えた。

「友人名簿というより同級生・同窓生名簿といったほうが近いかもしれないけれど。そこのボックスに入っている」

木綿子は目でダッシュボードをさした。尾形はボックスから数枚のコピーをひっぱりだしながら、

「目標は、恵哉君の知人で異常性格者、ということになりますかね」

「異常性格者を探すよりも、織田さんと接点のある人を探したほうが早いと思うわ」

「もう一度、朝倉さんの推理のおさらいをしていいですか」

「どんどんやってちょうだい、まちがいを起こさないように」

「ふむ」と半眼になって、尾形は暗唱するように始めた。

「織田さん一家を殺したのは、恵哉君ではない。恵哉君を知っている人物だ。真犯人は、はじめから恵哉君に罪をなすりつけるつもりで動いていた。だから、凶器の出刃包丁を買いにいった時も、恵哉君に似せたいでたちだった。というか、真犯人と恵哉君の年格好はそもそも似ているのだろう。刑事の訪問を受けて逃亡した恵哉君は、マンションで真犯人と落ち合った。そして、彼により恵哉君は自殺と見せかけて殺された」

「その通りよ」

「ところで、刑事が家に来たからといって、恵哉君はなぜ窓から逃げ出さなければならなかったんでしょう」

尾形は雇主にむかって、不埒《ふらち》にも質問を発する。

「犯人とそういう約束になっていたのよ。刑事が来たら、刑事を走りまわらせた挙げ句にあの東町ホームタウンに逃げ込むって」

「なんのためです」

「そりゃあ、恵哉君に罪を着せてあのマンションから突き落とすためよ」

「それは、犯人のがわの動機ですよね。恵哉君はどうして逐一犯人の指示通り動いたんでしょう。罪を着せられて殺されるとは予想がつかなかったんでしょうか」

予想がつかなかったのだろう、とは言いたくなかった。それでは、なんだか一人息子が思慮も思考力もない、木偶《でく》の坊のようではないか。

尾形は、さらに気にくわないことを指摘する。

「それだけ恵哉君が犯人の言いなりになって動いたということは、あるいは恵哉君も事件になんらかのかかわりがあったということになりませんか」

「犯人の言いなりになるのに、事件とかかわりがある必要はないでしょう。恵哉君は犯人からいじめを受けていて、彼の言い分はなんでも聞くような精神状態になっていたのかもしれない」

「あるいは、今度の事件とは別件で、なにか脅迫を受けていたのかもしれない」

木綿子は、いきなりブレーキを踏んだ。目の前の横断歩道に信号があり、それが赤になっているのに気がついたのだ。尾形のずんぐりむっくりした体が大きくはずんだ。

「運転に注意が集中できないなら、会議は打ち切ったほうがいいと思いますが」

天井に頭でもぶつけたのか、尾形は帽子の上から頭頂をさすりながら言った。

「私はそれほど無器用な人間じゃありません」

「そうですか」

「あなたは恵哉君に後ろ暗いところがあったっていうの」

「そんなことは言っていません。自分に後ろ暗いところがなくても脅迫される場合もありますよ。ところで、朝倉さんと恵哉君の関係をそろそろ明かしてもらえますか」

さらりと、重大な要求をつきつけた。木綿子は眉を吊りあげ、車を発進させた。

この男に恵哉との関係を明かす気はなかった。自分のつもりでは、まだ試用期間中の探偵なのだ。めったやたら秘密を打ち明けて、あとで禍根を生じないともかぎらない。

「正しい道を行くためには、できるかぎり情報を得ておかなければなりません」

「余計な情報がありすぎても、道を踏み迷うものよ。私と恵哉君の関係は事件とはなんの関連もない、そう保証できるわ」

「そうですか」

尾形は細く細く息をついたあと、

「ここにあるのは全部、いま現在の住所なんですかね」

住所録のコピーをめくりながら言った。

「いま現在のものもあるし、その時代のものもあるわ。小学校と中学校の両方に名前の載っている子もあるでしょう」

「ああ、そうですね」

「仲のよかった友達には、マルをつけてもらったから」

「いまだに付き合っている友人ということですね」

「いや、その時代に仲がよかったという意味でつけている可能性はあるわ。そのへんのところ、少し曖昧ね」

「手書きの名前の子もいますね」

「名簿の不完全さを補うために、年賀状を調べて書き込んだそうよ。それでも、全部拾いきれていないだろうと言っていた。でも、家に交友の痕跡の残っていない友人なんて、問題にする必要はないでしょう」

「バツ印はないんですか」

「どういう意味」

「仲の悪かった子」

「ああ、知らないみたい」

実際には聞き忘れたのだが、そう答えて気のきかなさを暴露するほど、木綿子はおめでたい人間ではない。

「恵哉君が親にそういうこと、あまり話さなかったということですかね」

「かもしれないわ」

「東町ホームタウンに住んでいる人はいませんね」

「なにか問題？」

「あそこのマンションに行ってみましたか」

「いえ」

息子が命を落とした場所。行ってはいるが、マンションの駐車場の外から車の窓越しに見たにすぎない。過剰に想像力が動き出しそうなのが嫌で、すぐに立ち去った。だから、行っていないと言っても嘘ではない。

「オートロック方式のマンションで、簡単には中に侵入できないんです」

「あら、でも、住人の出入りについていけば、そうむずかしくはないわよ」

友人が住んでいるマンションで、木綿子はそのような経験をしたことがある。

「その場合は、侵入したい時にタイミングよく住人の出入りがなければならないでしょう」

「そうか。じゃあ、犯人はますます絞られてきたわけね。東町ホームタウンの住人か、住人となんらかの関係のある人物を探せばいいのよ」

「そして、織田さん一家を皆殺しにするほど憎んでいて、恵哉君を自由にあやつれる人物」

「そうそう。簡単じゃない」

尾形は失礼にも、なんの相槌も打たなかった。

9

絹恵は夜の闇の中、蒲団に入ったまま、大きく目を開いている。

静寂が深い。深夜にはこんなに物音がなくなるものなのかと驚くほど、静かだ。

独りぼっちになったからだ、と思う。口をきかない子でも、隣の部屋にいれば気配がした。だが、それがなくなってしまった。静けさが否応なく耳につく。

隣に誰もいなくなって、五日が経つ。二晩ほど押しかけてくるマスコミを避けてホテルに泊まったために、静寂を知らなかったわけではない。昨日はこの部屋で通夜をした。しかし、物音に耳をかたむけることはなかった。これまでは周囲の動きについていくのがやっとで、考えることも感じることもできなかったのだろう。ようやく日常をとり戻したのかもしれない。

いや、これから先の一生、日常をとり戻すことなんてない、と絹恵は胸につぶやき返した。あんな恐ろしい罪を犯した息子の母親が、どうしてもとの生活に戻れるだろう。戻れるわけがない。

桜亜由子の顔が目の裏に蘇った。あの見知らぬ奇妙な女性は、恵哉が犯人ではないと言いきった。それが本当なら、どんなに嬉しいだろう。しかし、あの女性は信じられるのだろうか。彼女と話していた時には恵哉の無実を確信できそうな気もしたが、彼女が帰ってしまうと、おとぎ話でも聞いたようななんともつかみどころのない気分になった。亜由子が恵哉の無実をひどく熱心に説いたのは確かだけれど、熱心さなら、恵哉の容疑を指摘した刑事だって負けないくらいだった。どちらが正しいのか、絹恵には判断がつかない。

脈絡もなく、亜由子が達哉をタツニイと呼んだことを思い出した。タツニイなんていう呼び方をしたのは、あとにも先にも彼女だけだ。二人の関係はどんなものだったのだろう。ただの隣近所兼家庭教師と教え子というだけのものだったのだろうか。そんなことはなさそうだ、亜由子のあの熱の入れようを見ると。

絹恵は寝返りを打った。そちらがわの暗闇に、仏壇がある。達哉と恵哉の眠る仏壇。嘘だ。あそこには誰もいない。いや、恵哉の骨はあるけれども、夜の静けさを破れない物に命が宿っているわけはない。骨は骨。死は死。おしまいなのだ。達哉が亡くなって、嫌というほど思い知らされたのが、それだ。恵哉の死がそれを補強した。

どうしてこんなことになったのだろう。どこにまちがいがあったのだろう。恵哉が生まれて、千歳が丘に家を建てて、あのころは欠けたものがなかった。いつまでもこの日々が続くと思っていた。幸せすぎて、幸せであることも自覚できなかったくらいだ。

達哉の突然の死。破滅的な脳出血。突然には感じられたけれど、なんらかの徴候はあったのだろう。それに気づいてさえいれば、達哉の死は防げたのではないか。絹恵が夫の健康状態にもっと気を遣っていれば。

あの日はクリスマス・イブで、日曜日だったため、家族そろって銀座へ行き、夕食はフランス料理を食べる予定になっていた。しかし、達哉は体の不調を訴え、絹恵と恵哉の二人で外出した。体調不良は口実だ、というのが、絹恵と恵哉の一致した見解だった。パパはたまっていたカルテの整理がゆうべのうちに終わらず、きっと家で仕事をしていたかったにちがいない、と。クリスマス・プレゼントに恵哉にはゲーム・ソフトを買い、達哉にはカシミヤのセーター、自分にはティファニーのイヤリングを買って、予定通りフランス料理を食べて帰宅したのが夜の九時すぎ。達哉がベッドで倒れているのを発見して病院に運んだ時は、もはや手遅れだった。

働きすぎだったのだろう。クリニックを開いて、家を建てて、子供を得て、妻子に満足な生活をさせて、そのために身をすり減らして働いていたのだ。絹恵が気がついた時は、後の祭りだった。

達哉がいれば、恵哉はあんなふうに変わらなかったのだろうか。たいてい男の子は男親よりも女親に強い愛着を見せるものなのに、あの子は父親っ子だった。たとえば、幼いころ夜寝る前に童話を読む習慣があったが、恵哉は母親よりも父親に読んでもらうことを好んだ。少し大きくなってから、テレビ・ゲームの対戦相手に選ぶのも、母親ではなく父親だった。もっともこれは、絹恵がどのゲームも下手だったせいもある。恵哉と達哉が真剣かつ楽しげに対決するさまを見て、絹恵は嫉妬を覚えたものだ。嫉妬の対象は恵哉であったり、達哉であったりした。

とはいえ、絹恵と恵哉の仲が悪かったわけではない。幼いころ、転んで足をすりむくなど、痛い目にあうと、恵哉が真っ先に救いを求めてくるのは絹恵の胸だった。しかも、最近は、一方的に絹恵が恵哉を保護する立場ではなくなっていた。達哉が亡くなったあと、おろおろするばかりだった絹恵を励まし、支えてくれたのは恵哉だった。恵哉がいなければ、絹恵はあの生まれてはじめて（だが最後ではなかった）といっていいほどの受難を乗りこえることなどできなかっただろう。子供というものはかわいいばかりでなくありがたいものだと、つくづく思い知らされたつもりでいたのだ。

それが、反転した。

恵哉が四人もの人を殺した？　なんの関係もない家族を？

いや、なんの関係もないのかどうかは分からない。警察はずいぶんしつこく織田家と恵哉、あるいは佐伯家との接点を探ろうとしていた。いまでも捜査しているかもしれない。だが、絹恵には織田家など記憶のどこをどうひっくり返しても出てこない。いくら同じ千歳が丘に住んでいたことがあるからといって、そして恵哉がかよっていた小学校の裏に織田家があったからといって、必ず知り合いになるわけではない。

織田家の誰かが夫の歯科クリニックの患者になっていた可能性はあるが、カルテはクリニックを手放した時点で処分したから、調べようがなかった。どちらにしろ、夫の仕事は織田家と絹恵や恵哉を結びつけるものではない。クリニックは駅前にあったし、絹恵も恵哉も夫の仕事を手伝っていなかった。

「この子にクリニックを継がせるの」まだ赤ん坊だった恵哉の寝顔を見ながら、絹恵は達哉に聞いたことがある。「それは分からないな」達哉は笑って答えた。「なんになってくれてもいいと思うよ。この子がなりたいものなら」二人で恵哉を見守っていた、あの至福のひととき。恵哉は羽のはえていない天使のようだった。

恵哉の心には悪魔が住んでいたのか。恵哉は殺人鬼になりたかったのか。そんな馬鹿な。私達の子供、苦労の末に授かった子供、やさしい達哉の血をひく、愛情をいっぱいに注いで育てた子が、殺人鬼なんか志願するわけはない。

だが、もしも、遺伝子のもう一組が恐ろしい性格を伝えていたとしたら？　不意に、思いもかけない疑惑が絹恵の胸に萌《きざ》した。遺伝子のもう一組の見知らぬ性格が時とともに出現してきたのだとしたら？

絹恵の背中を冷たい戦慄が駆けぬけた。もう一組の遺伝子のことなど、いままで一度も考えたことがなかった。いや、それは恵哉が反抗的になった時などふっと考えないでもなかったが、考えてはいけないことだと自分を戒めてきた。こんなことになったからといって、もちだしていいことではない。

絹恵は慌てて思考の矛先《ほこさき》を変えた。

元凶は高校にあるにちがいない。恵哉が変わったのは、高校に進学してからなのだ。恵哉は陽輔と同じ私立高校に行きたかったのだ。しかし、いまの経済状態ではとても私立高校になどやれなかった。恵哉もそれを承知していて、だから市立東高校に進んだ。

では、高校で具体的になにがあったのか。マスコミでは、恵哉がいじめにあっていたようなことを伝えているらしい。この事件にかんしてテレビや新聞は極力見ないようにしているが、押しかけてくるリポーターの質問でそういう感触を得た。

だが、恵哉はいじめにあうような子だったろうか。わがままなところもあったが、やさしくて明るかった。成績も容姿も、抜きん出てもいなければ下回ってもいなかった。決して人に忌み嫌われるところはなかったはずだ。それでも、父親を失ったお坊ちゃん育ちの少年は、あの偏差値が高いとはいえない高校でいじめの対象になったのだろうか。

絹恵には、近ごろの青少年の思考方法がまったく測れなかった。だからこそ、恵哉も絹恵と口をきかなくなってしまったのだろう。

この夏休みが終わるまで、絹恵は恵哉が毎日高校に行っているものと思っていた。勤めに出る絹恵より早く鞄を抱えて家を出ていったからだ。実際にいつごろ恵哉が登校しなくなったのかは不明だ。二学期が始まると、恵哉は朝、蒲団から出てこないことが多くなった。はじめは頭が痛いとか今日の一時限目は自習だからとか言い訳していたが、そのうちになにも言わず、おおっぴらに休むようになった。絹恵は困惑していたが、どうしようもないまま、時をすごした。

なぜ一言、どうしたの、と聞かなかったのだろう。聞いていれば、あの子の心の中がいくらかでも分かっただろうに。対処のしようもあったかもしれないのに。

そうだ、あの時だ。夏休みに入る間際だったと思う。絹恵は、昼すぎに予定外の帰宅をしたことがあった。会社の用で和木市まで来た。用をすませたあと、駅前通りのフルーツ・ショップでおいしそうな安売りのメロンを見つけ、思わず買ってしまった。恵哉の好物だったからだ。そのまま会社に持って帰るわけにもいかず、勤務時間中に悪いとは思ったが、家に寄った。すると、学校にいるはずの恵哉がいたのだ。

絹恵は驚いたが、恵哉はもっと驚いたようだった。あの時、「学校はどうしたの」と聞けばよかったのだ。だが、なぜかその質問は絹恵の口から出てこなかった。

「会社の用でそこまで来て、メロンが安かったものだから」

むしろ、自分の帰宅の言い訳をした。そして、そそくさとメロンを冷蔵庫に入れると、家を出ていったのだ。

なぜあの時、「どうして家にいるの」と聞けなかったのか。聞く雰囲気ではなかったのか。いや、恵哉は終始、鳩が豆鉄砲を食らったような表情をしていた。尋ねれば、案外なんでもしゃべってくれたのではないだろうか。

絹恵のほうが後ろめたさを感じてしまったのだ。仕事の途中で寄り道をしたことを。会社勤めをしていれば、けっこう勤務時間中に私用をすませることもあるものだということを、はじめて会社員になった絹恵はそのころまだ知らなかったのだ。

それに、そう、恵哉はテーブルでなにか熱心に書いていた。垣間見えた文字は、アルファベットや数字だった。なにか学校の都合で授業が早く終わって、家で勉強をしていたのだろうと、勝手に解釈したのだ。

絹恵は闇の中で顔をしかめた。アルファベットと数字の羅列。ＶＳの文字を嫌でも思い出す。あのことがなければ、桜亜由子の冤罪説をすぐにも信じられるのだけれど。

絹恵はとうとう起き上がった。蛍光灯からぶら下がっている紐をひっぱって明かりを点《つ》け真っ先に目についたのは、整理箪笥の上の、白布に包まれた壺だ。問いかけたいことはたくさんあったが、永遠に答えを飲み込んでしまった壺。

　隣の部屋の襖を開く。

　見事なほど、なにもない部屋だ。あるのは整理簞笥と机だけ。机は、千歳が丘の家で使っていたのは大きすぎて蒲団を敷く余地がなくなるため、子供用のものに買い替えた。辞書と教科書を載せたら、ノートを広げるのは一苦労という小ささだ。机の上にはなにもない。中にもない。刑事が全部もっていってしまったからだ。調べを終えたら必ず返す、と約束してくれたけれど。

　買い置きのトイレット・ペーパーまでもっていってしまった。あんなものにどんな証拠も隠されているはずはないのだが、それが警察のやり口であるらしい。だが、それにもかかわらず、警察は証拠品になるかもしれないものをとりこぼしていった。

　絹恵は机の前にかがみこみ、机の脚の内がわを覗き込んだ。ナイフかなにかで刻み込んだ文字は、隣室から漏れる明かりでは見えない。しかし、指先でなぞると、うっすらと確認できる。数カ月前、掃除をしていた時に偶然発見したのだ。子供みたいに机にいたずらをしたりして、とその時は呆れただけだった。だが、織田一家事件が身にふりかかってきてから、意味が変わった。刻まれた文字はこうだった。

VS EKA±2NID・MK
VS IHHES6DEMK
―HMVSIULQE

一見無茶苦茶なアルファベットの羅列に、なにか意味があるのだろうか。あるにちがいない。

いったい恵哉は、なにを書き連ねたのだろう。なぜ、ちゃんとした日本語で書かなかったのだろう。読まれては困ることだからなのだろうか。しかし、それならば、絹恵の目につくところにこんなふうに刻み込まなくてもよかったはずである。

恵哉は、絹恵になにか伝えたいことがあったにちがいない。それはなんだったのだろう。なぜ、口で言ってくれなかったのだろう。

絹恵は、いまほど息子と話がしたいと思ったことはなかった。

10

尾形久雄は、木綿子の指示で恵哉の友人達を調べることになった。

絹恵が名簿に友人の印をつけたのは久保《くぼ》研二《けんじ》、小林陽輔、須藤《すどう》宏司《こうじ》、田島《たじま》ゆかり、長田《ながた》伸《しん》也、若山理佐子の六人である。木綿子は、マル印はついていないが、絹恵が手書きで住所氏名をつけくわえた鈴木《すずき》仁美《ひとみ》、陸奥《むつ》俊一《としかず》、吉永治《よしながおさむ》の三人もある程度親しかったのだろうと判断し、調査対象にくわえている。

小学校から高校一年生の十年の間で、親の印象に残るほど親しい友人が九人。そのうち陸奥俊一と鈴木仁美は小学校だけの同窓で、あとは全員小中学校を通しての同窓である。高校の友人は一人もいない。小中学校の友人にしても、現在どの程度の付き合いがあるのか分かっていない。小林陽輔はとくに親しかったというが、それは中学時代のことであって、現在については不明だ。佐伯恵哉がおそろしく孤独な思春期を送っていたことは明らかだ。

九人の友人のうち、小林陽輔については、依頼者がもっともご執心だ。依頼者自身が調査すると言っている（かえって調査を混乱させなければいいが）。したがって、尾形が調べなければならないのは八人である。

尾形が木綿子に命じられた調査項目は三点ある。①調査対象者はどんな人物であるか。②恵哉とどんな関係にあったか。③調査対象者の恵哉にたいする印象。

尾形は土曜日に調査を開始した。

調査の順序は、地図と相談して決めた。移動手段が公共交通機関だからである。レンタカーを借りてもいいのだが、駐車場のことを考えると、公共交通機関のほうが小回りがきく。

張り込みでもしないかぎりはレンタカーは使わないことにしている。木綿子は、車ももてないほど尾形には仕事がないのだと誤解しているようだが。

尾形は、久保研二、陸奥俊一の二人から調査を始めることにした。二人の家は藤沼町にある。千歳が丘と隣接しているが、藤沼町のほうが東部線和木市駅寄りだ。久保も陸奥も、この町の一丁目にある公団住宅に住んでいた。

公団住宅は、築三十年は経っている五階建てのビルで、各階六戸、それがざっと見たところ二十棟あった。六百世帯が暮らしていることになる。古いせいか敷地がゆったりと使われていて、銀杏《いちょう》や椿などの木々も豊富だった。悪くない環境だ。

久保は一号棟の304号室、陸奥は五号棟の101号室に住んでいる。入り口から近い一号棟の久保から始めるのは当然だ。

尾形は304号室のチャイムを押した。土曜日の昼前だから、誰もいない可能性は薄い。運がよければ本人をつかまえられるだろう。

「はーい」という声とともに鍵のあく音がした。中年の女性が、細く開いたドアから顔だけ覗かせた。エプロンの胸もとが濡れているのは、洗い物でもしているところだったのだろう。縦より横が大きくて、肝っ玉母さんといった趣がある。

「どなた」

尾形を見て、不審そうに眉をひそめた。ドア・チェーンをかけたまま、はずそうとしない。これは、秘密裡《ひみつり》に行なわなければならない調査ではなかった。犯罪捜査でもないし、浮気調査をしているのでもない。とはいえ、話を聞き出すためには適当な作り話が必要だ。

「ルポ・ライターの小森《こもり》と申します」

と、尾形は名刺入れから小森の名刺を出してドアの前に差し出した。警察官時代、尾形のもとに取材に訪れたルポ・ライターの名刺を真似てパソコンで自作したものだ。

「ルポ・ライター？」

女性は名刺を受けとるとともにドア・チェーンをはずした。好奇心の塊といった表情になっている。

「はい。ちょっとある事件のことでお話をうかがいたいと思いまして」

「事件、というと」

「おたくの息子さんが、佐伯恵哉という人物と小学校中学校をつうじて同級生だったとうかがいまして」

女性の頬が鮮やかに紅潮した。佐伯恵哉が何者か知っている反応だった。

マスコミには、一家四人惨殺事件の犯人の名前も顔も在籍高校も出ていない。それでも、小中学校の関係者にはなんとはなし噂が流れているのだろう。

「どこでうちの息子と佐伯君の関係を？」

「あ、ちょっとそれは秘匿事項なのですが、決しておたくに迷惑をかけるようなことはしません。本の出版を企画しているんです。友人・知人の証言から佐伯恵哉君の人物像を浮かびあがらせる内容です」

ゆったりした口調で説明する実直そうなルポ・ライターを、研二の母親は上から下まで眺めまわした。

「研二にインタビューなんですか。いまアルバイトに行っていますよ。土日はいつもアルバイト」

「それはえらいですね」

「そうですかねえ」

研二の母親は苦笑めいたものを口もとに浮かべてから、

「そんなわけで研二はいませんので」

ドアをしめようとした。

「あ、待ってください。できれば、お母さんにもお話を。お母さんも佐伯恵哉君をごぞんじでしょう」

「そりゃ、少しは」

勢いよく答えてから、研二の母親は声をひそめた。

「恵哉君、小学校のころは活発でかわいい子だったんですけどね。お母さんは歯医者さんの奥さまということで、ちょっと気取っていたというか、私達団地組には馴染まなかったけれど。本当にね、恵哉君は屈託がなくて。うちにも何度か遊びにきたことがあるんですよ。まさかあんなことをする子になるなんて」

語尾は溜め息まじりになった。

「息子さんとどんな遊びをしていました」

「そうねえ。いまの子達って、変なんですよ。こっちでゲームをしてこっちで本を読んでいる、というふうにばらばらに遊んでいるの。だったらなにも一緒にいなくてもいいと思うんだけど、ちがうんでしょうね」

「はあ……サッカーとか野球とかは」

「うちの子、運動嫌いだったから、そういうことはしなかったんじゃないかしら」

「陸奥君も一緒でしたか」

ついでに陸奥俊一の情報も仕入れようと聞いた。研二の母親は首をかしげた。

「陸奥君？」

「同じ団地に住んでいる陸奥俊一君です。小学校だけ一緒だったようですが」

「ちょっと覚えていないですね」

「そうですか。息子さんはいまどこの高校に」

「市立東高。恵哉君とおんなじなんですよ」

「そうなんですか。じゃ、いまでも恵哉君とはけっこう親しく」

「いえいえ。そんなことはないと思いますよ。仲よくしていたのはクラスが一緒だった小学五年と六年の時だけで、中学に入ってからは同じクラスにならなかったこともあってそんなに。ほら、気の合うお友達っていうのは、年齢とともに変わってくるものだから。高校に入学した時、恵哉君がいたって、びっくりしていましたね」

「お父さんが亡くなって環境が変わったという話は」

「あ、それは風の噂で。環境が変わったせいなんでしょうねえ。あの」

研二の母親は途中で言葉を飲み込んだ。

「あの事件、どう思います」

「やりきれないですよ、息子の同級生があんなこと……ついね、息子の机の中、覗いちゃいましたよ」

「？」

「なにか変なものが入っているんじゃないかと心配で。日記を書くような子じゃないんで、外でなにしているかなんて分かりませんよね」

研二の母親の声には実感がこもっていた。もっともそのあと、こう念を押すのを忘れなかったが。

「うちの子、いい子なんですよ、とても。それでも親というのは心配なものなんですよ」

尾形は、そのへんでひとまず久保家を引き上げた。研二の帰宅は五時すぎだということで、そのころまた訪問してよいという約束をとりつけた。


次に陸奥俊一の住む五号棟の101号室を訪ねた。しかし、そこの表札は「山田《やまだ》」となっていた。とりあえず尾形は、山田家のチャイムを鳴らした。ずいぶん待ったが、応答はなかった。

尾形は、むかいの102号室のチャイムも押してみた。「野平《のひら》」という表札がかかっている。こちらはしばらくしてドアが開き、白い粉をふいたような化粧の女性が現れた。おばあさんと呼ぶには若すぎ、おばさんと呼ぶには年をとりすぎているようだ。

「なんでしょう」

「人探しをしているんですが。101号室には陸奥さんが住んでいたんじゃなかったでしょうか」

「陸奥さん？　もう何年も前に引っ越しましたよ」

道理で中学校がべつだったり、研二の母親が俊一を覚えていなかったりするわけだ。これ以上追いかける必要はなさそうだったが、一応聞く。

「どちらへ引っ越しされたんでしょう」

「あなた、借金とりじゃないんでしょうね」

「いえ。陸奥さんは借金とりから逃げるために引っ越したんですか」

「あら、そんなことはありませんよ。でも、知らない人に住所を教えていいかどうか分からないから」

「ああ、すみません。こういう者です。陸奥俊一君にインタビューがしたくて」

尾形はルポ・ライターの小森の名刺を差し出した。野平さんは腕をいっぱいに伸ばして名刺を眺めながら、

「ルポ・ライターさん？　まさか俊一君がなにかしたんじゃないわよね」

「なにかしそうな子でしたか」

「とんでもない。よくいじめられていたわ」

「というと」

「小学五、六年のころ、近所に住む同級生だろうと思うけど、数人が俊一君をとりかこんで

馬乗りになったり、ボールぶつけたり。私が近寄ると子供達はぱっと飛び散って、俊一君は遊んでいたんだと言い張ったけれど、あれはどう見てもいじめでしたよ。あの子、小さくてぼうっとした感じだったから」

いじめっ子の中に、恵哉や研二はいたのだろうか。

「いじめている連中に知っている子はいましたか」

「いいえ。団地の中で見かける子はいたけれど、名前まではね。うちはもうその時、小学校と縁がなかったから」

それから、野平さんは口をへの字にして首をかしげた。

「まさか俊一君が昔のいじめっ子に復讐したなんていうんじゃないでしょうね」

「そんな感じの子じゃなかったんでしょう」

「それはそうだけど、でもいまの世の中、おとなしい子が豹変するなんてザラだから」

「実は、俊一君自身じゃなくて、俊一君の同級生だったある子について取材しているんです」

「そうなの。あ、もしかして、例の惨殺事件？　俊一君の同級生がしたことだったの」

急に、野平さんの目が生き生きと開いた。同じ年齢の子供をもっていない野平さんの耳には、どうやら事件の詳細は伝わっていないらしい。尾形は、部外者にあまり恵哉の名前をふりまきたくなかった。

「いや。それとはべつの。臓器提供者の心温まる物語でして」

口から出まかせを言うと、野平さんは目をぱちくりさせたが、疑いはしなかったようだ。

「ちょっと待って。お年賀状をやりとりしているんですよ」

奥へ入っていった。たいして間をおかず、葉書をひらひらさせて戻ってきた。

年賀状の住所は仙台市となっていた。

「旦那さんの実家が仙台でなにかお店をやっていて、そこを継ぐことになったとかで引っ越しちゃったんですよ」

これなら、調査の対象からはずせそうだ。もっとも、恵哉の小学校時代の様子を聞くために電話をかけるくらいはしたほうがいいかもしれない。尾形は、陸奥の住所と電話番号を書きとめた。


研二が帰宅する時間まで四時間以上ある。この間に最低あと二軒はまわれそうだ。尾形は昼食のために入った近くの蕎麦屋で、地図と恵哉の友人の住所とを見比べた。

藤沼町にはほかに四人が住んでいる。須藤宏司、田島ゆかり、長田伸也、若山理佐子である。みんな藤沼町二丁目だが、そもそも藤沼町には二丁目までしかなく、団地のみで構成されている一丁目にくらべ二丁目はひどく広い。四人の家は四方八方に散っている。中では、田島ゆかりの住まいがここから一番近い。歩いて五分もあればつくだろう。

しかし女の子か、それも女子高生……尾形は二の足を踏む思いだ。女の子だろうとなんだろうと恵哉の友人なのだから、いずれ会わないわけにはいかない。それならば早く会ってしまったほうが重荷をおろせるとも思うのだが、どうにも気が進まない。

尾形は女子高生が苦手だった。しかし、もともとそうだったわけではない。きょうだいは男ばかりだったが、小学校から大学まで男女共学だったから、女性にたいする免疫はできているつもりだ。ただ、三年前、電車の中で女子高生から痴漢とまちがえられた。無実を主張したのだが聞き入れられず、コトは勤め先の警察にまで知られ、その挙げ句、辞職させられた。以来、尾形はできるだけ女子高生とかかわりあわないよう努めてきた。もっとも、昨今は親が自分の子供達の放課後の生活を探偵に探らせるケースがしばしばある。そういう意味では、女子高生とまったく無縁でいられるわけではないのだが。

尾形は地図を見直した。ゆかりの次に近いのは誰だろう。千歳が丘小学校に最短距離の若山家。おっと、これも女子高生だ。恵哉は女友達の割合が高すぎるのではないか。もてもてだったということか。

尾形は自分の中学生時代を思い返し、恵哉にたいしてほんの一瞬、嫉妬を覚えた。みんな小学校の時に知り合ったのだということを思い出し、すぐに悪感情を追い払う。

男子二人は、二丁目の北のはし。この辺りだと、小学生の足では学校まで二十分以上かかったのではないだろうか。その分睡眠が削られたわけだ。かわいそうに、と朝寝坊の好きな尾形は二人に同情した。同じ藤沼町だというのに、この蕎麦屋からだと、二人の住まいよりも千歳が丘のほうが近いくらいだ。

千歳が丘には二人いる。吉永治と小林陽輔。このうち小林は木綿子があたることになっているから、尾形の守備範囲外。吉永治は千歳が丘二丁目で、かつての佐伯家のすぐそばだ。千歳が丘一丁目を間にはさむ形なので、近いとは言いがたい。

残りの一人、鈴木仁美は曾根崎五丁目というところに住んでいる。曾根崎五丁目はどう見ても千歳が丘小学校から三、四キロはあり、どうしてこんな遠くから千歳が丘小学校にかようことになったのか分からない。あるいは、小学生時代はもっと近くに住んでいたのだが、その後引っ越したのかもしれない。どちらにしろ、女子高生であるこの子は最後だ。

蕎麦を食べおわると同時に、尾形は出すべき結論を出した。つまり、次に田島ゆかりを訪ねることにした。

田島家は庭つき一戸建てだった。周囲の一戸建てにくらべ広くもなく狭くもなく、立派でもなく貧相でもない。絵に描いたような平凡な和洋折衷の二階建てだ。

田島ゆかりは在宅していた。本人がインターフォンに応じ、玄関ドアをあけた。

中肉中背、美人でもなければ醜女《しこめ》でもない、平凡な家にふさわしい平凡な女の子だった。背中まで長く伸ばした髪の毛が黒いのだけが目をひいた。ひところのように茶髪だらけの世の中ではなくなっているが、女子高生のみどりの黒髪はまだ充分個性として通用する。

ゆかりが男の手が触れるやいなや痴漢として告発する女子高生かどうか、尾形には見極めがつかなかった。子犬の絵柄の長袖Tシャツとジーパン姿で、扇情的なところが小指一本分もないことは確かだ。ともかく、尾形は仕事にかかった。

「佐伯恵哉君のことを教えてほしいんですが」

と尾形がルポ・ライターの名刺を出しながら切り出すと、ゆかりは硬い表情になった。

「なんで」

「本を出版する計画があって、佐伯君の同級生の佐伯観を集めているんです」

「佐伯君の悪口を言えっていうの」

「そんなんじゃなく、あなたが感じたままの佐伯君を話してくれればいいんです」

「でも、その本、最終的には佐伯君の悪口で結ぶんでしょう」

「そうとはかぎりません」言いながら、この娘《こ》は恵哉に好感を抱いているのだなと思った。

「同級生の話を集めたその結果によっては、佐伯君の人物像はあんな凶悪な事件とは結びつかないという結論を出すかもしれない」

ゆかりは、しばらく尾形の目を見つめていた。たとえ自分の好みでなくても、生身の女子高生にそんなふうに見つめられるのは怖かった。しかし尾形は、我慢して目をそらさずにいた。

やがて、ゆかりは口を開いた。だいぶ口調が軟化していた。

「役にたつことは言えないと思います。私、佐伯君とそれほど親しくなかったから」

「でも、佐伯君のお母さんは、あなたの名前の上に友人のマークをふったんですよ。お母さんが知っているくらいだから、ずいぶん仲がよかったんだと思っていた」

とたんに、ゆかりの頬が赤く染まった。

「本当に？」

その時、奥から中年の男が出てきた。玄関右手の階段をのぼるそぶりを見せながら、ふっとこちらをふりむき、声をかけた。

「えーと、玄関で立ち話していないで、もしよければ中に入ってもらったら」

ゆかりは不機嫌そうに父親を一瞥した。

「いいのよ」

「そうかい」

気弱な微笑を浮かべて、父親は二階へ上がっていった。娘と見知らぬ男を偵察するために用もないのに階段をのぼっていったのだろうと、一目で察しがついた。

「ちょっと外に出ましょう」

ゆかりはサンダルをはき、尾形を押し出すようにして外へ出た。

ゆかりは、尾形を近くの児童公園に連れていった。すべり台とブランコがあるだけの公園だ。それでも小学生くらいの男の子がブランコで遊んでいる。ゆかりは鳥の糞の跡のあるベンチに腰をおろした。尾形はゆかりと二人分の間をあけて隣に座った。

「佐伯君のお母さんが私を友達リストに入れただなんて、不思議」

「そうなの」

「私達、小学校の三年、四年の時にクラスが一緒だっただけなんですよ」

「じゃあ、中学はちがったの」

「いや、おんなじですけど、小学校の友達なんて、中学に入ってからなにほどのものでもないじゃないですか。廊下ですれちがってもお互い知らんふり。なぜか年賀状だけはやりとりしていたけど」

するると、絹恵がゆかりの名にマル印をつけたのは、たまたま年賀状のやりとりで印象が強かったからだけなのか。そう思っていると、ゆかりはぽとんと言葉を落とした。

「それにあの人、ブスは嫌いだったし」

尾形は、ゆかりの顔を横目で盗み見た。ゆかりは無理して作ったような無表情をしていた。

「中学二年の時、私がある男子を好きだって噂が飛んだんです。あくまで噂ですよ。それを聞きつけた佐伯君がべつの男子と話しているのを聞いちゃったんです」

「なんて話していたの」

「だから、ブスは嫌いだ、って。あんなブスに好かれるなんて迷惑だよなー、って陽輔が言って、恵哉もうんうん、て」

いつの間にか名前を呼び捨てにしている。

「陽輔というのは、小林陽輔君？」

「うん。あ。小林君のこともリストに挙がっているんだ。そうですよね、小林君は佐伯君の友達だったから」

「あんなブスと言ったのは小林君で、佐伯君じゃなかったようだけど？」

ゆかりは赤くなって下をむいた。

「そうだけど、でも同調したのにはちがいないから」

「佐伯君と小林君て、いつもつるんでいたのかな」

「そうだね。どういうわけか小学校の時ずっとクラスが同じで、中学に入ってまたクラスが一緒になって、離れるきっかけがなかったみたい」

「小林君がリードして佐伯君がついていく感じ？」

「うーん。どっちかいうと小林君のほうが上だったかな。成績よかったし」

廊下ですれちがっても知らんふりだった仲にしては、詳しい情報をもっている。中学時代、ゆかりは恵哉のことをよく観察していたのだろう。

「あ、でも、小林君、成績がよかったといっても、よく佐伯君のノートを写していたようです。試験の当日までノートを返さなかったという話もあります」

「まさか佐伯君は小林君のパシリみたいなものだったんじゃないだろうね」

「いや、それはなかったと思う。佐伯君、おっとりしているというか競争心が足りないというか、とにかく成績にカリカリしたところがなくて、小林君の汚いやり口もなんとも思っていなかったみたい」

「そういうところが女の子にもてたんだね」

「そ」

勢いよくうなずいてから、ゆかりは目を丸くして尾形をふりかえった。

「佐伯君がもてたなんて、誰が言ったんです。大袈裟だよ。中一の時、ちょっととりあっていただけです、ゲームみたいに」

「ゲーム？」

「一人が、あの子いいって言うと、まわりじゅう盛り上がるでしょう。で、たいして好きでもないのに、バレンタイン・デイにチョコレート合戦、だったんだと思うんですよ、あれは。男って本当にもてているんだと勘違いするから、話がややこしくなるけど」

尾形には話の筋がよく見えない。

「ええと、なにかそのゲームで実質的な害をこうむったの、佐伯君は」

「そうだな。実害となると、コイズミから睨まれたことかな」

「コイズミというのは」

「社会科教師。当時二十八歳の独身男。いまも独身のはず。あんなの、誰も好きにならないもの」

「つまり、もてないコイズミが佐伯君に嫉妬した？　二十八の男が中一の子に嫉妬するなんて、嘘みたいな話だけど」

「でも、ほんとなの。あいつとんでもないロリコンでさ、一年の中にごひいきがいて、彼女と佐伯君が付き合い出したものだから、もう佐伯君の社会科の成績めちゃくちゃ。それでもお父さんが生きていたころは気を遣っていたところがあったみたいだけど、亡くなってからはひどいものだったって」

「それで、佐伯君の性格が歪んだということは……」

ゆかりは爪を噛んだ。

「そんなことで性格が歪むなんて、佐伯君にかぎって絶対にない、と思う」

「きみは佐伯君が殺人事件の犯人だとは信じていないんだね」

ゆかりは、無言で首を右に左にふり動かした。長い髪の毛が揺れて、尾形の鼻孔をなにか花の香に似た匂いがくすぐった。

尾形は、いつの間にかブランコ遊びの男の子がいなくなっているのに気がついた。公園で女子高生と二人きりだ。尾形の胃が、氷のかけらを飲んだように冷たくなった。

「分からない」

とうとうゆかりは言った。尾形の動揺には気づいていない、ひとつのことだけにとらわれている口調だった。

「やっていないと信じたいけど、でも、分からない……」

尾形は、詰めていた息を吐き出した。そろそろインタビューを打ち切ろう。

「ところで、最後に聞くけど、チョコレート合戦をくりひろげた女の子達の名前を覚えている？」

「ほとんど覚えていない。二十人くらいいたから」

「じゃ、佐伯君が付き合っていた女の子の名前を教えてもらえるかな」

「彼女だって全員は覚えていないと思うよ。鈴木仁美というんだけど」

「鈴木仁美？　彼女、小学校の同級生じゃなかった？」

ゆかりは訝《いぶか》しげに尾形を見た。

「おじさん、本当に恵哉君のお母さんから友達リストを調達してきたの。まちがいが多いよ。仁美は小学校はべつ。中学に上がる年に東京からこっちに引っ越してきたんだから」

「ああ、そうなの」

絹恵があまり息子の交友関係に詳しくなかったことを、尾形は知った。


尾形は、ついで若山理佐子の家を訪ねた。いや、訪ねようとしたというのが正しい。リストに載ったその住所（藤沼町二丁目一の一、千歳が丘小学校の裏門まで徒歩一分）に行ってみると、若山家はなかった。

田島家を一回り大きくした一戸建て住宅だったが、表札には「中村《なかむら》」とあった。若山家は陸奥家同様転居してしまったらしい。

尾形は中村家のインターフォンを押した。応答はあったものの、出てきたのは中学生くらいの女の子だった。かわいい顔立ちだが、ブスッとした表情をしている。尾形はひるんだが、これで逃げ出していては探偵業は勤まらない。

「あのー、ここは以前、若山さんのお宅ではなかったでしょうか」

「そうだよ」

「若山さんがどこに引っ越したか、知っていますか」

「あんた誰」

「若山さんの知り合いの者ですが」

「お父さんの？」

「え？」

「誰なの、佳奈子《かなこ》」

奥から声がした。

「若山さんの知り合いって言っている。引っ越し先言ってもいい？」

「えー、ちょっと待ちなさいよ」

奥の部屋からばたばたともう一人出てきた。茶髪に超ミニスカート、爪を五色に塗った女性。すっぴんだが、眉を細く削ってしまっているのはふだん化粧をするからだろう。しかし、年齢は十代、女子高生ではないだろうか。肌が若い。

尾形はますますたじろいだが、同時に直感が閃いた。

「若山理佐子さんですか」

「中村理佐子です」

理佐子は毅然と言い返し、その顔が意外にも美しい。

「ともかく、佐伯恵哉君の小中学校の同級生ですね」

恵哉の名前を聞いて、理佐子は佳奈子と顔を見合わせた。

「誰なんですか」

尾形はルポ・ライター小森の名刺を出し、ゆかりにしたのと同じ説明をした。

「お姉ちゃん、佐伯さんのファンだったじゃない」

佳奈子が理佐子の脇腹をつついた。理佐子は妹を睨んだ。

「部屋に行ってなさいよ」

「いいじゃん」

理佐子は妹にはそれ以上かまわず、尾形に視線を戻した。

「私、中学一年の時に佐伯君と同じクラスで、佐伯君の家に行ったこともあるけど、クラスが替わってからは全然行き来していないんです。高校もちがっちゃっているし。だから、なにも言えません」

一気にしゃべった。

「中一の佐伯君の印象でもいいんだけど」

「あの人、中一の時とお父さんが亡くなってからと、性格がちがうんじゃないかしら。中一の時のあの人の印象を知ってもなんにもならないと思います」

「あのー、きみはバレンタインのチョコレート合戦にはくわわらなかったの」

　理佐子の顔が真っ赤になった。

「そんなもの。子供の遊びですよ。いつまでもひきずったりしません」

　佳奈子がはじけるように笑った。理佐子はもう一度妹を睨みつけ、ついでに尾形にも怖い目を送った。

「私、これから出かけなきゃいけないんで」

　理佐子は身を翻し、尾形がひきとめる暇もなく奥の部屋へ戻っていった。

『若山理佐子——恵哉にたいして意識的に感情を閉ざしている模様』そういう報告書を木綿子に提出することになるだろうか。あの想像力過多の木綿子のことだから、真犯人の一味に理佐子をくわえるかもしれない。

　気がつくと、佳奈子が尾形を面白そうに見ていた。

「どうも」

　尾形は頭を下げて、出ていこうとした。

「ね」佳奈子が低い声でささやきかけた。「理佐子、どこへ行くと思う?」

尾形に、「どこへ行くの」と問い返す暇も与えず、続けた。

「東町ホームタウン」

尾形は驚いて佳奈子をふりかえった。佳奈子はにやりと笑った。

「あそこにスポンサーが住んでいるんだ」


尾形は、理佐子を東町ホームタウンへ尾《つ》けていった。理佐子は、持参の鍵でエントランスのガラス扉を通過した。マンションの郵便受けを確認したら、若山国彦《くにひこ》という名前があった。さらに中村家の近所で情報を収集した結果、若山家の主人は二、三年前から家に寄りつかなくなったということだ。その後、若山家の表札は中村に変わったが、妻と二人の娘が住みつづけているのに変化なかった。若山夫妻は離婚したのだ。しかし、父親と娘の交流はその後も続いているらしい。娘は父親の住むマンションの鍵をもって、勝手に出入りしている。つまり、佳奈子の言うスポンサーは、父親だったようだ。

「東町ホームタウンの住人か、住人となんらかの関係のある人物を探せばいいのよ」そう言った木綿子の声が蘇る。それにたいして尾形自身は「そして、織田さん一家を皆殺しにするほど憎んでいて、恵哉君を自由にあやつれる人物」と答えたのだ。

恵哉の知人の中に本当に東町ホームタウンの関係者がいたとは驚きだった。しかし、理佐子が恵哉を自由にあやつれる点にかんしては怪しい。それはもちろん、理佐子がゆかりよりも恵哉にたいして複雑な感情をもっているらしいことは分かる。しかし、複雑な感情をもっていることと恵哉の行動を自由にできることとはまったく別問題だ。

理佐子が織田一家を皆殺しにしたいほど憎んでいるかどうか調べる必要がある、そう尾形は思った。

尾形は、木綿子が力説するほどには恵哉の無実を信じていなかった。自分が犯してもいない罪を背負っておとなしく死ぬ（木綿子の主張によれば殺される）人間がいるとは思えない。職場で「のんびり屋のおっちゃん」と揶揄《やゆ》されることもあった尾形だが、痴漢の嫌疑をかぶせられた時ばかりはなんとか冤罪を晴らそうと必死になった。尾形が警察をクビになったことで被害者が告訴をとりさげた時には、とりさげないようたのみに行きさえした。裁判でなんとか身の証しを立てたいという気持ちからだ。そうまでする尾形を見て、相手は、どうやら満員電車の中で不埒な行為を働いたのは尾形ではないのではないかと思いはじめはしたようだ。だが、最終的に告訴はとりさげられ、事件は曖昧に終わってしまった。自分の経験から考えるなら、恵哉の行動は無実の人間のそれではない。

とはいえ、絶対に恵哉が犯人とも信じきれない。なにしろ、恵哉は一言も事件についてしゃべっていないのだ。恵哉の自殺の理由が織田事件とは無関係でなかったとは言いきれない。おまけに、残念ながら、警察の捜査は案外と杜撰《ずさん》なものだ。自分で経験しなければそんなことは頭の隅にも浮かばなかっただろうけれど。

口から出まかせのような木綿子の推理が的中しているのか、警察の捜査が正しいのか、徹底的に調べてみるしかないと尾形は思っている。もっとも、織田事件が流しの犯行だとしたら、いくら恵哉の身辺を探っても真犯人に手が届くのは困難だろうが。

理佐子を尾けたりしていたので、時間があっという間に経った。尾形がふたたび公団住宅の久保家を訪れた時は六時をすぎていた。研二は帰宅していて、尾形は話を聞くことができた。

「恵哉のことといってもなー」

研二は三階と四階の間の階段に腰をおろして、頭をかいた。その頭の毛は五分刈りだが、金色に光っている。右の耳にはピアス、両手の中指にリング、どちらも銀色だ。しかし、着ているものは洒落っけのない黒のトレーナーとジーパンだ。体が大きく、とても高校生には見えない。もっとも顔つきは、母親に似て人がよさそうである。

「小学校のころに一緒に遊んでいただけだから」

「高校に入ってから、佐伯君を見かけることはなかったの」

「全然」

「中学の時に佐伯君はずいぶんもてたらしいけど、そんな噂は耳に入っていないかな」

「へえ、ちっとも知らなかった。でも、不思議はないか」

「というと」

「中学の時、俺、奥手だったのよ、信じないかもしれないけど。バスケとかサッカーに精出していて、女の子とはほとんど口きかなかったし興味もなかった。だから、ほかの男もそうだと思っていた。恵哉がもてた……ま、もてるタイプだったかもな」

「お母さんはきみのことを運動が苦手で、恵哉君とも家の中の遊びばかりだったと言っていたけど」

「そりゃ、うちん中じゃ運動なんかできないから、そう見えていたんだろ。俺達よく藤沼で遊んだんだ」

「藤沼というのは？」

「何年か前に埋め立てられて家が建ってしまったんだけど、団地のそばに小さな沼のある林があったんだ。子供達は危ないから近づくなって言われていたんだけど、よくそこで虫捕りや木登りをしたよ」

「佐伯君は虫捕りや木登りが得意だったの」

「ま、木登りはみんなとおんなじレベルかな。虫捕りは親父さんが趣味で小さいころから一緒にやっていたとかで、ずいぶんうまかったけど。あいつ、捕った虫を殺して絵に描くの。うまかったな。でも、変なことを言ったことがあったっけ」

「どんなこと」

「虫が人の姿をしていたら捕らずにすむのに、みたいなこと」

「なに、それ」

「分かんない。あいつ、妙に哲学的なところがあったからね。いや、いまなら哲学的だって思えるけど、当時は変な奴としか受けとめられなかったよね。なんかこう、昆虫採集を修業のように一所懸命やっていた感じがあったよ。結局、親父さんの趣味に付き合っていたということなんじゃないかな」

この話は、今度の事件となにか関係があるだろうか。考えたが、答えが見えないので、尾形は先に進んだ。

「ところで、誰かをいじめる時もその沼でやっていたのかな」

「誰かをいじめる？」

「ある人から、ここの団地の陸奥君という子がよくいじめられていたという話を聞いたんだけど」

「俺っちの同級生？……そういえば、そんなのもいたかな。でも、クラスがちがったと思うけど」

「佐伯君の友達リストに入っていたんだ」

「ああ、そういえば、恵哉と親しくしていた隣のクラスのが陸奥といったかもしれない。おとなしい奴でね、おまけに二、三級下のような体格だった。いじめたとしたら、小林じゃないの」

「小林陽輔？」

「そ。あいつ、底意地が悪いから。中学の時、あいつがそばにいなければ、俺も恵哉ともうちょい親しくしたかもしれない」

「なにか被害にあったことはあるの」

「いや、俺はない。恵哉が夏休みの宿題の工作をわざと壊されたりしていた。もっとも、恵哉は人がよかったから、悪さをされたなんて思ってなかったみたいだけど」

「そうか。じゃ、小学校の時の印象だけでいいんだけど、佐伯君があんなことをすると思う？」

「小学生であんなことをしそうに見えるガキがいたら、悪魔じゃないか」

「なるほど。で、佐伯君は悪魔じゃなかった、と」

研二は、大人っぽく苦笑してうなずいた。

「それに、あの事件の犯人が恵哉だとしたら、なんでわざわざ赤ん坊をソファに運んだり、親子を三人並べたりしたんだろう。全然分かんないや」

木綿子には一顧だにされなかった事件の謎だが、研二も不思議に思っていたのか。我が意を得た思いで、尾形は言った。

「佐伯君に弟でもいれば、きょうだいにたいしてなにかコンプレックスがあって、ああいう行為につながったと言えるけどね」

「異常だよな。だから、恵哉は犯人じゃないと思うんだ」

そうまで言いきれるだろうか。もっとなにか、思いがけない心情が働いていないともかぎらない。たとえば、被害者一家を自分達親子に見立てたら、子供の一人の存在が邪魔になる。その際、兄を排除するか弟を排除するか、そこにまた犯人特有の心模様が表われるだろう。

それにしても、研二は見かけによらずものを考える少年だ。

「きみ、きょうだいはいるの」

「弟が……え、待ってよ。俺を疑っているんじゃないだろうね」

「いやいや、きみの意見が聞きたかっただけ」

「俺は、死体をあっちへやったりこっちへやったりなんてことはしないよ。もっと明快にすぱっといく。普通の神経の人間だったら、そうだろう」

研二は、あんたもそうだろう？　という目で尾形を見た。子供ではなくピエロ人形が両親の間にはさまっている図が浮かび、尾形は慌てて頭から追いやった。

「うん。きょうだいがいようがいまいが、普通の神経なら、あんなことはやらない。ところで、若山理佐子のことなんだけど」

研二は尾形の言葉を遮った。

「俺に小学校中学校の女のことを聞いても無駄だよ。誰も覚えていない」

「そうか。東町ホームタウンに父親が住んでいるということで、知りたかったんだけどな」

「東町ホームタウン？　恵哉が死んだ場所？」

「うん。なにか思い出すことはないか。とくに織田さんとの関係で」

研二は真剣に考えた末、首をふった。

尾形はそのへんで質問を終了し、団地をあとにした。

11

一人でいると落ち着かない。木綿子は、そう気がついた。

土曜日の午後である。かよいの家政婦は土曜日は半休で、だから木綿子は午後から家に一人になった。退院したばかりのころは土日はパートタイマーの家政婦をべつに雇っていたが、いまでは誰かがいなければ困るということはなかった。だから、最近は土曜の午後から月曜の朝まで一人ですごしている。

建物自体は一人でいるには広すぎるしろものだった。ダイニングとリビングを合わせただけでも、兎小屋の国の夫婦が暮らすに充分な広さがある。あいている部屋が三つも四つもあって、以前は来客を泊めるために使うこともあったが、病気をしてからは泊まるような客を招かなくなった。深夜まで飲んだり食べたりしゃべったり歌ったりする生活を、虚しいものだと感じるようになったからだ。いや、本当はパーティが体力的にきつくなったのだが、そんなことは決して認めないのが木綿子だった。

ともあれ、家政婦がいない時間帯でもなんとも思わない日々が続いていた。ところが、今日は、家の広さが苦になる。

木綿子は外出することにした。もともと恵哉のクラスメートを一人、探る仕事がある。容疑者本命の小林陽輔だけは探偵にまかせず自分で尋問する予定なのだ。

いまの学校の休日制度がどうなっているのか分からないが、土曜日の午後なら、陽輔は学校ではなく自宅にいるはずだ。そう考えた。

自宅を訪ねるなら、それなりの服装で行くべきだろう。木綿子はブランド物にこだわる人間ではない。気に入ったものを気に入ったふうに着こなすのがベストだと信じている。しかし、日本人はブランド信仰をもっている。それは、ニューヨークで観光ガイドをやる以前から嫌というほど見てきた。和木市のような東京近郊の中級住宅街に住む主婦なら、おそらくその傾向が顕著なはずだ。万が一陽輔の母親に会うことを考慮して、木綿子は上から下までルイ・ヴィトンもので鎧《よろ》った。

準備万端整い車に乗り込んだところで、携帯電話が鳴り出した。出ると、富樫の甘ったるい声が流れてきた。木綿子は背中がざわっとしたが、挨拶後の第一声が、

『どう、探偵の様子は』

だったので、終了ボタンを押すことはしなかった。

「尾形家というのは、お堅い家庭だと言っていたわよね」

『そう。父親は元厚生省の役人で、いまはどこかの公団に天下っている。母親は専業主婦、僕の同級生は大学の助教授、弟は都庁のエリート・コース』

「で、次男は探偵なわけね」

『おいおい、なにか不満なの』

「いまのところはイエスともノーとも。彼、どうして埼玉県警のつてをたよらないのかしら」

『あなたは、警察がたよりにならないから探偵、なんじゃなかったの』

「でも、警察からひきだせる情報があったらひきだしたほうがいいと思うのよ。利用できるものはなんでも利用しなくちゃ。もとの職場に顔出しできないような事情でもあるんじゃないでしょうね」

『そんなはずはないよ。本当は辞める必要のないミスだったんだけど責任感が強いものだから辞めてしまったと、尾形は言っていたよ』

「きょうだい思いなだけかも」

『どうかな。あいつのところは、きょうだい同士、ライバルだったから』

「へえ？」

『男のきょうだい同士って、ライバルになるみたいだよ。あそこん家《ち》の一番の勝利者は長男みたいだけどね』

「実のきょうだいでそんなことってあるの」

『うん。僕に妹しかいなくてよかったよ。ところで元気？』

「…………」

『そろそろ約束を果たしてくれてもいいんじゃない』

「約束？」

『探偵を探してくれたら、一日付き合ってくれるって言ったじゃないか』

はあ、そんなことも言ったかもしれない。半年もつれない返事を続けている木綿子に執着する富樫の魂胆は、見え透いているのではないか。おおかた新しく発掘した画家か彫刻家の作品を売り込みたいのだろう。

「そうね。そのうちね。急いでいるんで、またね」

木綿子は言うなり、終了ボタンを押した。

三時に千歳が丘に着いた。ちょうど尾形が藤沼町をあちらこちら移動しているころだったが、今日は行き合わなかった。

陽輔に会う意気込みで、木綿子は小林家のインターフォンを押した。少しの間をおいて、中年っぽい女性の声が流れてきた。

『どちらさまですか』

「桜と申します。陽輔さんはいらっしゃいますか」

『陽輔、ですか』

陽輔の母親であろう女性の声に不審がにじんだ。

『なんのご用でしょう』

さて、なんと答えたものだろう。親に用件を問われることは想定していなかった。相手は高校生なのだから親の出る幕はない、という考えは日本では通用しない。それを忘れていたのは、迂闊《うかつ》といえば迂闊である。

「ええと、お友達のことでお話をうかがいたくて」

『友達』と、息を飲むのが伝わってきた。母親の声はいっそうよそよそしくなった。

『お友達というのはどなたですか』

恵哉関連を警戒しているのではないか、日本の親子関係に疎い木綿子にも察しがついた。テレビのワイドショーで恵哉の高校の生徒にインタビューしていたことがあるから、陽輔のもとにもいろいろ来ていて不思議はない。

「田島ゆかりの母親です」

咄嗟《とっさ》に、恵哉の友人名簿にあった名前を出した。女の子にしたのは、男の子の母親が訪ねるよりも不自然ではないと思えたからだ。

『田島ゆかりさん？　少々お待ちください』

やれやれ、陽輔に取り次いでもらえたと思っていたら、玄関のドアをあけて出てきたのはインターフォンの声の主だった。木綿子より二つ三つ年上だろう。写真で見知っている陽輔には似ていない。痩せて一見やさしげな雰囲気だが、頭のどこかのネジがきつく巻き上げられている感じがあった。義母に似ている、頭の隅で思った。

小林夫人は額の辺りに憂慮を刻み、ルイ・ヴィトンで身を固めた木綿子を上から下まで眺めまわした。

「陽輔は塾へ行っています」

「何時ごろお帰りになりますか」

と聞くと、逆に問い返された。

「あの、ゆかりさんという方のお名前はぞんじあげないんですが、どういう」

「あ、中学の時の同級生です」

「その方のお母さまがなぜ」

「お恥ずかしいお話なんですが、娘が二、三日家に帰ってきませんで、お宅の息子さんがなにかごぞんじないかと思いまして」

口からぺらぺらと出まかせが流れた。小林夫人の顔の憂慮はさらに深まった。

「陽輔がお宅のお嬢さんとお付き合いしているんでしょうか」

このひたむきな言い方は、どこか遠い記憶を揺さぶるものがある。木綿子はたじろいで、その分強引さが失われた。

「ええと、そうでもないと思いますが、とにかく友達だと思われる方を片っ端から訪ねているんです」

「そうですか。申し訳ありませんが、陽輔はゆかりさんの行き先は知らないと思います。そういうことを知っているような関係でしたら、必ず私の耳にも入っているはずですから」

静かだが、有無を言わせない底力があった。息子のことならなんでも知っているんですよ、私は。憂慮が薄れた顔に、そんな自信がほの見えている。木綿子は撤退するしかなかった。

「そうですか。失礼いたしました」

一礼して、ジープに乗り込んだ。

バックミラーに、車が消えるまで（もしかしたら消えたあとまでも）見送っている小林夫人の姿があった。

木綿子は頰をふくらませた。失敗だった。もう小林家を直接訪ねることはできない。必ずあの母親に追い払われるだろう。

守勢に立たされたのは、小林夫人が継母に似ていたからだ。腹立たしいが、それは認めるしかない。

息子のことならなんでも知っているんですよ、私。そういう表情で木綿子を見たのは、小林夫人というよりも、継母だった。弟の直人《なおと》が家のお金を盗んでいると継母に訴えた時。いや、継母に木綿子が金を盗んだと疑われたから、仕方がなく木綿子は本当のことを言ったのだ。すると継母は、「直人はそんなことはしません。直人がそんなことをしていたら、私が知らないわけはないじゃないですか」と、木綿子を睨みつけたのだ。

——つまらないことを思い出してしまった。今日は調査など中止だ。

木綿子は車を都心にむけた。こういう気分の時、たいていの女性がすることをするしかない。買い物だ。

もっとも、資産家夫人になってから木綿子の憂さ晴らしの買い物は、服飾品のようなありきたりなものではなくなった。絵画や彫刻、骨董的価値のある壺や皿といった品々の衝動買いだった。もともと絵が好きだったうえに、エディが骨董好きでそれに影響されたせいもある。

一度エディと喧嘩した時に、無名作家のオブジェを一万ドルで買って、エディの目を剝かせたことがある。エディには、壊れた三輪車と鉄の塊でできたそのオブジェの価値がてんで分からなかった。実をいえば、木綿子も分からなかった。たんにエディへの当てつけで買ったのだ。

とはいえ、エディに死なれ、安全第一の資産運用をしているいま、いくらでも金が入ってくるという状態ではなくなっている。価値もないものをむやみに衝動買いするわけにはいかない。その点、富樫のギャラリーは安心だった。富樫のところへ行ってみようか。

しかし、今日は美術品にも食指が動かなかった。自分のものにして一時間も眺めていたら、もう飽きてしまいそうだった。もっとなにか、夢中になれるものがほしい。

一軒の家の前を通りかかった時に、ふと心がざわめいた。玄関前に机と椅子が出ていたのだ。子供が小学校に上がる時にはじめて買ってもらうような学習机と椅子である。なんのために玄関前に出ていたのかは分からないが、木綿子はその机と椅子に目を魅《ひ》かれた。スピードを落とし、ゆっくりとその家の前を通りすぎた。机の脚になにかのキャラクターのシールが貼ってあるのまで見えた。

閃いた。恵哉に部屋をつくってあげよう。私の隣の部屋。机と椅子、ベッドと箪笥、その他、家具一式そろえて、子供が喜ぶような部屋をつくってあげるのだ。

いや、待て。いくらなんでも恵哉は高校生なのだから、子供が喜ぶというよりは、もう一人前の大人の部屋にしてあげよう。

思いつくと、楽しくなった。よく利用する輸入家具直営店へむかって、車を走らせた。

12

日曜日も、尾形の仕事は恵哉の友人の調査だった。残っているのは、鈴木仁美、須藤宏司、長田伸也、吉永治の四人である。昨日同様、地図と相談して、長田伸也から始めることにした。

長田の家は藤沼町の北のはしにあり、和木市駅からはバスで十分くらいかかる。バス停からさらに徒歩七、八分。何度か道を尋ねて、ようやくたどりついた。長田家は屋敷とまではいえないものの、けっこう敷地の広い立派な家である。尾形がついたのは十時だったが、カーポートに駐車した車に人が乗り込もうとしているところだった。

助手席のそばには高校生くらいの少年。度の強い眼鏡に神経質そうに吊った眉毛が印象的だ。ふくらんだリュックをしょっている。運転席にはエプロンをつけた母親と思しき女性が乗り込もうとしていた。恰幅《かっぷく》がよく、迫力のありそうな四十歳前後のおばさんだ。

「あの、長田伸也さんですか」

尾形が声をかけると、迫力おばさんが怒ったような顔をふりむけた。

「どなた」

「ルポ・ライターの小森といいます。伸也さんにお話を聞きたいんですが」

いつもの尾形に似ず早口でしゃべったのは、そうさせるようなピリピリした雰囲気があったからだ。

「どういう話です」

「佐伯恵哉君のことで」

　おばさんの眉が逆立った。

「そういった話はけっこうです」

　尾形の目の隅に、少年のもの言いたげな表情が映った。

「でも、伸也君は恵哉君と仲がよかったんでしょう」

「どこからそんな」

　おばさんが言いかけたのに、少年の言葉がかぶさった。

「年賀状のやりとりをしていただけだよ」

　尾形にむけて、というよりは母親にむけて弁解したように聞こえた。

「中学でクラスが同じだったんだから、当たり前だろう」

　今度は明確に母親にむけて言った。迫力おばさんはうなずいた。

「そんなわけで、なにもしゃべることはありません」

「でも、せめて恵哉君の印象くらい……」

　もう母親のほうは、尾形に関心をはらっていなかった。

「塾に遅れるでしょ。早く乗りなさい」

　伸也を叱りつけ、車に乗り込んだ。伸也はちらっと尾形に流し目をくれてから、助手席に滑り込んだ。車はすぐに発進した。

　塾に行くのに母親に車で送ってもらう高校生。尾形はやれやれと思った。あの母親なら、伸也に歯科医の息子だったころの恵哉とは大いに仲よくすることを勧めたのではないだろうか。恵哉の父親が亡くなった段階で親しい付き合いは終了。そして恵哉が殺人犯となってしまったいまは、付き合っていたことすら認めたくない。そんなところだろう。

　しかし、伸也のあの態度から見て、伸也と恵哉はもう少し親しかったような気がする。話を聞いておいたほうがよさそうだ。あの母親のガードは堅そうだが。


　尾形は、ともかく次の目標にむかった。須藤宏司だ。地図によれば、長田家からそう離れていないところにある。実際、二、三分でついた。

　これも長田家に負けず劣らず大きな家である。玄関が二つあって、どちらの表札も苗字は「須藤」となっていた。「須藤淳平《じゅんぺい》」と「須藤明夫《あきお》」。二世帯住宅らしい。

　どちらに宏司がいるか分からなかったので、とりあえず若そうな名前の「須藤淳平」のインターフォンを鳴らした。三回鳴らしたが、誰も出てこなかった。それで、「須藤明夫」のほうのインターフォンを押した。間もなくして、ドアがあいた。

「おかえり」

そう言いつつあけたのは少年で、パジャマを着ていた。眠そうだったが、尾形を見て目がぱちっと大きく開いた。

「誰」

ぼさぼさ頭が中学生っぽく見せているが、体格からいって高校生になっているのではないだろうか。

「宏司君？」

「そうだけど、ええと……両親が帰ってきたと思ったんで」

「どこかへ行っているんですか」

「両親に用？」

「いや、実はきみに。ルポ・ライターの小森といいます。佐伯恵哉君のことを聞きたくて来ました」

「佐伯？　佐伯君がどうかしたの」

問い返されて、尾形は驚いた。佐伯恵哉の事件について知らない同級生がいたとは。

「あの、千歳が丘での一家惨殺事件の容疑者として逮捕されようとして自殺した少年が佐伯君だったんだけど」

宏司は穴のあくほど尾形の顔を見つめた。ややしばらくして、聞いた。

「マジで？」

「もちろん」

「中に入ってもっと詳しく話してくれますか」

「いいの」

「両親はゆうべから泊まり込みで出かけているから。姉はまだ寝ているし」

そう言って、宏司はずんずん中に入っていった。尾形はあとに続いた。

居間らしい、とり散らかった部屋に案内された。

「詳しくといっても、佐伯君が自殺してしまったんで、たいしてつけくわえられることはないんだけど」

片隅に洗濯物が積まれた革製のソファに腰をおろして、尾形は言った。宏司のほうは、テーブルをはさんでむかいあった一人用の安楽椅子の肘に尻を乗せている。

「佐伯君が惨殺事件の犯人だというのは、絶対絶対本当なんですか」

「尋問もないまま本人が亡くなってしまったから、絶対真実とは言えない。きみは、佐伯君が犯人だとは思えない？」

宏司はしばらく考え込んでいたが、やがて首をふった。

「分からない。中学のころのあいつからは、とてもそんなことをするとは思えないけど」

「佐伯君とどの程度親しかったのかな。小学校からずっと一緒だったんだろう」

「小学校の時は同じクラスだったことがないんで付き合いはなかったんだけど、中学は三年間、どういうわけかずっとクラスメートだったんで、けっこう親しかったほうだと思いますよ。高校受験は第一志望も第二志望も同じ東京の私立高校にするつもりだったし。ただ、あいつは社会科の教師に嫌われて内申書が悪かったんで、市立高校になっちゃったけど」

宏司は、恵哉が市立高校に行くことになったわけを父親の死と結びつけて考えてはいないらしい。

「社会科というのはコイズミの件だね」

「あ、知っているんだ。あいつ、卒業の時にみんなで袋叩きにしようかという話もあったんだけど」

「そんなにみんなに嫌われていたんだ」

「とくに女子の間で絶大な不人気を誇っていましたよ」

「大の大人がキャーキャーうるさいだけの少女が好きだなんて、理解に苦しむな」

尾形は聞こえよがしにつぶやいたが、少年である宏司はなんとも応じなかった。

「生徒に手を出したりはしていないんだろうね」

そんなことをやる教師がいたら、懲戒免職にすべきだ。大学助教授の兄の顔を念頭に置きながら、尾形は思った。兄の場合、相手は女子大生だから許されるか。

「さあね。知っているかぎりでは偶然を装って触ったとかそういう話ばかりだけど、いつどんな悪事がバレないともかぎんないでしょう」

「結局、佐伯君と鈴木さんの関係はどうなったの」

「自然消滅っぽかったかな、佐伯君のお父さんが亡くなったあと。クラスも替わったし。だからといって、コイズミの佐伯君嫌いがおさまったようでもなかったけどね」

一度コイズミと会う必要があるのではないか。尾形はうんざりと考えた。会って楽しい相手とは思えない。

「そういったことで佐伯君の性格がねじ曲がったと思う？」

「そんなことでねじ曲がんないと思うよ、あいつはもっと大きな問題を抱えていたみたいだから」

「というと」

「自分のアイデンティティについて」

尾形は戸惑った。

「もうちょっと嚙みくだいて言ってもらえないか」

「自分はどこから来たんだろう、みたいな。早い話が、両親が本当の親かどうか悩んでいたようです。詳しいことは聞いていないけど」

「へえ……」

真っ先に尾形の頭に浮かんだのは、木綿子だ。恵哉の無実を晴らそうと必死になっている
あの様子は、恵哉の実の母親だと考えると納得がいく。

「佐伯君はいつぐらいからそんな悩みをもっていたんだろう」

「さあ。僕が知ったのはこの春だけど」

「高校に進学してからも会ったことがあるんだね」

「あいつ駅のそばに引っ越したせいか、よく駅前でばったり出くわしたんですよ」

「会うと必ず話をした？」

「時間がある時には」

「佐伯君は中学時代とくらべてどうだった」

「まあ、とりたてて変わったとは思わないけど」

「いっとう最近会ったのはいつだったの」

宏司は、ちょっとためらうそぶりを見せた。

「佐伯君が自殺したのはいつでしたっけ」

「九月三十日」

「多分その三、四日前に」

尾形は、思わずほうっと声を漏らした。

「何時ごろ。話はしたの」

「夜、塾からの帰りで、少し腹がへっていたんで、二人でファストフードの店に入って、ハンバーガーを食べる間、話をしました。あ、そうそう、九月二十七日だ。明日は学校がないから遅くなっても大丈夫だ、と思ったんだから」

「三日前ということじゃないか！」

「そうなりますね」

宏司は厳粛な表情を見せた。

「佐伯君の様子はどうだったの」

「そうだな、暗かったな。でも、このごろはいつもそうだったから、特別には感じなかった」

「どんな話をしたの」

「ええと、おもに僕が話していることが多かったかな。佐伯君と会うと、昔からいつもそうなんですよ。勉強の悩みとか親の悪口とかガールフレンドのこととか、なにを話してもあいつはつまらなそうにせず聞いていてくれるんで、ついしゃべっちゃう」

宏司は悲しげな表情になって、独り言のようにつけくわえた。

「そんな男なんて、あいつしかいなかったのに」

「佐伯君は無口だったの」

「いや、そういうわけじゃなくて、話を聞く時は聞くし、しゃべる時はしゃべるという感じ」

「じゃあ、死ぬ三日前にも、佐伯君はなにもひっかかるようなことはしゃべらなかったんだね」

「そうですね。惨殺事件の話を僕がもちだしたんだけど、顔色を変えることもなかった」

「え、どんなふうな話をしたの」

「いや、この町もけっこう物騒になったから、バスがなくなる前に帰らなきゃ、みたいなことを」

「佐伯君の反応は？」

「あいつ、なんか言ったかな。なにも言わなかったと思う……ふーん、てな顔で僕を見て、それで手をふり合って、僕はバス停へ、佐伯君は家のある方向へむかって歩いていった。それが最後」

宏司は悄然《しょうぜん》と肩を落とした。宏司が友人を悼んでいるのは明らかだった。

尾形は、恵哉という見知らぬ少年に思いを馳せた。その像はまだ明確な形をとったとは言いがたいが、それでも恵哉を悪く言う友人が一人もいないという事実を胸に刻んでおかなければならない。

「若山理佐子、現在は中村理佐子になっているんだけれど、彼女と佐伯君の関係についてなにか知らない」

「若山理佐子？　佐伯君となにか関係があったんですか」

「それを知りたいんだよ」

「分からないな。一年の時のクラスメートだけど、とくに親しくしていたとも思えない。同じ学習グループに属していたこともないし。ああ、鈴木さんとは仲よくしていたか」

「鈴木仁美と？」

「そうです。女の子同士の付き合いに佐伯君がくわわった可能性はありますよね」

「鈴木さんというのはどういうタイプの女の子なの。若山さんと似ている？」

宏司は手をふった。

「どうして二人が友達なのか分かんないですね。若山さんは陰気でガリ勉タイプだけど、鈴木さんは明るくて天衣無縫という感じ。少しくらい試験で悪い点をとってもケロッとしているような人でした」

理佐子が陰気でガリ勉タイプだったというのは意外だった。両親の離婚が彼女を変えたのかもしれない。

「いまの若山さんに会ったら、全然印象がちがうと思うよ」

「そうなんですか。彼女、お嬢さん学校に進んだらしいからな。鈴木さんもそうだけど」

「ああ、二人はいまでも仲がいいんだ」

宏司は否定も肯定もしなかった。多分知らないのだろう。

サイドボードの上の電話機が鳴り出した。宏司は腕を伸ばして受話器をとった。

「ああ……へえ、ほんと。よかったじゃん……ふん……ふん……分かった。じゃ」

尾形を相手にしている時とは異なるそっけない調子だった。宏司は電話を切ると、無表情で尾形をふりかえった。

「ちょっと出かけなきゃいけなくなったんで、いいですか」

「ああ、もちろん。いろいろありがとう。またなにかあったらうかがわせてもらいます」

宏司はうなずいた。

尾形が外に出てドアをしめるが早いか、宏司の怒鳴る声が聞こえた。

「姉貴、起きろよ。おばあちゃんが死んだって」

尾形は、自分がずいぶん深刻な場に来合わせていたのだと知った。

バス停のそばのラーメン屋で昼食をとったあと、千歳が丘二丁目へむかった。吉永治の家である。

行ってみると、吉永家は佐伯家だった家と裏表の関係にあった。吉永家が南がわ道路に面し、元佐伯家が北がわの道路に面している。

吉永家は、その町内によく調和した規模と色合いの家だった。背の低い白塗りのフェンスに囲まれていて、開放的な感じだ。庭では二十歳くらいの娘が洗濯物をとり込んでいた。尾形は、インターフォンを鳴らさず、娘に声をかけた。

「治君はいますか」

「いま朝ご飯食べていますけど、どなた」

「小森といいます。ルポ・ライターです」

娘はなんの用かとも聞かず、家の中にむかって叫んだ。

「ムゥちゃん、お客さん」

じきに、あいたままだったガラス戸から、若い男が口をもぐもぐさせながら現れた。色白で小太り、細い目、口の悪い人間にニックネームをつけさせたら、まちがいなく「子豚ちゃん」にするだろう。

治は、沓《くつ》脱ぎ石にあったサンダルをはいて尾形に近寄ってきた。首をかしげている。

「なんでしょう」

「佐伯恵哉君のことで聞きたいんです」

低い声で言ったのだが、娘が電撃でも受けたように体を震わせて尾形を見た。手にしていた洗濯物をガラス戸から部屋の中に放り込み、こちらにやってくる。頬が上気しているが、好奇心というよりも怒りを感じさせる表情だ。

「恵哉君のことを書くんですか」

「いや、まだ調べている段階で、どうなるかは」

「どうせ悪口になるんでしょうね」

この台詞はどこかで聞いた。そうだ。田島ゆかりも似たようなことを言っていたのだ。

「あちらこちら取材したんですが、恵哉君を悪く言う人にはまだ会っていません」

娘はびっくりしたように目を見張り、それからうなずいた。

「私も悪口言う気はないわ」

「お姉さんも、恵哉君とは親しかったんですか」

尾形は、娘と治を半々に見ながら聞いた。娘が答えた。

「ええ、この人の小さい時からの遊び友達で、よく家にも来ていましたから」

「恵哉君はどんな子でしたか」

「歯医者さんの一人息子でわがままいっぱいだったと思うでしょう。ところがちがうのよね、これが。遊んでいるおもちゃをこの子にとりあげられても、怒らないような子だったんですよ。ね」

「さっちゃんは、僕より恵哉のほうをかわいがっていたよね」

多少不満げに、治が言った。

「治君は、恵哉君をどう見ていました」

「そうだな」横目で姉を一瞥して、「いい奴ではあったけど、不甲斐なくもあったな」

「え、どこが」

と、尾形より早く姉が聞いた。

「だからさ、おもちゃをとられて怒らなかったといえば聞こえはいいけど、裏返せば、とり戻す気迫にかけていたということだよね。友達に宿題を見せるのを断ることもできなかったし、バレンタインにチョコをくれた女の子全員にいい顔したりするし。嫌われるのが怖い症候群だったんじゃないかな」

姉は呆れたように弟を眺めている。はじめて耳にする見解で、尾形も興味を覚えた。

「そういう性格が災いして、あんな事件を起こしたんじゃないかな」

「きみは、恵哉君が犯人だと信じて疑わないというわけだね」

治も姉もきょとんと尾形を見た。

「なに。あいつが真犯人じゃないって説があるの」

「恵哉君があんなひどいことするわけないと思っていたわ」

二人同時に言った。尾形は一歩退いた。

「いや、まだなにも分からないんです。ただ、恵哉君自身なにも言わずに亡くなったわけだから、恵哉君が犯人だと決めつけるのはどうかと思うんですよ。ええと、チョコレートをくれた女の子みんなにいい顔をしていたといっても、恵哉君は鈴木さんという同級生と付き合っていたんじゃないの」

治が口を開きかけた時、声がかかった。

「どなたなの。家に入っていただいたら」

ふりかえると、さきほどのガラス戸からやさしげな中年女性が顔を覗かせていた。姉弟の母親だろう。

それで、尾形は吉永家に上がることになった。通されたのは南に面して広々と明るいリビング・ダイニング・キッチンで、食卓には治の食事が食べかけのまま載っていた。父親の姿はない。尾形は、治がとんでもない時間の朝ご飯を食べる横で、おもに治の母親と姉から、恵哉の思い出話を聞いた。

たいした内容ではない。佐伯一家が仲睦まじかったこと、佐伯夫妻の感じがよかったこと、恵哉がいい子だったこと。父親が死亡して家を売らなければならなかったのはいかにも気の毒だったということ。その合間に、尾形の質問に答えてくれる。ただし、たいして参考にはならない。

「織田さん一家と佐伯さん一家の間に接点はなかったんでしょうか」

「さあ。織田さんのご両親のお宅はこの近くだと聞いていますけど、うちとは直接のお付き合いがないですし。子供がいなかったり、学校の年齢がずれていたりすると、付き合うきっかけってないでしょう？　だから、佐伯さんのお宅もそうだったと思いますけど。ただ、佐伯さんは歯医者さんをなさっていたので、そのへんで知り合っていればべつですが」

「恵哉君がもらいっ子だったという話があるんですが、なにか知っていますか」

「えー、初耳ですよ。本当なんですか」

「いや、それを私も知りたいんです」

「そんなふうには見えなかったけど」

「赤ちゃんの時の恵哉君をごぞんじですか」

「ええ。佐伯さんのほうが先にここに住んでいらして、私達が引っ越してきた時には恵哉君はもう生まれていましたから」

「ムゥちゃんはあとなのよね」

「そう、翌年。恵哉君が八月生まれで、治は三月生まれなんです。それも二カ月早く生まれてしまって」

「あ、そうか。ムゥは本当なら、恵哉君と同級生になることはなかったのね」

「そうそう、産婦人科を紹介されたんだわ、佐伯さんに。恵哉君を産んだという産婦人科」

「じゃあ、恵哉君がもらいっ子ってこと、ないじゃない」

「でも、恵哉は疑っていたよ」

治が口をはさんだ。三人の視線が一斉に治にむけられた。ちょっと得意そうに、治は続けた。

「ここを移る時に言っていたもの、おばさんは僕を捨てれば苦労せずにすむのに、って」

「おばさんて、お母さんのこと？　そんな言い方したからって、もらいっ子だと疑っていた証拠にはならないよ」

「そうじゃなくて、その前に、僕はあの人とはなんの血のつながりもないのに、って、そう言ったんだよ」

姉と母親は顔を見合わせた。

「十数年、ご近所だったけれど、恵哉君がもらいっ子だなんて思いもしなかったわ」

「なにか恵哉君の勘違いじゃないかしら。親子の間に全然不自然な感じはなかったもの」

「でもさ、だから恵哉は嫌われるのが怖い症候群になったんだと思うんだ」

治がいっぱしの心理学者のようなことを言う。それで、尾形は思い出した。

「さっきチョコレートをくれた女の子全員にいい顔したと言っていたけど」

「うん。ホワイト・デイにはみんなにお返ししていたよ」

「あったりまえじゃない」

姉がつぶやく。治は頬をむっとふくらませながら、

「みんなに同じものを返すって言っていたくせに、鈴木さんにだけちがうものを返していたんだ。それって、アンフェアだろ」

「ムゥったら、恵哉君とは生まれた時からの友達だったのに、ずいぶんな見方をするじゃないの」

「あいつとは家が近かっただけだよ。クラスも一度も一緒にならなかったし」

「ムゥちゃん、鈴木さんが好きだったんでしょう」

「沙織《さおり》の馬鹿野郎」

治は真っ赤になって叫んだ。姉のほうはなおもなにか言い募ろうとした。

「およしなさい、二人とも」

母親が一喝した。顔に似ず、けっこうな迫力である。尾形の心臓にも緊張が走ったくらい

だ。まったく母親というものは……。

尾形は、それから若山理佐子のことを尋ねたが、理佐子については誰もなにもコメントできなかった。同じ小学校中学校にかよっていた治でさえ、理佐子にかんする記憶をもちあわせていなかったのだ。


最後に残っているのは、問題の鈴木仁美である。だが、その前に尾形は千歳が丘でもう一仕事することにした。織田雅芳の実家を訪ねるのだ。木綿子からの指示には入っていなかったが、彼女が指示したことだけを実行していて問題が解決するとは到底思えない。不真面目な探偵ならそれでよしとするだろうが、あいにく尾形は真面目な探偵だ。

織田雅芳の実家は、一丁目といっても二丁目寄りにあって、これなら佐伯家や吉永家の人々と面識がなくても仕方がないという程度に離れていた。和洋折衷の平凡な建物だが、さほど狭くない敷地いっぱいに建っている点が特徴といえば特徴である。官舎で育った尾形の基準からいえば、一ダースくらいの人間が住めるのではないかと思えた。門柱には「織田」と「三富寿継《としつぐ》」という二つの表札が並んでいた。

尾形は、いくぶん気をひきしめてインターフォンのボタンを押した。警察官をやっていたとはいえ、現場にいた期間は短い。殺人事件の被害者の家族と会うのはこれがはじめてである。どういうふうに話をもっていくのが最善か、よく分からない。ともかく誠実であろうとだけ思った。

『どちらさま』

インターフォンから女性の声がした。

「探偵の尾形と申します。ある人からの依頼を受けて、お話をうかがいたいんですが」

『探偵？』短い沈黙があってから、『なんのお話ですの』

「佐伯恵哉についてです」

今度は長々と沈黙が続いた。しかし、インターフォンは切られていない。息遣いが伝わってくる。男やべつの女の声もかすかに聞こえる。尾形は、自分の訪問が織田家に大きな波紋を投げたのを痛いほど感じた。もしかしたら、会ってはもらえないかもしれない、そう思いはじめたころ、ようやく声が戻ってきた。

『どうぞ。玄関の鍵をあけますので、お入りください』そう言った。

玄関に入った尾形を、三人の人間が待ちうけていた。一番手前に膝をつく姿勢で高齢の女性。鶴のように痩せているが、肌のたるみ具合が最近激痩せしたことを告げている。

女性を守るように、背後に男性と女性が立っている。女性は三十代半ばか。整った顔だが、年齢に比して皺が多い。高齢の女性とおもざしが似ている。男性のほうは四十歳をすぎているだろうか。恰幅がよく、どこかの企業の管理職然としている。女性の夫・三富だろう。

高齢の女性が口火を切った。

「織田雅芳の母です。どういったお話でしょう」

案外、凛とした声だった。

尾形は、探偵の名刺をわたしながら言った。

「私はある人の依頼で、佐伯恵哉が本当に事件をひき起こしたのかどうか、調べています」

中年女性（雅芳の姉の礼子だろう）のこめかみに青筋が立った。

「いったい誰が佐伯恵哉を無実だなんて言いふらしているんです。彼でなければ誰が犯人だというんです」

母親の登志子が、礼子を抑えるように手をひらりと動かした。

「それで、どういうことをお知りになりたいんです」

「恵哉と織田さんとの関係、あるいはこちらとの関係です」

「それはもう何度も警察に話しました」

腹立たしげに礼子が言った。登志子がまたしても手をひらりとさせた。礼子は悔しそうに唇を噛みしめたが、尾形にじっと目をむけている母親の視界には入っていないだろう。

「関係があったとは思えません。確かにうちは佐伯、さんとは同じ町内でしたが、佐伯、さんの一家と付き合っていたことはありませんから」

佐伯に「さん」をつけるのは苦しげだったが、ともかく登志子は落ち着いた態度で言った。

「おたくがこちらに住みはじめてどのくらい経つんです」

「かれこれ二十年でしょうか。この住宅地ができたいっとう最初に住んだ口ですので」

「雅芳さんがこちらの家に住まわれていたこともあるんですか」

「ええ、もちろん。ここはうちの主人が建てた家ですから」

「何年くらい前までいらしたんです」

週刊誌やテレビで被害者のプライバシーが多方面から暴かれたが、この点にかんしてはどこも伝えていなかった。

「就職して家を出たのが八年前です。結婚したのが五年前、子供が生まれることになって、中古物件を買ってこちらに戻ってきたのが、三年前です」

八年前、恵哉は八歳だ。雅芳は二十四歳。親の知らないところで接点があった可能性はないだろうか。ここからなら、バス停へ行くのに元の佐伯家の近くを通る。その際、雅芳が恵哉と知り合う可能性は皆無ではなかっただろう。それに家を出たといっても、実家があるのだから、その後も恵哉と知り合う機会が途絶えたわけではない。

「もちろん、雅芳さんは家を出ていってからもこちらにいらっしゃることはあったでしょう」

「それはありありませんでした。私のほうから息子のもとへかよいました」

「息子さんは近所の子とキャッチ・ボールをするような方でしたか」

「あなたの話を聞いていると」

と、三富が口をはさんだ。上擦《うわず》った声だった。

「恵哉と雅芳君の接点を探そうとしているかのようだ」

「そうだわ。雅芳が恵哉に悪いことをしたから、あんなことになったんじゃないかと考えているんじゃないですか」

礼子も言った。登志子の顔から血の色が退《ひ》いた。

一部のマスコミで動機を探るあまり、雅芳に落ち度があったのではないかと憶測するものもあった。それに、当然警察も動機を特定するために遺族にさまざまな質問をしただろう。その中には遺族の心を傷つけるものがなかったとは言いきれない。

尾形は慌てず実直に言った。

「いや、そんなことはありません。接点がなかったことを確認するには、接点があったことを確認するのと同じ手法をとらなければならないのです」

「息子は、子供好きでした」

登志子が白い顔のまま言った。感情を押し殺しているのがよく分かる平板な口調だ。

「近所の子とキャッチ・ボールをやった可能性はあります。雅芳は、犬も猫も好きだったんです。高校生のころは犬や猫を拾ってきて、至るところ犬猫だらけにしたこともありました。捨てろと言ってもかわいそうだからと言って捨てませんでした。やさしい子だったんです。誰かの恨みを買うなんてことありえません」

「恵哉はお金を盗もうとして、たまたま侵入しやすかった雅芳の家に入ったのよ。雅芳も摩耶子さんも呑気者で、よく鍵をかけ忘れたりしていたから。でも、見つかって、ああいうことをした。そうにちがいないわ。金持ちの息子が没落したら、なにをしでかすか分からないもの」

礼子が決めつけたので、尾形は小声で異をとなえた。

「それは偏見だと思いますが」

「なんですって」

「いや。あのー、話が前後しましたが、雅芳さんの御仏前にお線香をあげさせていただけませんか」

礼子の唇がとんでもないという形に動きかけた。それより早く、登志子が言った。

「どうぞ」

通されたのは、登志子の部屋とおぼしい八畳の和室だった。まず、長押《なげし》にかけられた十何個の大小の額に圧倒された。額に入っているのは、赤ん坊からはじまって結婚式の花婿姿まで、すべて雅芳の写真だった。とりわけ背広姿の雅芳（成人式の時のものだろうか）は等身大にまで引き伸ばされて、柱にたてかけられていた。息子を失ってはじめて飾ったわけではなさそうなのは、その額の古さ加減から察しがつく。登志子はどれほどの愛情を一人息子に注いでいたことか。

ふと尾形は、自分の母親のことを思った。母親の長男にたいする愛情と、登志子の雅芳にたいする愛情と、どちらが濃厚だろう。ま、どちらにしろ、自分にはかかわりのないことだが。

仏壇には、雅芳一家の写真が飾られてあった。雅芳・摩耶子夫妻にはさまれて、幼稚園の制服制帽姿の拓摩がVサインを出している。摩耶子の腕の中にはまだ首も据わっていない哲摩が抱かれ、雅芳の肩には這い上がろうとする子猫がいる。所帯をもっても、雅芳の動物好きは変わらなかったようだ。幸せに満ちあふれた家族の映像だった。

「雅芳は私の生き甲斐でした」

尾形の背後で、登志子が尾形を睨みつけているのではないかと思える語調で言った。

「私は、佐伯恵哉が犯人でなければいいと思っています。だって、恵哉は死んでしまったのだから、なぜこの子があんな形で死ななければならなかったのか、永遠に聞くことができないでしょう。私は、あの事件にかんして雅芳にはほんの指の先ほどの責任もないことを、犯人の口からじかに語らせたいんです」

語尾がむせび泣くように震えた。

尾形は、ふりかえって登志子の顔を直視することができなかった。雅芳一家の写真に手を合わせ、深く首を垂れた。


鈴木仁美の住まいは曽根崎にある。千歳が丘から行くためには一度駅前まで出て、バスに乗ったほうが早い。その最短の道程で行っても、尾形が鈴木家についた時には日が暮れていた。

鈴木家は、まだ新しい感じの三階建てだった。三階建てはこのごろの流行《はや》りだ。狭い敷地を有効活用するのに適しているためだろう。鈴木家にも庭はほとんどなかった。窓のいくつかに明かりがともり、台所とおぼしい辺りから魚を焼く匂いが流れている。

インターフォンを押すと、男の野太い声が応じた。尾形は、これまでと同様ルポ・ライターの小森を名乗って、

「仁美さんに話を聞きたいんですが」

『仁美に？』

インターフォンが切れる音がした。取材拒否かと思っていると、玄関に面した二階の窓があいて白髪まじりの男が顔を覗かせた。手に魚焼き器のトングズを持っている。尾形を胡散《うさん》くさげに眺めた。

「ほんとにルポ・ライター？」

「はい、そうです」

「仁美はいないよ」

日曜日なのだから、そういうこともあるだろう。

「何時ごろお帰りですか」

「分からない。こっちが教えてほしいくらいだよ。おたくほんとに知らないの」

「はあ。知りません」

「あ、そう」

言うなり、窓がしまった。ふたたびインターフォンを押しても応じてもらえるとは思えないそっけなさだ。いったいどうなっているのだ、この家は。尾形はしばらく呆然として立っていた。

II

これは、人生最大の罠でしたか。

蠱惑《こわく》的な眼差しに、うかうかと乗ったのが馬鹿だったんです。いつもそうなのです。用心して用心して、最後に蹴躓《けつまず》いて転んでしまう。

あなたって子は、どうしていつもそうなの。少しはお兄ちゃんを見習いなさい。弟だってもっとずっとしっかりしているじゃないの。

はい、その通りです。まったく申し開きできません。これでも精一杯努力しているんです、なんて見苦しい言い訳せず、素直に認めます。最初から最後までできそこないでした。ごめんなさい。

罠が、ぐいぐいと全身に食い込みます。もう逃げられそうにありません。いさぎよく観念しましょう。さようなら、みなさん、さようなら、ピエロの人生。

13

月曜日の午後、木綿子はよく目立つ菫色のジープよりももっと目立つ真っ赤なフェラーリ456GTを駆って、東京都小金井市にやってきた。そこに、小林陽輔のかよう中原大学付属高校がある。正門が開放されていてそのすぐ奥の駐車スペースに空きがあったので、木綿子はそこに停車した。誰からも咎められなかったので、そのまま待機を続けた。もちろん、陽輔を調査するのが目的だった。

土曜日は接触に失敗した。それに懲りて、家でじっと探偵の報告を待っていたほうがいいのだ。しかし、月曜日になってみると、木綿子はおとなしく家にこもっていられなくなった。エネルギーが体内に充満していた。雑用は尾形にまかせるにしても、肝心なところは自分で調べたい。要するに、事件に遭遇して、病気以前の行動力が戻ったということらしい。

校舎の中からチャイムの音が鳴り響いた。木綿子は車を降り、玄関ホールに入った。生徒達が奥からぱらぱらと出てきた。十代の少年なんかと縁があったのは、遠い昔のことである。しかし木綿子は臆せず、その一人をつかまえた。

「一年生の小林陽輔君、ごぞんじない」

まだ頬の辺りに幼さの残るその少年は、びっくりしたように首をふって、足早に出ていってしまった。木綿子は迅速に首をめぐらし、べつの少年をつかまえた。

「あなた達一年生じゃないの?」

「そうです」

「でも、小林君のクラスメートじゃないのね」

「はい」

と小声で答えて、これまた逃げるように去ってしまった。

高校生にもなって、見知らぬ女性と口をきくのが恥ずかしいとでもいうのだろうか。いまどきの若者とも思われない。

出てくる生徒の数がぱらぱらからどさどさに変わった。木綿子は次の少年をつかまえようとして、それが目的の人物だったことに気がついた。

「小林陽輔君ね」

修学旅行先で恵哉と肩を組んで笑っているのとよく似た顔が、面食らったように木綿子を見た。

「そうだけど」

陽輔の身長を素早く目測する。百七十センチをいくらか越えたくらいか。やや肥満になりかかっているようで、恵哉とそっくりな体型とは言えないかもしれない。

「ちょっとお話があるの。一緒に来てくれるかしら」

「え、おばさん、誰」

いい家に住んでいるわりに、レディにたいする口のきき方を知らないようだ。立派な家と行儀作法は無関係という見本か。

「誰」

と、陽輔のそばにいた少年がチェシャー猫みたいな笑顔で陽輔の腕をつつく。木綿子はアメリカの荒波をわたった威厳をもって、名乗った。

「桜亜由子。佐伯君の知人」

「佐伯？」

陽輔の目に警戒信号が走った。木綿子は手を伸ばして、陽輔の学生服の袖をつかんだ。逃げ出すのではないかと思ったのだ。

「どの佐伯君かすぐに分かったみたいね」

「俺、先に行くワ」

チェシャー猫の少年は行ってしまった。なにか不穏なものを感じたのだろう。

「放せよ」

「逃げる気」

「逃げねーよ。なんで逃げなきゃならないのさ」

さあ、なんでかしら、木綿子は心の中でつぶやいた。

木綿子は陽輔の袖を放した。

「行きましょう」

先に立って、陽輔を駐車場に導く。陽輔は車を見て、口笛を吹いた。

「なに、これ。おばさんの車？」

「桜さんとおっしゃい。乗って」

陽輔は抵抗せず、助手席に滑り込んだ。頬が輝いている。

「どこに連れていってくれるの」

「ドライブが好きなのね」

そんなことだろうと思ったから、わざわざこの車に乗ってきたのだ。エディとの思い出が詰まっているのでアメリカから持ってはきたものの、東京の道路ではなかなか乗る気になれず、ガレージの肥やしになっていた。思わぬところで役に立った。

「湾岸道路なんかぶっ飛ばしたら気持ちいいだろうね」

「今日はせいぜいお宅まで送るくらいよ」

なんだ、というように陽輔は鼻を鳴らした。

周囲の生徒達の好奇の目を一身に浴びながら、フェラーリは高校を走り出た。

「おばさん、僕の家を知っているの」

「知っているわ」

「なんで」と言いかけて、陽輔は木綿子の顔を覗き込むようにした。「思い出した。土曜日におかしな人が訪ねてきたって、ママが言っていた。あれ、おばさん？」

「おかしな人って、どういう人よ。私はちっともおかしい人じゃないわよ」

「なんとかゆかりという家出娘の母親だって名乗ったんだけど、家出した娘を探している母親の雰囲気じゃなかったって。高級ブランド品で飾りたてて、心配そうな顔もしていなかったんだってさ」

なるほど、言われてみればその通りだ。あんな作り話をする予定はなかったのだから仕方がなかったとはいえ、もう少しそれらしく振る舞うべきだった。

「それでも、ママからなんとかゆかりとの関係をさんざん尋問されたよ。すげー迷惑」

「田島ゆかりよ。小学校も中学校も同じだったでしょう。覚えてないの」

「さあね。よく分からない。おばさん、ほんとにその子を探しているの」

「いいえ。私があなたに会いたかったのは、あなたが佐伯君の小中学校時代の親友だから」

木綿子は横目で陽輔を観察した。陽輔は眉毛を寄せ、つまり深刻な表情になった。

「佐伯君の身に起こったことについては知っているわね」

「ああ」と、陽輔は返事というよりは溜め息のような声を出した。

「どうやって知ったの」

「そりゃ、家ん中でも話題になっているから。僕とあいつが友達だったということで、ママもパパも僕の前では話さないけど、様子で分かるからね。親達の間には特殊な連絡網があるんじゃないの」

「佐伯君と同級生だった子の親は、自分の息子も同じことをやるんじゃないかって、戦々恐々としているわけ？」

「そういう親もいるだろうね」

「おたくの親は」

「僕は品行方正ですから」

「最近の若い子の事件は、まさかというようないい子が起こすこともあるようだけれど。佐伯君の事件もまさしくそうだったんじゃない？」

「知らないよ。僕、高校に行ってから、あいつと会っていないから」

「半年間、全然？」

「全然」

「でも、狭い町ですもの。駅なんかでたまに顔を合わせることもあったんじゃないの」

「そういうの、会うって言わないでしょう」

「顔を合わせても、口をきくことはなかったの」

「なかった」

「どうして。仲よしだったんでしょう」

「うーん。どうしてかな。なんか、あいつ変わったからな。お父さんを亡くして、家を移ってから」

「どう変わったの」

「ま、無口になったというか、暗くなったというか」

「そりゃ、辛い目にあったんだから、性格もいくらか変わるかもしれないけれど、そこは慰めてやるのが親友ってものじゃない」

陽輔は少し間をおいてから、唇を尖らせるようにして言った。

「親友親友ってさっきから言っているけど、小中学時代いつも一緒にいたからって、そんなふうに思われちゃ困るんだな」

「佐伯君から逃げようとしているの、あんな事件を起こして死んだから」

「そんなんじゃないよ。僕達、ほんと、たいして仲よくなかったんだ。小学生の時にはいじめられていたくらいだよ」

「いじめられていた？」

「一度なんか馬乗りになって殴られたことがある。ボコボコに殴り返して、それからいじめられなくなったけどね」

木綿子は多少の不安を感じた。恵哉は乱暴者だったのだろうか。

いや、尾形からの報告には、恵哉が悪い子だったというクラスメートの証言はひとつもない。むしろ、悪い噂があるのは陽輔のほうだ。陽輔は嘘をついているのだ。木綿子は、一瞬でも我が子を疑ったことを、恥じた。

「そんなのただの喧嘩でしょ。あなた、いじめられるタマに見えないわよ」

「誉め言葉だと受けとっておくよ」

「ところで、あなたじゃないとすると佐伯君の親友は誰だったの」

陽輔は、悩ましげに髪の毛をかきあげた。自分ではポーズを決めたつもりらしいが、狭いおでこがむきだしになって、さらに観賞度が下がっただけだ。

「あのさ、おばさん達の時代には親友なんていう言葉も生きていたかもしれないけど、僕達の間にはそんなものはないって、分かってくんないかな」

「つまり、あなたは佐伯君があんなふうな形で死んでも、ちっとも心が痛んでいないってわけね」

「そりゃあ、まあ、そうだね」

木綿子の胸のほうが錐《きり》でも刺し込まれたように痛んだ。涙腺がゆるみかけたが、ここで泣くつもりはなかった。

「誰か佐伯君のために涙を流してくれそうな人は知らない？　女の子でもいいわ。鈴木仁美ちゃんなんかどう」

もちろん木綿子は、仁美が恵哉のガールフレンドだったという報告を受けていたから、その名前を口にしたのだ。

陽輔は意外な反応を見せた。肩の筋肉をはねあげ、こちらをふりかえったのだ。動揺がはっきりと顔に刻まれていた。

「彼女は佐伯と関係ないよ。あの時以来会っていないはずだ」

「あの時って、いつ」

「中学の卒業式」

「そんなのたった半年前じゃない」

「半年って、男と女が会ってから別れるまでを三回くらい繰り返せる長さじゃないか」

　陽輔は小馬鹿にしたように言った。木綿子は笑い出しそうになった。ひよこが一人前の恋愛をしているかのようではないか。いや、しかし、彼らが一人前のつもりなら、痴情のもつれで殺人が起こるなんてこともありうる。

「ところで、織田さんとあなたはどんな関係」

　急襲したつもりだったが、陽輔は仁美の時とちがって、表情を変えなかった。

「織田さん？　あの、殺された織田さん？　関係なんてそんなもの、ないよ」

「あら、だって、あなた織田さんのお宅の裏にある小学校にかよっていたじゃないの。しかも、家は同じ一丁目にあるでしょう」

「だからって、どうして織田さんと知り合いじゃなきゃならないのさ。そんな一家が住んでいたことさえ、今度の事件が起こるまで知らなかったよ。そりゃあ、佐伯はどうか知らないけど」

「佐伯君がどうか知らないって、思わせぶりな言い方じゃない。なにか知っているの」

「知らないってば。ただ、殺し殺される関係になったんだから、なにかあったのかもしれないって、そう思うのが普通でしょう」

「あなたは、この事件を行きずりの衝動殺人というふうには見ていないわけね」

　陽輔は数秒考えた。

「そう、だね」

「あなたはこの事件をどんなふうにとらえているの」

「どんなふうに？」

陽輔はきらりと目を光らせた。

「ひどい事件じゃん」

「ひどい？」

「おばさんはそう思わないの。ちっちゃな子供達まで惨殺されたんだよ」

車を運転しながら助手席の人間を長々と見つめるわけにはいかない。一瞥では、陽輔の本心を見極めることはできなかった。

「あなたのような年齢でも、常識的な考え方をもっているものなのね」

「当たり前じゃん」

「じゃ、佐伯君は常識的な人間じゃなかったのかしら。ああいう事件を起こしそうな面を、中学生の時にも見せたことがある？」

「どういうのを、ああいう事件を起こしそうな面、ていうの」

「たとえば、動物をいじめるとか、いじめにくわわったことがあるとか」

陽輔はしばらく黙っていたが、

「小学生のころさ」と、いかにも秘密めかした小声で言い出した。「絵を描くのが好きだったんだ」

「絵？　それなら、私も好きよ」

　思わず顔がほころんだ。ニューヨークで絵を描いていたころの自分が蘇った。画家になる夢を見たこともあったけれど、そこまでの才能はないとやがて思い知らされた。恵哉が絵を描くのが好きなら、やはりそれは木綿子の遺伝子だ。

「ただの絵じゃないんだ」

　と、陽輔は木綿子のはずんだ気分に水をかける。

「あのころは、うちの辺りはまだ野原があって、トンボや蝶がいっぱいいたんだ。恵哉の奴、そういうのを捕ってきては殺して、それを見ながら絵を描いていたんだよ」

「それが、ああいう事件を起こしそうな面？」

「だって、誰もしないよ、そんな気持ち悪いこと」

　木綿子は、なんと言っていいか分からなかった。木綿子は虫が嫌いだったから子供時代、昆虫採集などしたことはなかったが、同級生の男の子達はけっこうみんな熱中していた。死んだ昆虫の写生をする子はいなかったとしても、標本を作って学校にもってくる子はいた。五歳離れた弟もそうだった。いまどきの子は、昆虫採集を気持ちの悪い部類にくるのだろうか。

「じゃあ、あなたは、虫も殺せない人間というわけね」

「ふたつの例外をのぞいてね」

「ふたつ？」

「ゴキブリと蚊」

「それはまっとうな感性ね」

「だから、僕はまっとうな人間なんだよ、佐伯とちがって」

ひっぱたいてやろうかしら、木綿子は思ったが、こらえた。暴力に訴えるのは、まだ早すぎる。いずれその時が来るかもしれないけれど。

14

同じ月曜日、尾形は午前中にコイズミとの面会をすませた。彼へのインタビューは予想通り面白いものではなかった。ついでにいえば、役に立つものでもなかった。

午後からは、長田伸也との接触を再度試みた。長田家の近所で伸也のかよう高校を聞き出し、高校へ赴いたのだ。それは、埼玉でも有数の進学校だった。

尾形は、目標の人物を校門を出たところで発見した。

伸也は、重石《おもし》で頭を押さえつけられてでもいるかのようにうなだれて歩いていた。尾形が「長田君」と声をかけてはじめて顔をあげた。

伸也は、相手が誰かすぐに分かったようだった。立ちどまると、

「あんたは恵哉の敵、味方？」

いきなり問うてきた。

「彼が無罪じゃないかと感じはじめているのが味方だとしたら、味方だよ」

「ふーん」

伸也はまた歩きはじめた。拒否の姿勢がなかったから、尾形は伸也と並んで歩いた。最寄りの駅まで十分ほどの道程だ。

「きみはどう思っているの」

「恵哉があんな事件を起こしたと知ったとたん、みんなひどいもんだよ。キレるとなにをするか分からない奴だったって」

伸也ははぐらかした答え方をした。

「恵哉はキレたことがあるの」

「なくはなかった」

「いつ、どんなふうに」

「古い話だよ、小学校の五、六年の時。友達を殴り倒したことがあった」

「なにがあったの」

「仲間達みんなで遊んでいたんだ、藤沼という小さな林の中で。そこへ、わりとみんなのからかいの対象になっている奴がやってきて」

からかいというのはいじめの婉曲《えんきょく》表現だと、尾形は察した。いじめの対象は陸奥俊一ではないかとも推察した。

「まあ、当然のようにからかいになったんだけど、その最中に小林が、あ、そういうことの中心人物だけど、あいつが突然恵哉に殴り倒されたんだ。恵哉が暴力をふるうなんていままで見たことがなかったから、みんな驚いちゃって。殴り倒された小林自身もそうだったみたいだよ。なにがきっかけだったか、よく分からない」

「それは、恵哉が正義の拳をふるったということじゃないの」

「うーん。それまでべつだん正義の味方ぶったところはなかったけどね」

「本当はいじめにくわわるのは嫌だったんだけど、遂にその時堪忍袋の緒が切れたとか」

「それは僕のことだな。僕は本気でいじめなんかやりたくなかったけど、そのころ二番目のチビで、あ、一番目のチビはからかわれていた奴だけど、とにかく僕は恵哉や小林にかなわなかったからね。ついていくしかなかったんだ。あいつをかばうと今度は自分にお鉢がまわってくるんじゃないかと怖くて」

　伸也は、よく知りもしない男にむかって昔のいじめの言い訳をした。長年の重荷だったのかもしれない。分厚いレンズの奥で瞳が落ち着きなく動いている。

「あいつって、陸奥俊一のことだね？」

「ああ、知っていたの」

「ちょっとね。それで、陸奥君へのいじめはその後どうなったの」

「なくなった。恵哉と小林の間もべつにおかしくならなかったし。それどころか、あれをきっかけに二人は親友になったんだと思っていた」

「しかし、現実はちがった？」

「だから、事件が明るみになったとたん、そういう奴だと思っていたって、言いふらして歩いたのはあいつなんだ」

「小林君は、実は殴り倒されたことを根にもっていた？」

「そうかもしれない、自分が悪いくせに」

「で、きみは恵哉があの事件の犯人ではないと思っているんだね」

　伸也は首をかしげた。

「小森さんはさっきも同じことを言ったけど、どういう意味ですか。恵哉が犯人じゃないなんて、そんなことはあるの。マスコミがそう言っているのに」

「マスコミがそう言っていることが、あるいは警察がつきとめたことが、即真実だと思うかい」

仲也は、困ったように返事をしなかった。

尾形は、すっかり飼い慣らされている若者の姿を見て、かすかな苛立ちを覚えた。もっとも、はじめから恵哉の有罪を疑っていたのは木綿子一人だったのだ。いまだって、尾形自身、恵哉を有罪とも無罪とも結論していないではないか。仲也ばかりを責められない。

「同級生に話を聞き歩いて、恵哉のことを悪く言う子に会わなかったんでね。恵哉があんなことをしたとは思えなくなってきた」

「小林には会っていないんだ」

「うん……あ、そういえば、悪口とはちょっとちがう意見を吐いた子がいたな。恵哉は嫌われるのが怖い症候群だった、って」

「嫌われるのが怖い症候群」

仲也は口の中で言葉を噛みしめてから、首をふった。

「全然ちがうと思うな。恵哉は誰かが自分をどう思うかなんて気にしていなかったんだと思う。とても強いんだよ。だから、困難がふりかかっても、平気な顔でたちむかえるんだ。お父さんが亡くなったあと、僕の誕生会に呼ばなくなったことだって、なんでもないようにやりすごした……」

伸也は立ちどまり、尾形をふりむいた。その表情は思いつめていると言っていいほど真剣だった。

「恵哉は、やらなければならないと思ったら殺人だってやると、そう僕は思うんだ」

「やらなければならないと思ったら？　きみは恵哉の動機を知っているのか」

「知らない。だけど、どうしても必要なことだったんだと思う」

尾形の胸に、雅芳の母親が蘇った。雅芳の母親は、雅芳が無辜《むこ》の被害者であることを信じていた。その信念は願望でしかないのだろうか。

「どうしても必要なことだったとしても、人の命を奪う行為が許されるとは思えない」

「だから、恵哉は自分の命も絶ったんだ」

伸也は、まなじりに濃い決意をにじませて言った。

この少年の中で恵哉は英雄と化しているのだ、尾形はそう悟った。

夕方、尾形は重い足どりで探偵事務所に戻った。

一日の調査が終わると、報告書を書いて木綿子にファックスしなければならない。尾形は一日二本と決めている煙草の二本目を吸い終わってからパソコンを立ち上げ、エディタソフトを起動した。

仲也についての報告書を書くのは簡単だ。仲也は恵哉を英雄視している。こう書けば、依頼人は大喜びするだろう。もっとも、恵哉が殺人犯となった時点で仲也の恵哉観が最大値に達したという事実は、多少木綿子を不快にさせるかもしれないが。

問題はコイズミだ。コイズミについてどう書けばいいだろう。

コイズミへのインタビューは、木綿子の指示ではない。書かなければ書かなくていいことではないか。現に、被害者の親族に会ったことは知らせていない。しかし、コイズミとの会見を伏せることを考えると、被害者の親族の時とちがって、なんとなく尾形は疚《やま》しさを呼び起こされるのだ。

「佐伯恵哉があいう事件を起こしたのは、ちっとも意外ではなかったですね」

コイズミは、ルポ・ライター・小森にむかって臆面もなく言い放ったのだ。

「そんなに佐伯君は悪い生徒だったんですか」

「ええ、そりゃもう、手がつけられませんでしたよ」

「不良だったという話はどこからも出ていませんが」

「いじめや暴力だけが非行少年の証しじゃありませんよ。あの子は、不純異性交遊がすごくてね。まったくいまの子供は十四かそこらで」

「佐伯君がもてたというのは聞いています。しかし、不純異性交遊というのは？」

「具体的に聞きたいんですか」

と、コイズミは尾形の心の中を舐めまわすような目で見たものだ。尾形は黙っていた。

「われわれが子供のころとちがって、教師や親のコントロールなんかききませんからね。体の発育もいいし」

コイズミの視線は、今度は校庭にむけられていた。そこには、陸上競技大会の練習をしているらしい生徒達の姿があった。もちろん、女生徒達は足をむきだしにしていた。いろんな足があった。大根、牛蒡、むっちりと白いのや、健康的な小麦色や、観賞に堪えるのや堪えないのや。尾形はできるだけそちらのほうを見ないようにしていたのだけれど。

コイズミは、生徒達の恋愛行動について縷々《るる》しゃべった。しかし、恵哉の不純異性交遊の具体的な話はいっこうに出なかった。

「もしかしたら、佐伯君とガールフレンドとがどんな交際をしていたのか、ごぞんじない？」

尾形が業を煮やして聞くと、コイズミは吐き捨てるように言った。

「放課後の教室でキスをしていましたよ。見たのはそれだけですがね、それだけで充分でしょう。教室でそういうことができるなら、外での行為は察してあまりあります。仁美は、おっと、相手はね、ほんとに純情可憐な子だったんですよ。それがあいつと付き合うようになってから、どんどん妖しさを増していって……」

コイズミの声には怒りが、目の中には陶酔といっていい光が現れていた。尾形は、口腔がからからに乾いているのに気づいた。大の男にこんな表情をさせる少女とは、いったいどんな子なのだろう。本当に恵哉が少女を変えたのだろうか。

しかし、たとえ恵哉が不純異性交遊をしていたからといって、凄惨な殺人を犯したという証しになるだろうか。むしろ、それは陽性な性格を思わせる。

そう、人を殺すような危険な陰湿さを芬ぷんとさせているのは、コイズミのほうではないか。頭の毛こそ豊富だったが、背が低く、貧相な目鼻立ちに声がきんきんと高く、いかにも女性にもてそうにない。実際にロリコンなのかどうかはともかく、そういう噂が立って生徒達から嫌厭《けんえん》されるのは当然と見えた。まるで、自分の鏡を見ているようだ、という思いを握りつぶすのに、尾形はどんなにエネルギーを使ったか。

報告書の内容にあれこれ頭を悩ましていると、突然机の電話が鳴った。尾形はほとんど無意識に受話器をとりあげた。

『もしもし』

母親の声が流れてきた。思わず、尾形は姿勢を正した。なにやらお冠だと、その声だけで察しがついたからだ。

「なんでしょう」

『あなた、どこにいるの』

「どこって、事務所ですが」

事務所に電話をかけて本人が出ているのにどこにいるもないものだ、と笑いとばすことはしない。兄や弟ならするだろうけれど。

『どうして来ないの』

「来ないって、どこに」

『ホテルよ。パシフィック・ホテル』

「ホテルでなにか」

『ミヤちゃんの結婚式よ。招待状行っているでしょう』

「え、あれ、今日だったっけ」

『昨日でしょう、昨日十二時から』

ああ、昨日のことか。現在形で話すから。

「ごめん。仕事で忘れていて」

『いくら仕事だからって、すっぽかすのどうかしているわよ。だいたいあなたはね、小学校の宿題を……』

そこから、いつものように延々とお小言が始まった。尾形がなにかひとつまちがいをすると、幼いころから最近にいたるまでのすべての失敗を掘り起こして責めたてる。いつもの母親のパターンだから、慣れている。慣れてはいるが、今日はことのほか辛く感じられた。

そうか、昨日はミヤちゃんの結婚式だったんだ。五歳年下の従妹、やさしい笑顔で尾形に接してくれる唯一の異性。

本当は自分以外の誰とも結婚してほしくないという思いがあったから結婚式を失念してしまったのだと告白したら、母親は慰めてくれるだろうか、馬鹿にするだろうか。多分馬鹿にするだろう。受話器を片手に、尾形は考えるともなく考えた。一日二本と決めている煙草の二本目を、さっき吸わなければよかったと後悔しながら。

15

絹恵の勤める会社では、子供や配偶者が亡くなった時の忌引き休暇は土日も含め七日間だった。絹恵はそれを、火曜日の昼をすぎてから思い出した。

指折り数えてみると、昨日かまたは今日から会社に出なければならなかったのではないか。あの月曜日が忌引き休暇に含まれているのかどうかでちがってくるにしても、無断欠勤してしまったことに変わりなさそうだ。まずい、どうしよう。そう思いながらも、絹恵は家にこもっていた。いまさら出社しても仕方がないと開き直ったわけではなく、体がどうにも動かなかったのだ。

夕方近くになって、電話が鳴り出した。迷いながら受話器をとると、聞き覚えのある男の声が流れてきた。

『もしもし、平井《ひらい》です』

上司である平井総務課長だった。アンパンマンのような丸いほっぺたをした人のよさそうな中年男性だ。その人のよさそうな課長は、絹恵が無断欠勤を詫びるより早く、言い出した。原稿でも読んでいるようなぎこちない調子だった。

『ええと、このたびはご愁傷さまでした。今日から忌引き休暇が明けているんですが、ごぞんじですよね』

絹恵は「はい、申し訳ございません」と答えようとしたが、課長の言葉は途切れなかった。

『それで、社長は佐伯さんのことをたいそう気遣われておいで/でして、佐伯さんがもしもう少し休みたいと言うなら、それでいいとおっしゃられています。まだいろいろと大変でしょうからね。このところ佐伯さんの仕事もたいして忙しくないですし、私もそのほうがいいと思いますが、どうしますか。遠慮は無用ですからね』

ぜひもう少し休め、と言っているように聞こえた。その間の給料はどうなるのだろう、ちらっと頭をかすめたが、絹恵は口には出さなかった。生活のことなど、もうどうでもいいではないか。

「じゃあ、お休みさせていただきます」

『ああ、そうですか』

課長は嬉しそうな声をあげた。

『じゃ、社長には私のほうからそのように伝えておきますんで。手続きも私がとっておきますから』

「ありがとうございます」

『お大事に』

そそくさと電話が切れた。いつから出てこいという話はまったくなかった。

絹恵は受話器を眺めるともなく眺めた。これで、勤めを失ったのだろうか。仕方がない。

亡夫の知人の紹介でなんとかもぐり込んだものの、どうしても必要な社員とは思えなかった。

一般事務のふれこみではあったが、客にお茶を出したりコピーをとったりという、事務補助をしていたにすぎない。パソコンもほとんどいじれなかったし。

絹恵は、電話機の前にほうけたように座っていた。ほかにすることがなかったからだが、そうやって座っていることさえ意識していなかった。

しきりに昔のことが思い出された。大学卒業を記念した旅行先の北海道で、やはり旅行中の達哉に一目惚れされたこと。達哉との結婚が決まってから、大学の同級生である大企業の御曹司にプロポーズされ、心が揺れたこと。新婚旅行先の九州の温泉で、絹恵が大浴場で滑って転んで足を骨折したこと——すごく恥ずかしかったけれど、回復するまで達哉が小まめに面倒をみてくれて、やっぱりこの人を選んでよかったと、しみじみ感じたこと。

子供のできにくい体質だと知った時にも、達哉は嫌な顔ひとつせず協力してくれた。「お子さんはまだですか」人からそう聞かれるたびに絹恵は達哉に当たりちらしたけれど、彼は黙って受けとめてくれた。排卵誘発剤の使いすぎで卵巣囊腫《らんそうのうしゅ》になり、両方とも切除しなければならなくなった時、達哉以外の男が夫だったら、どうなっていたか分からない。いまごろこの世にいなかったかもしれない。達哉は奔走して、アメリカの不妊治療病院を見つけてきてくれたのだった。

だんだんと年を経て、達哉の髪の毛が後退しお腹も出てきて、若く見える自分とは不釣り合いに思えたこともあった。だが、いまでは懐かしくてたまらない。達哉の分厚い唇、薬品の匂いのする指先、突くとずぶずぶと指がめり込む腹部、欠点に思えたすべてが恋しかった。あの人の胸に顔を埋めて、思いきり泣きたい。あるいは、甘えたい。

こつこつという音がしていた。耳には入っていたのだが、それが玄関ドアをノックする音だと気づくのに、時間がかかった。チャイムは、マスコミがあまりにうるさく鳴らすので、電池を抜いてしまっていた。それを忘れていた。

ノックだと気づいた絹恵は、玄関へ出ていった。

「どなた」

不用意に呼びかけてから、不安になった。マスコミだとしたら、まずい。

「こんにちは、鈴木です」

鈴木？　どこの鈴木だろう。声がひどく愛らしい。少女のようだ。マスコミではないだろうと見当をつけ、絹恵は施錠をといてドアをあけた。

セーラー服姿の少女が立っていた。右手に小さな花束、左手にぺしゃんこの学生鞄をもっている。

ウエーブのかかった栗色の長い髪、水蜜桃のような頰にそばかすがいくつか浮いている。大きな瞳、うわむき加減の鼻、薔薇色の唇（紅をさしている？）。美少女だ。ちょっと見には、誰だか分からなかった。しかし、よく見ると、中学時代恵哉が仲よくしていた鈴木仁美だった。

「仁美ちゃん？　まあ、変わっちゃって」

仁美は軽く頭をかたむけた。

「お久しぶりです。あの、恵哉……」

マスコミは恵哉の事件を匿名で流している。仁美は、恵哉があんな事件を起こした末に亡くなったことを知らないのだろう。なにをどう言ったらいいだろうか。

絹恵が途方に暮れていると、

「恵哉君を、拝ませてください」

仁美は泣き出しそうな表情で言った。

「知っているの……」

絹恵は呆然となった。仁美は一礼して、絹恵の許可のないまま室内に上がった。一目で見渡せる部屋の中で、まっすぐ仏壇にむかう。からっぽの花瓶に持参の花を活け、焼香はせずに、一心不乱の様子で手を合わせた。

絹恵は、まばたきも忘れてその姿を見つめていた。

この子はいまでも恵哉が好きなのだろうか。ふと、思った。

恵哉と仁美は、中学一年の時クラスが一緒になった。恵哉が仁美をはじめて家に連れてきたのは、その年の夏休みのことである。といっても、仁美一人ではなく、数人のクラスメートの中にまじっていただけのことである。夏休み中、グループごとに宿題が出され、それを恵哉の家でやろうということになったのだ。みんなでなにやら大きな地図を作っていた。

グループの中に、女の子は仁美だけではなかった。活発そうな女の子や地味な感じの女の子もいた。いま絹恵がその子達の名前を思い出せないのは、二年生になってクラスが替わってしまったせいだ。

いや、仁美ともべつのクラスになったのだが、彼女だけは忘れられない理由があった。翌年のバレンタイン・デイに、恵哉の学生鞄にチョコレートが入っていた。

「誰からもらったの」と聞いたら、恵哉はつまらなそうに「鈴木さん」とだけ言った。まるでもらわなくてもよかったような顔をしていた。しかし、絹恵は知っている。恵哉がお返しの品をさんざん迷っていたことを、そしてホワイト・デイに鈴蘭の鉢植えを返したことを。

それを知った時の感情が蘇ってきた。軽い腹立たしさ、嫉妬から来る。

恵哉にはまだまだ自分のエプロンにまとわりつく子供でいてほしかった。ほかに大事な異性などできてほしくなかった。あと五年、いや、十年。できれば十五年くらいは。

そういえば、警察に提出した名簿に、仁美を小学校時代の同級生と記入してしまった。あの時の感情が、絹恵にまちがいをさせたのだろうか。遠くに過ぎ去った話なのに。

達哉が亡くなり、恵哉の生活が激変してからは、幼い恋にも終止符が打たれた。少なくともそう、絹恵は思っていた。年賀状のやりとりぐらいはしていたようだが、会っていた気配はない。もっとも、絹恵が会社にいる間、二人はいくらでも会えたわけだが。会っていたのだろうか。

仁美は合掌をとき、絹恵を見た。目のふちが濡れていた。絹恵ははっとして、頭を下げた。

「わざわざ来てくださすってありがとう。コーヒーでもいかが。インスタントだけど」

仁美は無言だった。それを了解と受けとめて、絹恵はコーヒーを二人分いれた。キッチンの小さなテーブルに置く。仁美はテーブルにやってきた。

「いただきます」

砂糖もミルクも入れずカップを手にとったが、口をつけなかった。

「なにもかも知っているのかしら」

絹恵はささやき声で聞いた。仁美は困ったように首をかしげた。絹恵は質問を重ねた。

「警察がなにか聞きにいったの」

「いえ、警察は来てませんけど」

「じゃあ、どこで知ったの」

「どこって、はじめにどこで聞いたか、ちょっと覚えていないです」

ずきりと痛く、絹恵の胸に響いた。覚えていられないほどたくさんの知り合いが恵哉の事件について情報をもっていて、しゃべり合っているということか。

「みなさん、さぞ驚いているでしょうね」

「驚いているっていうか」

仁美はコーヒーに目線を落とした。ソーサーにカップを戻して、

「恵哉君は悪くないと思います」

きっぱりと言った。絹恵は面食らった。この子は、事件の真相を知っているのだろうか。それとも、桜亜由子と同じように恵哉が無実だと信じているのだろうか。

「犯人はほかにいると思っているの」

絹恵は息を詰めるようにして聞いた。仁美はびっくりしたように目をあげた。

「恵哉君、無実なんですか」

喜色が顔にあふれたので、絹恵のほうが退いた。

「え、いえ。恵哉は悪くないと言ったから……」

「あ、そういう……私はあの、きっと殺された織田さんという人がそうされるだけのことを恵哉君にしたんだと、そういう意味で言ったんです」

「どういうこと。鈴木さんは、恵哉と織田さんとの関係をなにか知っているの」

警察はいまでも恵哉と織田一家の関係についてつきとめることができないでいる。つまり、殺害動機が不明のままでいる。仁美がそれをとく鍵を握っているのだろうか。

仁美は慌てたように首をふった。

「いいえ。なんにも知りません。でも、恵哉君、なんの理由もなくて、あんなメチャメチャなことができる人じゃありません。きっと、織田さんという人がなにかひどく悪いことをしたんです」

絹恵は思わず溜め息をついた。

「たとえ織田さんが悪人だったとしても、罪もない子供達まで殺していいっていうことはないでしょう」

「それはまあ、そうですね……」

仁美はコーヒーを口にふくんだ。

「でも、恵哉の性格を信じてくれているのね。ありがとう」

絹恵が我知らず笑みを浮かべると、仁美もうっすらとほほえんだ。

「恵哉君、いい人でしたもん」

「そうなの？　家にいる時はわがままで甘ったれなだけで。父親が亡くなってからは、だいぶしっかりしてくれたけれど、学校ではちがっていたのかしら」

「ええと、ちっとも嫌がらずに私に宿題の答えを書き写させてくれたりとか、ある子のカンニングを手伝ったりとか……」

絹恵の顔に呆れた色が表われたせいだろう、仁美は慌てたようにつけくわえた。

「あ、でも、一番印象に残っているのは、二年生の時、公園に捨てられていた子猫のもらい手を一所懸命探していた姿です。三匹いたんですけど、友達に片っ端から押しつけてまわって、それで二匹まではなんとかなったんですけど、あとの一匹はどうしても駄目で、とうとう駅前で、もらってくださいって書いた画用紙をかかげて立って、成功したんです」

「まあ、そんなことをしていたなんて、ちっとも知らなかったわ」

「恵哉君、動物が好きでしたものね」

「動物が好き？　そんなこと、あの子ひとつも……ああ」

思い出した。恵哉が四歳の時、猫を飼いたがったことがあった。デパートのペット・ショップにいたシャム猫かなにかの子猫の前で、動かなくなったのだ。

「ほしい」と恵哉は言った。「ちゃんと僕がお世話する。ほら、おじいちゃまからもらったお年玉で買うよ。いいでしょう」

しかし、猫を買ってやることはできなかった。達哉が猫アレルギーで、猫がそばに近寄っただけでくしゃみがとまらなくなる人間だったからだ。それを言ってきかせると、恵哉は諦めた。犬は、絹恵が嫌いで（幼いころ噛まれた経験があるのだ）、ペットにするのははなから問題外だった。犬を飼いたいと言ったこともあったかもしれないけれど、具体的に恵哉がペットをほしがったのは、あとにも先にもその時だけだった。絹恵は恵哉が動物好きだということも知らずにいた。

恵哉にはわがままをさせているつもりだった。しかし、子猫の件を考えると、けっこう我慢させるところはさせていたようだ。というよりも、恵哉はあまりわがままを言わない子だったのかもしれない。

不意に、絹恵は恵哉の姿がおぼろにかすむのを感じた。恵哉を失ったのはつい一週間前なのに、もう何年も会っていない人のように人物像が曖昧になっている。いや、確かにこのところ意思の疎通を欠いてはいたけれど、それはわずか数カ月のことではないか。

「子猫の件は、二年生のいつごろだったの」

「公園の花壇にパンジーが咲いていたんで、二年生の終わりか、もしかして春休みの最中だったかもしれません、二年生とも三年生ともつかない」

だとしたら、家にもうアレルギーを起こす人はいなかったことになる。売れ残った子猫を自宅に連れ帰ってもよかったのに、恵哉はなぜそうしなかったのだろう。ペットの飼育は恵哉の中で絶対のタブーとなっていたのだろうか。もっとも、じきに自宅を売ってアパートに越すことになった。その時点で手放さなければならなかったことを考えると、子猫を連れ帰らなかったのは正しい選択だったけれど。

「なぜそんなに一所懸命なの、って聞いたんです」

「あの子はなんて？」

「捨てられた子猫達を見ていると、自分のように感じられるからだって、言っていました」

「自分のように感じられる？」

どうしてだろう、捨て猫と自分が一緒だなんて。首をかしげた絹恵の耳に、信じられない言葉が飛び込んできた。

「恵哉君、知っていたんです、自分がもらいっ子だって。親と血がつながっていないほうがいいくらいだと私なんかは思うんだけど、恵哉君にしてみるとそうでもなかったらしくて」

「もらいっ子、ですって」

絹恵は驚愕して、思わず高い声を出した。仁美はうろたえた表情になった。

「あの、ごめんなさい、つい口がすべっちゃって。もういいかと思って」

もらいっ子という単語が頭の中でぐるぐるまわって、絹恵はしばらくなにも言い返せなかった。

仁美は立ち上がる気配を見せた。

「私、そろそろ失礼します」

「待って」

やっと、言葉が見つかった。

「恵哉は本当に自分をもらいっ子だなんて言ったの、冗談ではなくて？」

仁美は忙《せわ》しく首をたてにふった。

「どうしてそんな……」

「ちがうんですか」

「ちがうわ。あの子はちゃんと私がおなかを痛めて産んだ子なのに、どうしてそんな、もらいっ子だなんて……」

仁美は心底驚いたらしく、大きく目を見開いた。

「そうなんですか。でも、恵哉君、嘘をついているようには見えなかったのに、私に打ち明けた時。私を慰めるための作り話だったの」最後のほうは、完全な独り言になっていた。

「恵哉君の性格って、分からない……」

仁美の恵哉にたいする印象を悪くしたらしいと気づいたが、絹恵はそれどころではなかった。

恵哉が自分の出生について疑いを抱いていた。いったい、いつそんな疑いが恵哉の胸に忍び込んだのだろう。

絹恵自身、恵哉が自分の子ではないという思いを抱いたことがないのだ。遺伝子的につながっていないことを忘れたと言ったら嘘になるにしても、そんなことは問題ではないと思っていた。だって、恵哉は確かに絹恵が産んだ子だから。

それなのに、どうして恵哉が自分をもらいっ子だなどと思わなければならないのだ。

親戚の誰かが恵哉になにかを吹き込んだ？　親戚の誰にも（双方の両親にさえ）真実を告げてはいないけれど、彼らが疑っていたことはまちがいない。そのうちの誰かが恵哉にあらぬことを吹き込んだ可能性がある。誰がそんな心ないことをしたのだろう。

夫のがわの親戚のような気もしたし、自分のがわの親戚にも思えた。

夫のがわの両親は、子供ができないということで、絹恵に冷たかった。恵哉が生まれてからは、人並みの祖父母のように恵哉をかわいがりはしたが、絹恵に冷たいのは相変わらずだった。そんな状態だったから、夫が亡くなってからは自然と付き合いが途絶えた。

自分のがわの親戚は、露骨に恵哉の出生の秘密を疑っていた。この子はおまえにひとつも似ていない。何度両親にそう言われたことか。とうとう絹恵は実家に里帰りするのをやめた。できるだけ恵哉を自分の親きょうだいに会わせたくなかった。だから夫が亡くなって困窮した時も、実家に助けを求めることはしなかった。

それにしても、恵哉は親戚の告げ口をあっさりと信じたのだろうか。質《たち》の悪い冗談だと受けとってもよかったはずなのに。冗談だと思えないようななにかが心にあったのだろうか。

いつの間にか、室内から仁美の姿が消えていた。絹恵はそれにも気づかなかった。脳裏に、あの日の情景が鮮明に蘇っていた。恵哉を自分の子だと思い込みたくて、長い間封印していた記憶だった。

白とピンクのタイル張りの体外受精室。婦人科用の診察台に横たわった私は、半ば夢見心地だった。天窓からさし込む外光が天上の光のように目に映っていた。

達哉の遺伝子とお金で買った見知らぬ女性の遺伝子とを乗せた受精卵が、技師の手からドクターにわたされ、さらに私の体内に移されようとしていた。それほど時間はかからなかった。それまで子供を得るためにかけた長い長い時間を考えれば、本当に呆気ないほどの短さだった。

「OK」とドクターの声がした。ほかにもなにか言われたのだけれど、よく分からなかった。とにかく、受精卵移植は成功したのだ。私は妊娠したのだ。胸苦しいほどの幸福感に包まれた。私は妊婦だと、町じゅうに大声でふれまわりたかった。

子供が体内から逃げ出すことだけが心配だった。十カ月間、こわれものを扱うように自分の体を扱った。達哉も私を女王さまのように大事にしてくれた。もちろん、私のためではなく、子供のためだった。たとえ、そこにお金が介在していたとしても、子供への私達の思いは本物だった。あれほどの熱意が、恵哉には届いていなかったのだろうか。

子供は、どれだけの愛情を注げば、親を信頼し心を開いてくれるのだろう。

いや、ずっと恵哉は私に心を開いているものと信じていた。いまごろこんなことを思い知らされなければならないのは、やはりなさぬ仲の子供だったからだろうか。達哉がいてくれれば、あの子の生物学上の親がいてさえくれれば、こんなことにならなかったのだろうか。先に逝ってしまった達哉がいまさらながら恨めしかった。

16

同じ火曜日、尾形は鈴木仁美に接触しようとしていた。

仙台にいる陸奥俊一をのぞけば、恵哉の友人と指定された人物のうち会っていないのは、仁美一人ということになる。木綿子から仁美と陽輔の現在の関係を探れとも指示されていた。

女子高生恐怖症を克服して、仁美のかよう修学院女子高校へ行った。正攻法で教員に話をつけて、仁美に面会しようとした。仁美の顔を知らないので、伸也の時のように下校時につかまえることができなかったからだ。

しかし、仁美の担任は、尾形が仁美と接触することを拒絶した。「おあずかりしている生徒をあの恐ろしい事件とかかわりあわせることはできません」という主張だった。旭日のマークのついた手帳をもっていれば、こんな理由でひっこむわけもないのだが、一民間人である以上、諦めるしかなかった。

それでも、仁美が一年B組であるという情報を入手することはできた。尾形はこの情報をたよりに下校時、片っ端から生徒に声をかけることにした。ひどく勇気のいる行為だったが、仕事なのだから仕方がない。

「一年B組の鈴木仁美さんではありませんか」

こうやっているうちに、仁美の友人に当たるだろう。友人でなくてもクラスメートをつかまえられるにちがいないし、運がよければ仁美本人と出会えるかもしれない。

二十人ばかり、逃げるように去るだけだった。中には首や手をふってくれる子もいたが、ともかく愛想が悪かった。

お嬢さま学校ではあるらしいが、べつだん見知らぬ男に声をかけられただけで逃げ出すような純情可憐な女の子ばかりとは思えない。いや、世間を闊歩している女の子同様、髪を染めたりおそろしくスカートが短かったりピアスをしていたり、普通の子がほとんどだ。それなのに、尾形に声をかけられると清純そうに逃げてしまう。

自分がよほど女子高生に嫌われる風体なのだと思うしかない。せめて兄の半分、弟の四分の一でも魅力があれば、一人や二人立ちどまってくれるだろうに。

三十人に迫ったところで、思いがけない人物を見かけた。中村理佐子だ。いや、理佐子は仁美と同じ高校なのだから、出会っても不思議はなかったのだ。

先日は大人っぽかった理佐子も、セーラー服姿だとやはり女子高生以外のなにものでもない。もう一人の子と笑いさざめきながら歩いている図など、ほほえましいくらいだ。尾形は、仁美の所在を聞くために理佐子に近づいた。

理佐子は尾形を認めて、立ちどまった。連れも理佐子に合わせた。

「まだなにか用なの」

理佐子は尾形を睨みつけた。ほほえましいなんて見えたのは気の迷い。やっぱり女子高生ほど憎らしい生き物はない。そう思いながらも、尾形はあくまでも穏やかな口調をくずさなかった。

「今日は鈴木仁美さんに会いにきたんです。中村さんは彼女と友達でしょう。呼んできてくれませんか」

「彼女がどこにいるかなんて、知らない」

「知らないの、一年B組ですよ」

「そういう意味じゃないよ。学校に来ていないっていう意味」

尾形は驚いた。まさか仁美は行方不明になっているのではあるまい？

「いつから」

「私は仁美の保護者じゃないよ」

ぷいと顔をそむけて、理佐子は歩き出した。連れが理佐子と尾形を見比べ、それから早口で言った。

「鈴木さんて無断欠席の常習者なんです」

そして、理佐子のあとを追っていった。

尾形は呆然とその場につっ立っていた。理佐子に聞くべきことがあったのを思い出したのは、二人の姿が角を曲がって消えたあとだった。

しかしまあ、東町ホームタウンについては立ち話で聞いていい内容ではないかもしれない……。

ともかく仁美に話を聞かなければならない。とはいえ、どこに探しにいけばいいか見当もつかなかった。第一、顔を知らないのだから、探しようがない。どこかで仁美の顔写真を手に入れる必要があった。

仁美の家族が協力してくれるかどうか怪しかった。尾形はあれこれ名前を思い浮かべた末、恵哉の母親をたよってみることにした。まだ紹介はされていなかったが、いずれ話を聞かなければならない相手だ。今日訪ねても問題はあるまい。

尾形が絹恵の住む松木ハイツについたのは、午後五時に近かった。薄闇に沈む外階段をのぼろうとしたところで、上から人がおりてきた。尾形は階段のわきに立って、その人物を通した。

華奢な体型だ。若い女性。セーラー服を着ていた。さっき飽きるほど見た修学院女子高校の制服だ。

尾形は咄嗟に直感した。少女は鈴木仁美にちがいない。

「きみ」

声をかけると、少女は長い髪をさらりと揺らしてこちらをふりむいた。

尾形は一瞬、息が詰まった。思いがけない美少女だった。いや、大の男を夢中にさせたくらいだから、なんらかの魅力をそなえているのだろうとは予想していた。予想外だったのは、その瞳の暗さだった。あまりに暗い。すべての光を拒む夜の精とでも形容したいような。

尾形が黙っていると、少女はたちまち尾形を見捨てた。早足で歩き出した。

尾形は後ろからついていった。いまインタビューしないでいつするというのだ、そう自分を叱咤《しった》激励しても、声をかける勇気がなかなか出てこない。少女は尾形の追跡に気がついているはずだ。にもかかわらず、知らぬふりだ。

駅へむかって二百メートルも歩けば、繁華街になる。灯点《ひとも》しごろの繁華街に、少女の足どりは蝶のようだ。行き交う人々の間を巧みにすりぬけていく。多くの男達の視線を吸引しつつ、動じる気配はない。

駅についた。自宅へ帰るつもりなら、駅構内を通って北口にあるバス停へ行くはずである。ところが、少女は駅の自動券売機の前に立って、どこへ行こうか思案するふうである。

「きみ、鈴木さん」

とうとう尾形は、声をかけた。少女は尾形に光を拒む瞳をむけた。

「さっきからなに。なんで私の名前知ってるの」

透き通った美しい声なのに、口調に凄味がある。尾形はへどもどしてしまう。美少女の放つ凄味は妖しさの一種だということを発見した。

「いや。ルポ・ライターの小森という者で、佐伯恵哉君の事件を調べているんですが、きみにも話を聞きたいと……」

「佐伯恵哉？」

仁美の目がいっそう暗さを増した。それに、氷のような冷たさがくわわる。

「しゃべることないよ、あの嘘つきのことなんか」

仁美は吐き出すように言ってから、ギョッとすることに尾形に上体を寄せてきた。

「そんなことより、おじさん、どこかへ行こうよ」

なにを言い出すのか。どういう意味なのか。尾形の体の芯が火でもついたように熱くなった。

「一万円でいいよ」

尾形は飲み込めた。いや、体の芯が熱くなったくらいだから、頭ではとっくに承知していたのだろう。

自分を痴漢と決めつけて警察につきだした女子高生の顔が眼前の仁美と重なった。この世代の女は、男と見れば自分の体に魅かれるものと自惚《うぬぼ》れている。今度は怒りで胃の中がたぎった。尾形は二、三度深呼吸し、やっと冷静さをたもった。

「分かったけど、その前に恵哉のことが聞きたい」

仁美は尾形から上体を離し、尾形の顔を見つめた。暗い瞳に、激しい憎悪と、そしていくらかの悲しみが宿っていた。

「その前じゃなく、あとだよ」

仁美は、一歩も退かない強さで言った。

17

その日、木綿子は忌ま忌ましい診察日だった。

木綿子から卵巣を摘出した医者は、一カ月に一度の通院を木綿子に強要している。検査と抗癌剤の処方をするためである。

今回の検査でも、木綿子の体に新たな問題は発見されなかった。当然である。癌などに簡単に殺《や》られる木綿子ではない。

診察の帰りに、木綿子は百貨店に立ち寄った。病院の薬臭い空気を吸ったあとは、衣類もバッグも靴も、すべて新しい物に換えたくなるのだ。

適当に選んで着替えたあと、ぶらりと紳士物の階に立ち寄った。セーターやポロシャツをなんとはなしに見歩いた挙げ句、十代の少年むきのパジャマを衝動買いした。

帰宅した時は、夕方も遅くなっていた。かよいの家政婦の堀内夏子《ほりうちなつこ》は、木綿子が玄関の扉をあけるが早いかキッチンへ行き、ダイニングに夕食を運ぶ準備を始めた。

木綿子は手早く室内着に替え、それからリビングの電話にファックスが来ていないかどうか確認した。土曜日から尾形がファックスで調査状況を報告するようになっていた。しかし、今日はまだ来ていなかった。尾形に電話を入れようとしていると、ダイニングにいた夏子から声がかかった。

「お食事の用意が整いました」

木綿子に夕食を出すまでが、夏子の仕事である。木綿子が食卓に着くと、夏子は自転車で十数分の家へ帰っていく。木綿子の夕食の時間はだいたい六時から七時までの間で、六時に木綿子が食卓に着けば、夏子は六時に帰ることができる。今日はすでに七時をすぎていた。早く食卓に着いてほしいと、夏子は願望しているのだ。

木綿子は電話を後回しにすることにした。きちんと仕事をこなす点で、夏子はいまどき貴重な人材だ。この不況下、そう簡単に辞めることはないとは思うが、超過勤務でへそを曲げられては困る。

「ありがとう。あなたも食べていってはどう」

機嫌をとるつもりで誘うと、夏子は困惑げに首をかしげた。

「娘が待っていますから」

「ああ、そうね」

「それでは失礼いたします」

夏子は、そそくさとリビングから消えた。少しでも早く娘の待つ家へ帰りたいのだ。

夏子は三年前に離婚している。酒乱の夫に耐えきれなかったらしい。それ以後、女手ひとつで一人娘を育てているということだ。ふくよかな容姿で一見したところ裕福な家の奥さんだが、なかなかの苦労人なのだ。

夏子が玄関ドアを開閉する音を聞きながら、木綿子はゆっくりと食卓に移動した。

十人は座れるダイニング・テーブルで、たった一人とる食事。高い材料を使い味も悪くないものの、愛情がこもっているはずもない料理。

なんとはなし、夏子がこれからとるであろう夕食に思いを馳せた。帰宅してから急いで調理したおかず（あるいはスーパーで買って帰ったものかもしれない）が並ぶ食事は、べつだん美味でも豪華でもないだろう。しかし、一緒に食べる子供がいれば、そして親子の間に小鳥のさえずりのようなおしゃべりが行き交っていれば、平凡な食事も楽しいものに変わるにちがいない。

突然、木綿子は侘しさを感じた。侘しさなど、これまでの木綿子には無縁の感情だった。たとえばニューヨークで、失職して次の仕事が見つからないうちに持ち金が尽き、とうとうドッグ・フードに手を出したことがあった。そんな時でも、木綿子の心情は実にあっけらかんとしたものだった。いつかこんな生活からぬけ出せるという自信があった。現にぬけ出した。では、今度も「こんな生活」からぬけ出せると言えるだろうか。食卓は豊かだけれど、心が飢えている「こんな生活」から。

恵哉が生きていれば可能だっただろう、木綿子はそう思う。あの子が生きていれば、きっといまごろ一緒にこの食卓に着いていたにちがいない。絹恵も招かなければならなかったかもしれないが、親密な空気がかよい合うのは木綿子と恵哉の間であって、絹恵と恵哉の間ではない。あの女は、恵哉が殺人犯だと警察に吹き込まれて疑いもしなかったのだから。

木綿子は立ち上がり、リビングへ行った。ソファの横に置いたままだったデパートの紙袋をとりあげ、二階へ上がった。自室の隣に入る。

そこは、つい日曜日に仕上がったばかりの恵哉の部屋だった。青と白を基調にして、イタリアのシンプルモダン系の家具を配した。装飾品も油彩や陶磁器は排除して、無名の作家のシルクスクリーンを二枚かけただけである。

冷たい感じにしすぎたかしらと、日曜日には反省しなくもなかった。しかし、フロア・ランプの柔らかな乳白色の明かりの下で見ると、若々しくてなかなかいい感じだった。サイド・テーブルの上に帆船の模型を置くと、もっと部屋のイメージが鮮明になるかもしれない。人生が飛翔する直前の若者の部屋。

木綿子は、百貨店の紙袋から包みを出した。中に入っているのは少年用のパジャマだ。

パジャマはシルク製で全体が真珠色、ボタンと襟と袖の折り返しが紺色をしている。きりりと爽やかで、美しい少年によく似合う品だった。

木綿子は、ベッドの上にパジャマを広げて食い入るように眺めた。そのパジャマを恵哉が実際に着ている姿を思い浮かべようとした。アルバムで見た学生服姿の恵哉の顔をパジャマの上に乗せようとする。

似合う。似合うに決まっている、おそらく、多分、きっと。

しかし、木綿子の想像力は翼を広げない。パジャマの上に乗った恵哉の顔は写真で見たそのままで、表情を変えることもなければベッドから身を起こしてモデルのようにターンすることもなかった。赤の他人の陽輔のパジャマ姿を思い浮かべるほうがまだしも簡単だった（あの子には決して似合わない）。

たった数枚の写真を見たきりでは想像が広がらなくても無理はない、と自分を慰めるのはいかにも悔しい。

どうして遺伝子のつながった息子と、一目会うこともなく、引き裂かれなければならなかったのだろう。ほんの一日早くアメリカから報告書が届いていれば、我が子と会えていたのに。それどころか命を救えていたかもしれないのに。木綿子は唇を噛みしめた。

いまとなっては、自分の幸せ、自分の未来のすべてが恵哉の存在にかかっていたように思える。

真犯人を見つけたら、そうしたら警察に引き渡すだけでいいものだろうか。木綿子の幸せと未来を奪った人間の裁きを、警察の手にまかせるだけでいいのだろうか。

「それは、あんたのいつものやり口に似合わない」

木綿子は声に出してつぶやいた。それこそいつもの木綿子に似合わない、陰々滅々とした声音だった。

18

寝苦しい夜だった。眠りに落ちたと思うと、夢とも思い出ともつかない情景が脳裏に現れて、絹恵を惑わせた。

デパートのショーウインドーのような場所に、おむつをつけただけの赤ん坊がずらりと並んでいた。いずれもピンク色のほっぺたのまるまる太った赤ん坊。私と達哉の背後に立って、ドクター・モリスがしきりに揉み手しながら言う。

「どうです。どの子も立派でしょう」

「ええ。どの子にしようか迷ってしまいます」

「No.3の赤ん坊などいかがです。大変美しいダンサーの卵子を使っています。お買い得ですよ」

「でも、髪の毛の色がブロンドですね。やはり私どもは黒髪黒目のほうが」

「おお、そうですね。では、No.8になさっては。ハーバード大に留学中の東洋人の卵子を使っています」

「ハーバードですか。優秀なのですね」

「折り紙つきです」

「では、それにしましょう」

一万ドルと引き換えに、赤ん坊が私の手にわたされた。ピンク色のほっぺに頰をすりよせると、ぱーんと大きな風船が割れるように赤ん坊が割れた。血を噴水のようにふりまきながら肉片が飛び散った。

ああ、これは昔よく見た夢だ、と絹恵は夢うつつで思う。恵哉を妊娠している最中に見た悪夢だった。最後に決まって悲鳴をあげて、達哉に起こされたものだった。

子供を金で買ったという疚しさと、胎児を育てきれるだろうかという不安が見せたものだったのだろう。実際には、病院に払った金は、卵子提供者に二千ドルが謝礼としてわたされたほかは実費でしかないということだったのだから、子供を金で買ったというには当たらない。そして、胎児は途中で壊れることなく無事生まれた。それで、絹恵がこの夢を見ることはなくなった。こんな夢を見たことさえ忘れていたくらいだった。

萌えはじめたばかりの芝生の上を、恵哉が私を目指して這ってくる。這ううちに、恵哉は立ち上がり、おぼつかない足どりながらも歩き出す。やがて、ちょこまかと走り出す。そして、間もなく少年のしっかりした姿勢で走りはじめる。でも、まだ私のもとへはたどりつかない。私がこんなに大きく両手を広げて待っているというのに。

「あの子はあなたに似たところがひとつもないわねえ」

お義姉《ねえ》さんの声が耳もとでする。

「私の祖母にはよく似ているんですよ。きっと隔世遺伝なんだわ」

「そうなの？　まあ、あの太い眉毛が達哉に似ていることはまちがいないわね」

「そりゃあ、達哉さんの子供ですから」

私は胸を張り、強い口調で言い返す。後ろ指さされる必要のない事実だったから。

「でも、その口と耳は、達哉には似ていないわ」

お義姉さんは私の胸をさして冷笑した。

いつの間にか、恵哉が私の腕の中にいた。尖った耳、裂けたような大きな口をして、指からは血が滴っている。

絹恵は悲鳴をあげて恵哉を突き飛ばし、そして夢から覚めた。

達哉の姉は、佐伯家の中ではもっとも恵哉の出生に疑いを抱いていた。なぜか知らないが、我が家に子供が生まれたことが面白くなかったのだ。ゆくゆくは自分の子供に達哉の歯科医院を継がせようと狙っていたのかもしれない。姉の二人の子供はどちらも優秀で、姉は二人を医者と歯医者にするのだと公言していた。

そういえば、と、すっかり忘れていた事実が絹恵の脳裏に浮かびあがってくる。あの日、恵哉のせいで私はひどく鬱屈した思いを味わわせられた。

あの日、四年前の春、姑、義姉の一家と私達一家、それに舅の兄妹とその子供や孫など十数人が都心のホテルに会した。舅の三回忌で、会食費は我が家の家計から出ていた――あのころ我が家は、さまざまなローンを抱えていたにしても、それだけのことをする余裕があったのだ。また、姑を義姉に見てもらっていることもあって、そのぐらい当然だという空気も濃厚だった。

孫達の中では中学校入学が決まっていた恵哉が一番年下で、中学生が二人、高校生が三人、大学生が一人という顔ぶれだった。

舅もそのきょうだいも高学歴ではなかったし、子供達も達哉をのぞけばいい学校を出ているわけではなかった。ところが、どういうわけかその孫達は名門といわれる学校にばかり籍を置いていた。恵哉だけが市立中学という、身も蓋もない学校に進もうとしていた。

高校は私立の名門に行かせるにしても、小学校くらいは受験とは無関係にすごさせてやろうと、達哉と話し合って決めた方針ではあった。しかし、義叔母や義伯父、小姑などに「恵哉ちゃんはどこに進学するの」と問われるたびに、私は顔を火照《ほて》らせて市立中学と言わなければならなかった。答えを聞いたあとの、あの人達の大袈裟に驚いて見せた顔、とっくに姑から伝わっていただろうに。誰に似たんでしょうね、達哉はあんなに優秀だったのに。そう揶揄するささやきが、耳をかすめ、私は私のせいじゃないと言うわけにもいかず、黙って耐えていた。

恵哉は屈託がなかった。年の近い従兄達とホテルのロビーを走りまわっていた。そのお行儀の悪さも私の神経をこすったのだが、中心にいるのが恵哉ではなく義姉の次男だったので、叱るわけにもいかなかった。そうするうちに、義姉の次男があろうことか蹴躓いて灰皿を押し倒しながら転んだ。床に思いきり顔を打ちつけ、鼻血を出してちょっとした騒ぎになった。

「恵哉君が悪い」

と、義姉の次男は白いスーツを鼻血で汚しながら喚いた。途中で突然方向転換をして逃げたのが悪い、ということらしかった。中学生にもなって一つ年下の従弟相手にホテルでふざけ合う義姉の次男のほうが悪いに決まっている。だが、義姉の手前もあるし、なにより進学のことで恵哉に腹をたてていたから、私は恵哉を叱りつけた。

「どうしてお兄ちゃん達の言うことを聞かないの。悪い子ね」

そして、罰としてパソコン・ゲームをする権利を春休みいっぱいとりあげたのだ。

恵哉の、上目遣いになったために白目がちになった惨めな顔つき。まるで歌舞伎に出てくる継子《ままこ》いじめの母親になった気分。

いえ、ちがう。パソコン・ゲーム権をとりあげたのはべつの件だ。パソコン・ゲームに夢中になって、たのんでおいた大事な用（なんだっただろう。忘れてしまった）を怠ったのだ。あの時あの子があんなふうに恨めしそうにしたのは、ほかの理由。

恵哉が軽く足をひきずっている姿が蘇ってくる。倒れてきた灰皿を避けようと、恵哉は足首をひねったらしいのだ。私は見て見ぬふりをした。灰皿ぐらい避ける敏捷性がなくてどうする。足首をひねったことすら、恵哉の劣等性の証明のようで、腹立たしかった。恵哉は足が痛いとも訴えなかった。もしかしたら、痛覚神経が鈍いんじゃないかしらとさえ思った。しかし、恵哉は足が痛いと訴えようとしても私が聞く耳をもたなかったから、あんな恨めしい顔をしたのではなかったか。

恵哉君、知っていたんです、自分がもらいっ子だって。

仁美の声が絹恵の思い出に滑り込んでくる。

あの時、恵哉は自分がもらいっ子だと感じたのだろうか。まさか。自分の子だからこそ、義姉の子を優先して恵哉をないがしろにしたのだ。

ぽんと、べつの記憶がはじけた。小学校一年生になりたてのころだっただろう。ランドセルを背負った恵哉が庭に駆け込んできた。私は洗濯物をとり込んでいた。

「ママ、ここだったんだー」

恵哉はホッとしたように叫んだ。インターフォンを鳴らしたのかもしれないが、私の耳に聞こえなかった。私が玄関に出ていかなかったので、恵哉は不安になりながら庭にまわってみたのだろう。

「おかえりなさい。お玄関にまわりなさい。いま鍵をあけるわ」

そう言っても、恵哉は「ねえねえ」と私にまとわりついてきた。

「なんなの」

「これ、僕の名前」

恵哉はしゃがんで、人さし指で地面に「恵哉」と書いた。

「あら、書けるようになったのね」

「で、これがパパの名前」

恵哉は今度は「達哉」と書いた。

「ママの名前」

恵哉はさらに「絹恵」と書いた。

「まあ、おりこうね」

目を見張っていると、恵哉は「絹恵」の「恵」と「達哉」の「哉」をマルでかこんだ。

「これで僕の名前になるんだね」

そして恵哉は、前歯の欠けた口を開いて嬉しそうに笑った。

「僕、ママとパパの名前をもらったんだ！」

「そうよ。よく分かったわね」

私も嬉しくなって、かがんで恵哉の頭を抱きしめた。日溜まりのような恵哉の髪の匂い、いまでも鮮明に鼻先に蘇る。

けれど、父親と母親の名前の一文字ずつをもらったことをあんなに喜ぶ子供がいるものだろうか。もしかしたら、恵哉は自分の出生に不安を感じていて、だからこそ名前のつけ方ひとつにもこだわったのではないだろうか。

同じころの恵哉の姿が脳裏に現れる。

千葉県にある私の実家だった。奥の座敷に恵哉はいた。実家には、恵哉より二つ上の従兄と一つ上の従姉がいた。私の兄の子供だ。もう一人子供がいるが、その子はもう中学生で、恵哉の遊び相手ではなかった。

恵哉は二人とよく鬼ごっこや隠れんぼ、だるまさんが転んだなどをしていた。じゃんけんに弱かったのか、恵哉はいつも鬼ばかりしていたようだ。

その時は隠れんぼの鬼だったらしく、恵哉は大きな声で「もういいかい」と叫んでいた。私は台所でトウモロコシの皮をむきながらその声を聞いていただけだが、恵哉の姿が目に見えるようだった。座敷の傷だらけの柱に顔を押しあてるようにして、きつくまぶたをとじているにちがいなかった。やがて「もういいよ」という二つの小さな声。さして間をおかず「あー、なっちゃん見つけた」。

それから何十分経っただろう。畑でとれたトウモロコシが茹であがって、私の母が子供達の名を呼んだ「聡志《さとし》、渚《なぎさ》」。恵哉の名前を呼び忘れていた。ふだん一緒に住んでいないんだから仕方がないか。私が母の代わりに叫ぶ「恵哉」。

ぱたぱたと小さな足音が廊下を駆けてくる。茶の間に飛び込んできたのは聡志と渚だけ。歓声をあげながらトウモロコシにかぶりつく。

「恵哉は？」

「どっかに隠れてる」

「見つからないんだ」

「もうずーっと長いこと」

私は驚いて、恵哉を探しにいった。古い家で、使われていない部屋がいくつもあり、隠れる場所に事欠かない。

「恵哉、隠れんぼはおしまいよ。おやつにしましょう。トウモロコシ食べるでしょう」

幼い時、私は北がわ奥の六畳間が怖かった。いつも畳が湿っていて、薄暗く淀んだ隅には魔物が住んでいるように感じられた。その部屋に足を踏み入れた。押し入れを開いた。すると、包丁を持った恵哉が隠れていた。

私はものも言わず逃げ出した。後ろから恵哉が追ってきた。私の背中を刺し貫いた、と思うと、それは私ではなく私の母だった。恵哉の包丁は幼い渚や聡志を次々に葬り去っていった。

ちがう。これは夢。あの時、恵哉は玄関ホールに作りつけられた細長いコート用の簞笥に隠れていた。簞笥の扉には掛け金がかけられていた。私が扉をあけると、恵哉は大きく伸びをしながら中から出てきた。簞笥は小学校一年の恵哉にとっても入れるぎりぎりの大きさだった。

「誰が鍵をかけたの」

「おばあちゃん。鍵が外からかかっていれば絶対僕が隠れているとは思われないって、やってくれたんだ。でも、見つかっちゃったね」

恵哉は無邪気に笑っていたが、私は暗然となった。どこの世界に、孫の入った簞笥に掛金をする祖母がいるだろう。母は恵哉を憎んでいるのだ。どこの馬の骨か分からないものだから。

恵哉君、知っていたんです、自分がもらいっ子だって。

母か。母が恵哉になにか余計なことをしゃべったのか。それで恵哉の性格が歪んであんなことを……。

あの夏休みを最後に、私は恵哉を連れて里帰りするのをやめた。半ば絶縁したようなものだった。ただ、なにかの折には恵哉と実家を接触させないわけにはいかなかった。たとえば父が一時危篤になった時、達哉が亡くなった時など、否応なく恵哉は母と顔を合わせている。そういった時に、母は恵哉になにか決定的な言葉を投げたのではないか。

とりとめもない思考が急速にひとつの疑いに収斂《しゅうれん》した。もやのようにたゆたっていた眠りが、退いていった。

絹恵は目を開いた。カーテンの隙間からうっすらと光がさし込んでいる。朝か。

絹恵は蒲団に起き上がった。整理簞笥の上の仏壇を見上げる。実家に行かなければならない。母に会わなければならない。そして、恵哉になにを言ったのか聞き出さなければならない。そう絹恵は思った。

19

前日どんなに暗い想念をひきずっていても、一晩眠って目覚めると、気分は爽快になっている。それが、木綿子の長所だ。

水曜日の朝も、木綿子はそんな具合に目覚めた。ただし、小さな気がかりが胸の底にひっかき傷のように残っていた。なににひっかかれたのか、考えるまでもなく分かった。

尾形が失踪してしまった。いや、失踪というのはいくらなんでも大袈裟か。木綿子は、昨夜から尾形と連絡をとろうと努力していた。しかし、尾形の携帯は切られており、事務所の留守番電話に至急連絡するように吹き込んでも音沙汰がないまま、一晩がすぎてしまった。

木綿子は枕もとの電話の子機をとりあげた。まず、尾形の携帯にかける。やはりつながらない。ついで尾形の事務所に電話を入れた。呼び出し音二回ののちに流れてきたのは、留守番電話の女性の声だった。木綿子はむかっ腹をたてた。

「あなたは日に一度必ず報告をするという約束を破っているわよ。昼までに連絡をくれなければ契約破棄も覚悟してね」

そう脅しをかけて、電話を切った。それから起き上がり、机にしまっておいた土曜から月曜までの尾形からの報告書を出して読み直した。尾形はまったくの無能というわけではないらしく、いくつか興味深い事実をつきとめている。

尾形は十月五日には久保研二、田島ゆかり、陸奥俊一、若山（中村）理佐子を訪問している。転居した陸奥俊一には会うことができなかったが、隣家の主婦から住所と電話番号を聞き出しており、「必要が生じたら、電話にて聞取りをする予定」と記入してある。

十月七日の長田伸也からの聞取りによれば、俊一へのいじめの最中に恵哉が陽輔を殴ってそれを境に俊一へのいじめはおさまったとある。さらなる調査の結果、尾形は俊一に会う必要性を感じて急きょ仙台へむかったのだろうか。だとしても、一言、木綿子に報告があってよさそうなものだ。

月曜までの時点では、尾形が会っていないのは鈴木仁美だけである。そして、この仁美がなんともプンプンにおう。仁美は恵哉と中学生の時に付き合っていた。そして、陽輔は仁美の名前に異常な反応を示した。さらには、仁美のせいで恵哉は社会科の教師に陰湿な嫌がらせを受けていた。ここに、今回の事件の鍵が隠されていないか。

そういえば、仁美の所在を聞いた尾形に父親が返した言葉も意味深長だ。「こっちが教えてほしいくらいだよ」。つまり仁美は、家に寄りつかない不良ということではないか。

もうひとつある。東町ホームタウンの鍵を持っている中村理佐子の言動も不自然だ。この娘は仁美と友人関係にあった。そして、もしかしたら恵哉に恋心を抱いていた。どうやってあの日恵哉がホームタウンに入り込めたのかは、理佐子に問い質《ただ》せば明らかになるだろう。なぜ尾形がすぐにそれをしなかったのか解せない。

しかし、だ。肝心の織田事件のほうは、糸口が見えない。子供達の誰も、織田家と関係した者がいなさそうだ。雅芳は恵哉達のかよった小学校の裏に住んではいたが、母親の証言によればその家を入手したのは三年前、恵哉達はすでに中学生になっている。

こうなると、やはり怪しいのは陽輔しかいない。織田家の近所に住む陽輔が唯一、織田家の人々と接点をもった可能性がある。それに、陽輔は恵哉を悪く言った数少ないクラスメートの一人だ。小学生の時に恵哉に殴られたのを、いまだに根にもっていたのだろう。そんな執念深い性格なら、織田家の人間にほんの些細なことで殺意を抱かないともかぎらない。

陽輔を調べて調べて調べまくること！　尾形にそう命令しなければならない。もちろん、自分でも調べる。さしあたって、仁美との関係から手をつけよう。いや、理佐子との関係を明らかにするほうが近道になるか。

木綿子の経験によれば、ある異性に恋心を抱いているにもかかわらず、実際に付き合っているのはべつの異性というケースは、珍しいことではない。いまどきの高校生だって、そのへんは同じだろう。陽輔は仁美に恋をしていたが、理佐子と付き合っていた。そう考えれば、かえってすっきりと陽輔と東町ホームタウンがつながる。この際、仁美をはずしてしまってもかまわないくらいだ。

理佐子にしても、恵哉を逆恨みしている可能性がある。この尾形の報告書に描かれた理佐子の様子では、彼女は恵哉に恋の告白をし、ふられたのではないか。かわいさあまって憎さ百倍で、陽輔のよこしまな計画に加担したのかもしれない。

考えているうちに、これこそ真相だと思えてくる。

階下から物音が聞こえてきた。家政婦の堀内夏子が来たのだ。夏子の出勤時間は午前十時である。もうそんな時間になったのかと、木綿子は慌てて行動に移った。

ブランチ後、木綿子はまっすぐ尾形探偵事務所にむかった。行動のしょっぱなにしなければならないのが探偵の様子確認だなんて、情けない話ではないか。そうは思うが、まる一日音沙汰なしでは気になる。

探偵事務所は池袋駅にほど近い、六階建てビルの四階にある。いわゆるペンシル・ビルである。一フロアにひとつのテナントしかない。ちゃんとメンテナンスをしているのかと心配になるほどオンボロだ。このビルには尾形に仕事を依頼する際に来ているが、エレベーターがいまにも落ちるのではないかというくらい揺れた。懲りたので、今回は四階まで階段を使った。運動不足なので、息が切れた。

前回の観察によれば、尾形探偵事務所は細長い部屋がラックで仕切られていて、ドアがわが事務所、窓がわが居住空間になっているらしい。ほかに住まいがあるということだが、ほとんどここに寝泊まりしているようだ。

肩で息をしながら四階にたどりつくと、尾形探偵事務所のドアには「営業中」のプレートがぶらさがっていた。百円ショップで買ってきたとおぼしいプレートで、はじめてこれを目にした時、木綿子はこの探偵でいいのかしらと迷いを感じたものだ。迷いは正しかったのかもしれない。

「営業中」のくせに、依頼人に電話もできないのか。それとも、尾形はいつでもプレートを出しっぱなしにしているのか。

木綿子はドアの横のブザーを押した。長々と押したが、応答はない。ノブに手をかけ、まわした。案の定、鍵がかかっていなかった。木綿子は軽く深呼吸した。

木綿子は、なにを予想してここまでやってきたのか。予想あるいは期待。

そうだ。恵哉の事件をふたたび捜査の俎上《そじょう》にのぼらせるきっかけを見いだせるのではないかという期待があったのだ。

木綿子は、思いきりよくドアを開いた。

暗い。窓にカーテンがひかれているのだろう。どちらにしろ、事務所がわには電灯が必要だ。木綿子は手探りで壁のスイッチを押した。

蛍光灯が殺風景な部屋を照らし出した。リサイクル・ショップから買ってきたにちがいない、古びた応接セットとファイル・キャビネットとデスク。とくに散らかった様子もなく、整然としているといえばいえる。花瓶のひとつさえないが、尾形は掃除だけは怠らないようにしていたようだ。

衝立《ついたて》がわりのラックには本が詰まっていて、机の背後にそびえたっている。地震があったら、ラックごと本の雪崩が机の前の人物に襲いかかるだろう。

木綿子は鼻をひくつかせた。なにかが腐っている。居住がわの流しに生ごみが置きっぱなしなのだろう。しかし、予想していた生臭い臭気は感じられなかった。

木綿子はまずデスクに近寄った。紙が載っているのが見えたからだ。木綿子に送る報告書かと期待したが、なにも書かれていないプリンタ用紙だった。ほかにデスクにあるのは、おそろしく古そうなパソコンとファックスつきの電話機だけである。

机の引き出しを見ようとしたが、三つある引き出しすべてに鍵がかかっていた。尾形はなかなかに秘密主義者らしい。

本棚の大部分はミステリ小説で占められている。犯罪捜査にかんする書籍も若干あった。十分の一ばかりの本が書店のカバーをかけられたままで、どんな内容か分からない。試みに、カバー本を一冊引き抜いて見た。木綿子は口笛を吹きたくなった。いわゆるロリコン・マンガだった。まあ、しかし、探偵の個人的趣味などどうでもいい。

「尾形さん、いないの」

声をかけながら、木綿子は天井まで届く衝立がわりのラックのむこうに入っていった。

事務所がわよりいっそう狭い空間だった。スーツロッカーとベッドが空間のほとんどを占めている。あとは小さな流し台と冷蔵庫があるだけ。それと冷蔵庫の上のビデオつきテレビ。ベッドには人が横たわっている、と見えたが、それは掛け蒲団が人形《ひとがた》にふくらんでいただけだった。

木綿子は周囲を見回した。なぜ尾形の姿がないのか、理解できなかった。尾形は鍵をかけないまま外出しているだけなのだろうか。

まさかと思いつつ、スーツロッカーをあけてみる。スーツとコートが一着ずつぶらさがっているだけで、大の男の体が隠れていることはなかった。

はっと気がついた。トイレをまだ調べていない。事務所がわに戻り、トイレのドアをノックした。

「尾形さん、いるなら返事をしなさいよ」

返事はない。木綿子は、躊躇なくドアをあけた。

思わず、声をあげそうになった。カランと音をたてて、なにかが木綿子の足もとに落ちてきたのだ。一メートル強の長さの金属棒だった。まさかトイレに尾形がたてこもっていて、木綿子に投げつけたわけではないだろう。

目をあげると、尾形がいた。ひどく不自然な体勢で洋式便器に腰を落としていた。頭を深々と垂れている。だが、突然開かれたドアにびっくりして顔をあげることはなかった。尾形の首から紐が出ており、その紐は背後の引き倒し窓の上端にひっかかってぴんと張りつめていた。これではどんな人でも呼吸できないだろう。

木綿子はバッグから携帯を出して、一一〇番を押した。

「もしもし殺人事件です。すぐ来てください」

そう告げる木綿子の声は、わずかにはずんでいた。

20

千葉県K市。いまではすっかり東京のベッドタウンと化している。しかし、絹恵が幼かったころには東京は遠く、緑豊かで有名人の別荘さえ散見したものだ。

　絹恵の実家はこの地で代々農業を営んでいた。亡くなった祖母の口癖では、農地解放前には名主と同じだけの力をもった大地主だったということだ。周囲に住宅開発の波が押しよせてくると、絹恵の父親は農地の大部分を手放して運送業に転じた。しかし、十年前父親は病に倒れ、跡継ぎの兄は市役所に勤めを得ていたから、その運送業も廃業した。

　農地の大部分を売ったとはいえ、周辺で最大の土地所有者であることに変わりはない。そのうちの五十坪ばかりを売って絹恵に無利子無期限で貸してくれたなら、絹恵と恵哉は千歳が丘の家から出なくてすんだだろう。あの家は、幸せの思い出からできていたようなものだった。できることなら手放したくなかった。だが、絹恵は歯を食いしばって、実家にたよろうとする心を押しつぶした。それもこれも、恵哉のことがあったからなのだ。

　絹恵は一大決心をして、久々に実家にむかった。埼玉と千葉という同じ首都圏ではあるが、やはりかなりの距離がある。昼前に家を出たのに、ついたのは二時すぎだった。

　絹恵が実家を訪れるのは、かれこれ五年ぶりのことになる。父親が何度目かの危篤に陥った時に来た、それ以来である。周辺はあまり変わっていない。当時すでに住宅街となってしまっていたので、変化のしようがないのだろう。真新しかった家々がいくらか古び、それに反比例して庭の樹木が生長したくらいである。

絹恵の実家はひときわ目立つ。古い（五年ぐらいの歳月では歳月をくわえたとは分かりようもないほど古い）、そして大きい（周辺の家の規模ならあと二十戸は建ちそうだ）というのがその理由だ。敷地をとりまく高い板塀も、この付近ではもうほとんどお目にかかれないものだ。

正面玄関から入る勇気がなかった。絹恵は裏にまわり、裏木戸から中に入った。

裏は母親専用の家庭菜園になっている。名主と同じくらい力をもっていたことが自慢だった祖母とは対照的に、嫁である母親は働き者で、根っから大地に馴染んでいた。百坪ばかりに作物が植えられ、農業を営んでいたころと同様、食卓にのぼらせる自前の野菜には事欠かなかった。家族では食べきれなくて、門前で売ってさえいた。

しかし、いま絹恵の目の前に現れたのは、ほんの猫の額ほどの菜園だった。七十歳を越えた母親には、さすがに百坪もの菜園は手にあまるようになったのだろう。トマトや茄子《なす》、大豆などが少しずつ植えられている。その真ん中に、人影があった。姉《あね》さんかぶりにもんぺ姿。母親が草むしりをしている。

母親とは、達哉の初七日以来だ。しばらく会わないうちになんだか体が一回り小さくなったようだ。絹恵は少しの間、言葉もかけず母親を眺めていた。恵哉への仕打ちを問い質そうと勇んでやってきたが、小さくなった母親に気が萎えた。

母親が顔をあげた。目が、絹恵をとらえた。白い膜がうっすらとかかったような瞳に、射るような光が現れた。日焼けして渋皮を張ったような肌、まっすぐに引き結ばれた薄い唇、頑固そうな四角い顎、体が小さくなっても、顔つきは昔のままだ。絹恵とちっとも似ていないことも含めて変わりない。

母親は、ゆっくりした動作で立ち上がった。

「絹恵じゃないか」

「久しぶり」

絹恵は口の中で言った。胸にあふれかかっていた懐かしさが、逃げ水のように引いていく。母親の声にも表情にも、二年ぶりに会った娘にたいする親しみが見当たらなかったからだ。

母親は、絹恵に近づいてきた。一メートルの距離をおいて、立ちどまった。

「なにをしに来たんだね」

秋風のように冷え冷えとした口調だった。二年間顔を見せなかったことを怒っているのだろうか。

そもそも絹恵は、家にいたころから母親とはウマが合わなかった。一人娘なら母親と仲がよくて当然と世間は思うようだが、そんなことはない。幼いころは人並みにかわいがられた記憶もあるが、成長するにつれて母親は絹恵にたいしてなにかと批判的になった。絹恵の服装のセンスもしゃべり方も、気に入らないらしかった。東京の女子大に入る時も、都会育ちの真似をしたがるとかなんとか、ずいぶん嫌味を言ってくれたものだ。そのころまだ存命だった祖母がとりなしてくれなければ、絹恵は高校だけで終わっていたかもしれない。地元の信金かなにかに就職して、手近のサラリーマンと恋をして結婚することになっただろう——いま思えば、そのほうが幸せだったかもしれないが。

絹恵は、意を決して言った。

「聞きたいことがあって来たの。長居はしないわ」

「ふーん」

とだけ、母親は言った。上がれとも言わない。いくらなんでも、久しぶりに会った実の娘に冷淡すぎはしないか。

まさか、と絹恵は思いついた。恵哉の事件を知っている？　しかし、報道は匿名だったし、遠く離れているのだから噂が届くこともないはずだ。知っているわけはない。

立ち話するしかないのか。そう思っていると、裏口があいて、兄嫁の比佐子《ひさこ》が姿を見せた。比佐子は絹恵の姿を認めて眉を曇らせたが、それは目にとまらないほどの一瞬だった。上っ調子に聞こえるくらい明るく絹恵に話しかけた。

「まあ、絹恵さん、来ていたの。久しぶりね」

「お久しぶりです」

兄嫁といっても、比佐子は絹恵と同い年の四十七歳である。友達同士のような関係になっていいはずだが、絹恵は兄嫁にそんなふうな気安さはもてなかった。なにごとにもけじめがあったほうがいいと思う。それに、外見は、大柄で男っぽい顔立ちの比佐子のほうが絹恵より五つ六つ年上に見えていた。しかし、二年ぶりに会ってみると、さほど絹恵と差がなくなっている。いや、これは絹恵が年をとったということだろう、苦労したから。

「なんで裏から？　お入りなさいよ。お義母《かあ》さんも。お茶にしましょう」

比佐子は歯切れよく言って、さっさと家の中に戻っていった。

娘と仲の悪い母親は、嫁のことも気に入っていない。昔はよく悪口を聞かされた。しかし、比佐子のほうはさして苦にしていないようだ。いつもあっけらかんとしている。もともと楽天的な性格なのだろう。そうでもなければ、このきつい母親と同居できるわけがない。

母親はじろりと絹恵を睨んだ。絹恵はその視線を押し返して、裏口から家に入った。

台所で比佐子が羊羹を切っていた。

「絹恵さんは湯飲みをむこうに運んで」

二年の空白などないかのように、気軽に命じる。絹恵は、ほかりと心が安らぐのを感じた。昔のままの関係がここには残っている。あの恐ろしい出来事など本当はなかったのではないかと錯覚してしまいそうだ。

絹恵は食器棚から湯飲みを出した。前回実家に来てから五年も経つのに、見慣れた茶碗が並んでいる。両親と比佐子の湯飲みも見分けがついた。自分には客用。

「あ、お義父《とう》さんの分はいいわよ。食が細くなって、三時のおやつなんか食べないから」

父親の湯飲みを出しかけていた絹恵は、手をとめて比佐子をふりかえった。父親のことを忘れていたわけではないが、なにかあればさすがに連絡が来るだろうと高をくくっていた。残り火が消えるようにゆっくりと父親の体力が衰えていくことは考えていなかった。病気で倒れてからも甘いものに目がない父親しか知らなかったのだ。

「たまに帰ってきて親孝行すべきだわよ、絹恵さん」

「そうね……」

「帰ってこなくていい」

母親がそう言いながら入ってきた。絹恵は胸の底が冷たくなった。

「邪魔なの、私」

つい尖った声になって聞いた。母親はもんぺを両手ではたきながら、絹恵を見もしなかった。

「また週刊誌の記者に来られたら、迷惑だ」

「週刊誌の記者？」

戸惑って比佐子を見やると、比佐子は頰にひきつった笑いを浮かべた。

「恵哉君のことで、ここに取材が来たのよ、昨日」

絹恵は耳を疑った。

「まさか。どうやって私の実家まで分かったの」

「さあね。私達はあの事件が恵哉君の起こしたものだとは知らなかったから、なにがなんだか分からないままにいくらか答えちゃったわ。つまり、恵哉君と親戚だってことを」

明らかに不快そうに比佐子は言った。それは不快だろう、残忍な殺人犯の親戚になってしまったのだから。

「写真はわたさなかったけどね」

「写真をほしがったの」

「最初は事件のことなんかおくびにも出さないで、佐伯恵哉君は甥ごさんですね、って聞くから、そうだって答えたら、なんだかぐちゃぐちゃと言って恵哉君の写真がほしいって言うのよ。おかしいと思って話をしつづけるうちに、全部分かったの。分かってよかったわよ。でなかったら、うっかり写真をわたしていたかもしれない」

絹恵は大きくうなずいた。わたさないでくれてよかった。

「恵哉君の家とはずーっと付き合ってないから写真なんかないって、追い返したけどね。ほんとのことだし」

「あれは親戚なんかじゃない」

母親が唸るように言った。絹恵は刃物で胸をえぐられた心地がした。母親の両眼は、まっすぐに絹恵をとらえている。

「そうだろう。どんな血がまじっているかも分からない子だろう」

絹恵は絶句した。比佐子の視線も絹恵に注がれている。以前その話題をもちだした時の比佐子は好奇心むきだしの目つきだったが、いまは切実な色合いを帯びている。恵哉と自分の子供達との血縁関係を否定したくてたまらないのだろう。

「恵哉は、達哉の子よ」

絹恵はようやく言った。その上にたたみかけるように、母親は言い返す。

「だけど、あんたの子じゃない。この神山《かみやま》家とはなんの血もつながっていない。そうでしょうが」

「どうしてそう決めつけられるの。ちゃんと私が産んだのよ。私の子よ」

「どうだか。子供ができない体だってさんざん騒いでいて、アメリカに行ったらおなかが大きくなって帰ってきたんだから」

「だから、アメリカには治療法があったのよ。そう言ったでしょう」

「どんな治療法なんだか」

「ねえ、いい加減に恵哉君が絹恵さんとは血のつながりがないんだって、正直に言ってほしいわ。私達だって、そんな無知じゃないんだから。代理母だの卵子提供だの、なんでもありだっていうじゃない、アメリカは」

比佐子も言った。絹恵は追いつめられる気がした。

「だって、恵哉は私の子よ。私の体の中で育てて、とても痛い思いをして産んで」

分娩の瞬間が蘇ってきた。死ぬのかと思うような痛みが何時間も続いたあと、突然つるんと苦痛が抜けて、とたんに元気な産声が分娩室いっぱいに響いた。そして、真っ赤な顔をして泣いている赤ん坊を見せられた。長いこと憧れて、努力に努力を重ねてようやく迎えた、あの瞬間。あの時の気持ちは、私でなければ分からない。天使が空から降ってきたと思った。天使にしては猿みたいな顔だったけれど。

涙がこぼれてきた。涙はとめようもなく、次々と絹恵の頰を濡らした。

比佐子はいくらかしゅんとなった。しかし、母親は容赦しない。

「自然の摂理に背いたから、あんな恐ろしい怪物みたいな子になったんだよ」

「恐ろしい、怪物みたいな子……」

絹恵は口の中で嚙みしめた。受精の時、医療の手を借りたくらいで自然の摂理に背いたことになるのか。そうやって生まれた子でも、人は人だ。怪物なんて呼ばせない。怪物のようなことをしたとしたら、それは成長の過程のどこかにまちがいがあったからだ。

涙の中から怒りが芽生えてきた。絹恵はここに来た目的を思い出した。

「お母さん、恵哉になにか言ったの」

「なに、その居丈高な態度」

母親は、ちょっと顔をしかめた。ようやく室内に上がってきて、台所用のテーブルの丸椅子によっこらしょと腰をおろした。

「比佐子さん、お水ちょうだい」

「あー、お茶の用意ができてますけど。茶の間に移りませんか」

「このままでいいです。お茶飲みに来たわけじゃありませんから」

絹恵は突っぱねた。

「あんたは小さな時からそんなふうに意固地だった」

母親がつぶやく。絹恵はかっとなったが、自分の問題で話をややこしくするつもりはなかった。

「ね、恵哉に、自分がもらいっ子なんじゃないかと疑うようなこと、なにかしゃべったでしよう」

母親はしばらく黙っていた。比佐子がお茶をついで母親の前に置いた。母親はゆっくりそのお茶を飲んだ。絹恵は立ったままじっと待った。

「分からないね」

母親はとうとう言った。

「知っての通り、あの子とはあまり会ったことがない。もちろん、口をきいたことなんかほとんどない」

「ほとんどないなら、よけい覚えているんじゃない、自分がなにをしゃべったか」

「絹恵、座ったら。そんなふうにつっ立って見られていたら、見下げられているような感じがする」

絹恵は母親を見下げないためではなく、疲れたので、勧めにしたがった。

比佐子はいつの間にかいなくなっている。気をきかせたのだろうか。しかし、彼女だって恵哉の前でなにを言っているか知れたものではない。彼女からも話を聞きたかった。

「最後に会った時はいくつだったっけ。中学二年生？　でも、あの時は達哉さんが亡くなって、ばたばたしていたから、あの子と満足に話す暇なんかなかったよ」

「でも、あの子が自分の出生に疑問をもったとしたら、お母さんがなにか言ったからとしか思えない」

「あの子は自分がもらいっ子だと思っていたのかい」

「そうらしい。そんなこと、最後までおくびにも出さなかったけれど」

絹恵は厳しい目で母親を見た。

「思い出してよ、自分がなにをしゃべったか」

「もらいっ子だなんて言っていないよ。だって、ちがうんだろう。そりゃあね、顔を見るのは嫌だったよ。なにかの拍子に体のどこかが触れたりしたら、鳥肌がたったものだ」

「なんでそこまで毛嫌いしなきゃいけなかったの」

「なぜだか自分でも分からないところがあるね。とにかく気に入らなかった。なぜだろう」

母親は本気で考え込む顔つきをしてから、不意と真一文字の唇を歪ませた。

「きっとああいうことをする子だと、予感がしていたからじゃない」

「冗談じゃないわ」絹恵は思わず声を荒らげた。「あの子はとてもいい子だったのよ。あんな事件を起こしたなんて、いまでも信じられない。そりゃあ、高校に入ってから変わったわ。でもそれは、なにかがあったからなのよ」

「それが私のせいだというのかい。呆れた。実の母親よりも他人の子供が大事なんだね」

「恵哉は私の子だって言っているでしょう」

母親は、絹恵の顔をなにかの検査をするように眺めてから言った。

「あんた、すっかり忘れてしまっているんだね」

「忘れるってなにを」

「達哉さんが亡くなった、あの日のこと」

絹恵は戸惑った。あの日、恵哉とクリスマス・イブのディナーを食べて帰宅し、達哉が倒れているのを発見したところまでは、よく覚えている。しかし、そのあとは記憶が割れて、破片と化している。

我が家の前にたどりつくまで果てしもなくかかったような救急車のサイレン、手術中の緑色のランプを見つめながら待った廊下の寒さ、何本もの管につながれた達哉の姿、担当医の声、なんだか妙に明るく耳に響いた、「ご臨終です」。

ずっと恵哉と手を握り合っていたように覚えている。達哉の実家に電話をしたのはいつだったか、自分の実家に連絡をとったのはいつだったか、すっかり記憶から抜け落ちている。だが、達哉の母親や姉は達哉の体が手術室からＩＣＵに移された時そばにいたのだし、絹恵の母親も臨終の直後に駆けつけていた。連絡したにちがいないのだ。

葬儀のほうは病院と関係のある葬儀屋にたのんで万事まかせた。その中で絹恵は、ほとんど放心状態ですごしていた。多分どちらの肉親も最大限の協力をしてくれたのだろうが、それすらしかとは覚えていない。

「あの日、私が病院に行ったら、達哉さんはもう駄目になっていて、あんたは達哉さんの亡《な》骸《がら》にすがりついて泣き喚いていた」

記憶にないが、きっとそうだったのだろう。

「なんて喚いていたか、覚えていないのかい。私を置いていかないで。まあ、それはいいとして、こんなことも言っていたんだよ。恵哉を私一人で育てろっていうの。あなたの子なのに。無責任じゃない」

絹恵は、母親が吐き出した言葉を胸の中で反芻《はんすう》した。なぜこの言葉が問題になるのか、理解できない。

「そりゃ、達哉の子供なんだから、そう言ったからといって、なんで責められなきゃならないの」

母親は椅子の上で上体を倒し気味にし、そのせいで顔がいくらか絹恵に近づいた。

「あのね、私だったら、若くしてお父さんに死なれたら、そんなことは言わないよ。置いていかないでとは言うかもしれないけど、子供達は私がちゃんと育てるから、見守っていてとか、そんなふうに言うと思う。私一人で育てる羽目に陥ったことを責める言葉は、まちがっても思いつかないね」

絹恵は、全身の血が足もとから退いていくような気がした。

「つまり、あんたの中に、恵哉は自分の子じゃないという意識がどうしようもなくあったってことだよ」

母親はとどめを刺すように言い、上体を起こした。

「それを恵哉は敏感に感じとって、自分がもらいっ子だと思い込んだんじゃないの」

貧血で倒れそうだったが、倒れなかった。絹恵は力なく首をふった。

「そんなはずないわ。お母さん、恵哉が私の子じゃないという先入観で私を見るから、私の言動をおかしく受けとめたんだわ。そうに決まっている。恵哉は私のせいで自分の出生を疑ったわけじゃない」

「なんて強情なんだろう」

母親は聞こえよがしに溜め息を吐いた。

「昔から独りよがりで自分勝手で、人を育てるのにむかない子だった。子供ができないならそのほうがいいと思っていたのに、無理やり他人の子を産んで、挙げ句にこっちにまで迷惑がかかってしまった。もうたくさんだ」

母親は椅子から立ち上がった。部屋を出ていこうとする。絹恵は言わずにいられなくなって、母親の背中にむかって言った。

「私、恵哉にむかってそんなひどいこと言ったことなかったわ。お母さんこそまるで継母じゃない」

母親は首だけでふりかえった。

「そう思いたければそう思ってけっこう。ろくすっぽ親孝行もしないで、親にばかり愛情を求めないでおくれ」

そして、台所を出ていった。

お母さんなんかに私の気持ちは分からない。軽々と子供を産んだ人に、子供の産めない人間の気持ちは分からない。涙が、堰《せき》を切ったようにあふれだしてきた。絹恵はテーブルにつっぷして、号泣した。声は家じゅうに響いただろうに、誰も来なかった。

どのくらいそうしていただろう。涙が涸《か》れた。絹恵は顔を起こした。思いきり泣いたせいか、妙にさばさばした気分になった。もうこの家は自分とはかかわりがないんだ、と知った。母親の態度はあまりに冷たかった。犯罪者の家族と絶縁したい気持ちでいっぱいなのだろう。

これからどうしよう。絹恵の身になにが起きても、もう悲しむ者は誰もいないだろう。そう考えれば、いっそ気楽だ。

別れくらいは告げたい。置き手紙を書くために、筆記用具がほしかった。絹恵は辺りを見回した。

廊下の引き戸の陰から覗いている目と、目があった。目は素早く逃げようとしたが、

「渚ちゃん？」

絹恵が声をかけたので、思いとどまった。兄の一人娘の渚が台所に入ってきて、にっこり笑った。

「いらっしゃい」

高校の制服姿だ。学校から帰ってきたばかりなのだろう。いまどき珍しいおさげ髪にしていて、爪の手入れなどもしていない。大柄の比佐子に似ず、華奢な体格だった。高校二年生のはずだが、中学生くらいにしか見えない。あの母親と祖母にかこまれているにしては、性格も雰囲気もかわいらしく育っているようだ。

「もう帰るところなのよ。お邪魔しちゃったわ。本当は来ちゃいけないところなのに」

絹恵はつい恨みがましい言い方になった。渚にはなんの関係もないと気づいて自己嫌悪に襲われ、立ち上がった。

「帰ります。みなさんによろしく言ってね」

「あの、叔母さん」

「なに」

「恵哉君、なにかあったの。おばあちゃんやお母さんがなにかこそこそ言っているんだけど、

話してくれなくて」

　真剣な目が、絹恵を見つめる。絹恵は胸をつかれた。

「恵哉を心配してくれているの、渚ちゃん」

「いや、そんなこともないけど……以前変な電話をよこしてそれっきりだったから、ずっと気になっていて」

　絹恵には意外な話だった。恵哉が、自分の知らないうちに実家と接触していたとは思ってもみなかった。もっとも、恵哉にしてみれば渚達は親戚なのだから、電話ぐらいかけてもおかしくなかったわけである。

「いつのこと。渚ちゃんにかけてよこしたの？」

「去年の春ごろ。あの、私が最初に出て、おばあちゃんをって言うんで、おばあちゃんに代わったんだけど、私、なんとなくそばにいたの。盗み聞きするつもりじゃなかったんだけど、受話器から声が漏れてきて……」

　言っているうちに、渚の頰が桜色になった。絹恵はやわらかくほほえんだ。

「分かっているわ。そばにいれば、嫌でも耳に入ってくるもの。で、恵哉はおばあちゃんになんて言っていたの」

「なんかねえ、僕が独立したら、お母さんは、つまり叔母さんはこの家に帰ってこれるのか、みたいなことを」

絹恵は唖然とした。恵哉がそんなことを言っただなんて信じられなかった。あの子はなにを考えていたのだろう。

「叔母さんは、ここに帰ってきたかったの」

「そんなことないわよ」

実家に帰るなど、いまも昔も絹恵の選択肢には入っていなかった。絹恵が東京の大学にかようために家を離れて、すでに三十年近く経っている。そのうえ、神山家は代替わりしているのだから、いまさら自分の家という感覚はない。なにより、あの母親とうまくやっていく自信がなかった。

渚は八重歯を見せて笑った。

「それならよかった。おばあちゃんたら、頭から断るんだもの。親が子供のために苦労するのは当たり前だって。せめて高校を出るまでは独立なんて考えるんじゃないって」

一見、恵哉のためを思っているような言いまわしだ。しかし、おおかた母親は、絹恵と一緒に帰っておいでと言ってくれることを期待して恵哉が電話をよこしたのだと、邪推したのだろう。その時の恵哉の気持ちを考えると、絹恵は胸が詰まった。

「さぞ冷たい言い方をしたんでしょうね、おばあちゃんは」

「うーん。でも、あの時はいくらかやさしかったと思う。電話を切ったあと、どこの馬の骨か分からないにしては心根のいい子だって……あ」

渚は手で口を押さえたが、出てしまった言葉はもとに戻らない。そんなことだろうと思っていたから、絹恵はいまさらショックを受けなかった。

「おばあちゃんは、あなた達にまで恵哉がうちの子じゃないって言っていたのね。恵哉本人にも言ったことがあるのかしら」

「いくらおばあちゃんでも、そんなことはしないと思うけど……恵哉君が私に聞いたことはあるけど」

「え、なんて」

「僕はママの子じゃないんじゃないかって」

「それで渚ちゃん、なんて答えたの」

「もちろん、よく知らないって答えたよ。だけど、恵哉君モロ知っていたみたいで」

渚は大きく両手をふって、つけくわえた。

「でも、大丈夫よ、叔母さん。恵哉君、叔母さんのことが大好きだったから。叔父さんのことは怒っていたけど」

「パパを怒る？」

「だって、ほら、ほかの人に産ませて叔母さんに育てさせたわけでしょう」

絹恵は、足もとの床が崩れてもこれほど驚かないのではないかと思うほど驚いた。

「誰がそんなことを言ったの」

「だって、叔父さんの血を引いていて、うちとはかかわりがないということは、そういう結論になるでしょう」

「それ、あなたが考えついたってこと？」

「まあ、そうかな」

絹恵は、まじまじと姪の顔を眺めた。中学生にしか見えない娘が、ずいぶんとませたことを想像するものだ。

もっとも、そう言われてみてはじめて気がついたが、母親達もそんなふうに想像していた時期があったのではないか。絹恵がアメリカで受精卵移植を受けたころは、日本では代理母だの卵子提供だのは、興味のある者だけが知っている技術だった。両親は、のちに娘夫婦のアメリカ旅行と妊娠の関係を結びつけて卵子をもらったと正しい推測をしたかもしれないが、長い間誤解していた可能性はある。妊娠したと報告しても喜んでくれなかったし、恵哉が生まれた時も病院に見舞いにくることはなかった。妊娠中何度か会ってはいるが、おなかの大きさなど詰めものをしていると思っていたのかもしれない。だとすれば、両親があんなに恵哉にたいして冷たかったこともうなずける。

もしかしたら、達哉の両親も似たような誤解をしているかもしれない。達哉は絹恵に子供ができないのをかばって、自分のがわにもちょっとした原因があるような話を両親にしていた。達哉の両親が、絹恵の妊娠を他人の精子による人工受精ではないかと疑っていたとしても不思議はない。

双方の両親にだけでも、真実を伝えるべきだったのだろうか。だが、絹恵は、恵哉が自分の子ではないとは口が裂けても言いたくなかった。

「いったいあなた達、いつそんな話をしたの」

「叔父さんの初七日に」

「それじゃ、それからずっと恵哉はパパのことを怒っていたわけね」

かわいそうな達哉！　かわいそうな恵哉……。

「でも、私、そんなに怒ることじゃないと思うのよ。だって、叔母さんはそういうことを承知して、なおかつ恵哉君を育てていたわけでしょう。本人がいいと思っていることを、まわりがとやかく言うことはないと思うわ」

渚はわけ知り顔で言った。絹恵はもはや誤りを正す気にもなれない。さっきの母親の言葉を思い出して、尋ねた。

「ねえ、渚ちゃんは、私が恵哉を実の子じゃないように扱っていたと思う？　そんなふうに見える時があった？」

「えー、分かんない。やさしすぎたように思ったけど、それは自分の子じゃないからなんだろうなと思っていた。だって、昔からそうだと知っていたから、そういう目で見ちゃうよね」

まったく率直な娘だ。よく育ったといっていいのか悪く育ったというべきなのか。

渚は、絹恵が落胆したのを見て、自分が正直すぎたことを悟ったらしかった。悄然と首を垂れた。

「ごめんなさい」

「いいのよ。先入観に邪魔されて、本当のところは分からないということなのよね」

「そう、そうなの。それで、恵哉君、元気なんですか」

「恵哉は……」

絹恵は大きく息を吸い込んで、あふれてくる思いを飲み込んだ。

「元気よ」

「よかった」

渚の顔が輝いた。よほど心配してくれていたのだろう。

「たまに電話ちょうだいって、言ってくれる？」

「おばあちゃんやお母さんが迷惑がるわよ、恵哉から連絡が行ったら」

「恵哉君、性格がいいもん、ほんとはおばあちゃんだって嫌いじゃないと思うんだ。ただ、大事な娘が浮気相手の子を育てさせられているかと思うと腹がたつんだよ、きっと」

なにも知らない渚は、あくまでも好意的な見方をしている。

恵哉の身に起こったことを打ち明けたら、この娘も掌を返したようになるだろうか。絹恵はなにもかも話したい誘惑にかられたが、危うく思いとどまった。渚にはいつまでも恵哉のいい思い出をもっていてほしい。

絹恵は、手を伸ばして渚の体を軽く抱きしめた。抱きしめようとした。

「なにしてんの」

母親の金切り声が、絹恵の動きをとめた。母親が鬼のような形相で茶の間から廊下に走り出てきた。

「あんた、まだいたの」

渚相手に余計なことをしゃべらなかっただろうね、という目つきだ。

「いま帰るところよ」

「えー、叔母さん、おじいちゃんに会っていかないの」

渚が素っ頓狂な声をあげた。母親が断固として、

「おじいちゃん、絹恵に会ったら、ますます具合が悪くなるわ」

と言ったので、絹恵は寂しくうなずくしかなかった。渚は援護射撃してくれる。

「でも、叔母さんに会うの、おじいちゃん楽しみにしていたのに」

母親は目を剝いた。

「渚、絹恵が来ていること、おじいちゃんに話したの」

「いけなかった？」

母親が答えに窮しているので、絹恵が横から言った。

「どうやら私は勘当されたらしいの」

「どうして」

渚が怒った顔になったので、母親はたじろいだようだ。娘には厳しい母親も、孫には弱いのだ。しどろもどろに言う。

「理由は言えないけどね、そのほうが、あんたやお兄ちゃんのためなんだよ。とくに裕一《ゆういち》は結婚が決まろうって時なんだから」

裕一というのは兄の長男だ。絹恵は思わず口をはさんだ。

「裕一君、結婚するの」

「ああ。結婚式の日取りが決まったら、知らせようと思っていたけどね」

と言って、母親はそっぽをむいた。絹恵は、母親の声がわずかに湿りけを帯びているのに気がついた。

「十七年前、あんた達があんな過ったことをしなければね」

過ち？　子供をもったことを過ちと断罪されるのか。情けなかったが、絹恵はなにも言い返せなかった。

「帰ります」

渚の眼差しが祖母と叔母の間で揺れた。なにか言いたげだったが、結局なにも言わなかった。

「さようなら」

背中に二人の目を感じながら、絹恵は裏口から家を出た。

21

木綿子は、警察が尾形の死を他殺だと断定するものと信じて疑わなかった。

事務所の鍵はあいていたのだし、尾形は仕事の途中なのだから、無責任に自殺するわけはない。当然殺されたのであり、殺したのは織田一家殺害事件の犯人だ。木綿子はこのようなことをまくしたてて、木綿子の電話で駆けつけた警察官を驚かせた。おかげで、池袋署に連れていかれて刑事の事情聴取を受けた。

取調室らしい、埃とも黴《かび》ともつかない臭いのしみついた狭い部屋である。担当刑事は久野《くの》という初老の男一人だった。

目がしょぼしょぼして顔色も悪い。有能に見えないのが気がかりだった。だが、人は見かけで仕事をするものではないと、木綿子は自分に言いきかせた。

久野はおさだまりの住所氏名職業などを質問したのちに、本題に入った。

「亡くなった尾形さんとの関係は」

「私は探偵・尾形さんの依頼人です」

「今日はなぜ尾形さんの事務所へ行ったんです」

「昨日から連絡がつかなくなっていたので、様子を見にいったんです」

「どういう依頼をしていたか聞いていいですか」

それこそ聞いてほしかったことだ。

「埼玉の一家四人惨殺事件の真相を洗ってもらっていたんです」

「どうしてそんなことをさせていたんです」

「警察に追われて自殺したとされている少年は真犯人じゃないから」

久野は、しょぼつく目で木綿子を眺めた。しばらくしてから言った。

「それは、なにか根拠があって言っているんですか」

「最初は根拠というより印象だったわ、恵哉が人を殺すわけがないという。でも、尾形さんが殺されて、証明されたわけです」

久野は頭をかいた。ふけが、ぱらぱらと黒っぽい背広の肩に落ちた。

「どうも話の方向が分かりにくいんですが」

「あら、どうして。彼は惨殺事件を調べて、真相に迫っていたんですよ。そして殺された。となると、犯人は惨殺事件を犯したのと同一の人間。そう考えるのが自然でしょう」

「しかし、尾形さんが殺されたとはまだ決まっていない」

「あれが殺人でなくてなんだというんです。事務所のドアに鍵がかかっていなかったし、遺書もなかったでしょう。自殺のわけはないわ。まさか、なんかの理由で窓にかけていた紐にまちがえて首をひっかけた事故死だった、と言うんじゃないでしょうね」

「いや、事故死だとは見ていません。だが、あの現場を見たのだから分かると思うんですが、尾形さんは便座に腰をかけ気味にして背後からまわされた紐に首をひっかけていた。殺されたんだとしたら、犯人は便座の後ろから尾形さんの首に紐をかけなければならなかったはずです。しかし、便座の背後に人が立つ余地などありません。もちろん、事務所があるのは四階ですから、窓の外から行なうことなど不可能です」

「トイレで殺す必要などないでしょう。ほかの場所で殺して、トイレに運び、自殺したように見せかければいいんです」

「そういった場合だと、通常索痕が二種類になるはずですが、一種類しかありませんでした。それに、索溝にたいして抵抗や防御でつくってしまった爪痕もありませんでしたし」

「索痕ってなんです」

「索条の痕、つまり、窒息するのに使われた紐の痕のことです」

木綿子は一瞬困ったが、次には解答を思いついていた。

「ああ。それは簡単な理由ですわ。尾形さんは首を絞めて殺されたのではなく、毒殺かなにかされたんです。そのあとでトイレに運んで首吊り死体に仕立てあげられたんです。だって、体が便器に触れているのに縊死《いし》だなんて、おかしいじゃありませんか」

「ああいう縊死がないわけじゃない。体の一部が床に接している縊死を非定型的縊死といって、ちゃんと法医学の文献にも載っています。縊死するのに全体重が必要なわけじゃなくて、三分の一から四分の一もあれば充分なのです。現場に棒が落ちていたのも、非定型的縊死の可能性を補強します。はじめあいていた窓を、棒を使ってしめたことによって、一挙に首が絞まった可能性が考えられますからね。それから、あれは毒殺だとは思えませんね。ちゃんと解剖して調べてからでなくては断言できませんが、眼球結膜に溢血点《いっけつ》があるし、索痕がある以上窒息死です」

「じゃあ、睡眠薬を飲まされて眠っているところをやられたんだわ」

「そう。その可能性があるから、われわれもまだ自殺と断定できないんです」

と、久野は残念そうに言った。木綿子は、肩すかしを食らわされたような気がした。それならそうと早く言ってくれれば、いろいろとつまらない答えをひねくりださなくてすんだのに。

「ただ、可能性は本当にわずかです。あのトイレに、熟睡している人間を運んで首に紐をかけるという困難な作業を行なうには、相当な力が必要です。一人でできることではないでしょう。遺体から睡眠薬が検出されなければ、その可能性もつぶせるわけです」

「出るに決まっているわ」

木綿子は自信たっぷりに言った。久野の眼差しは、わずかばかり鋭くなったようだ。

「一家四人惨殺の件ですが、尾形さんは誰を調べていたんです」

「佐伯恵哉の同級生です」

「同級生？」

ここぞとばかりに木綿子は、自説を展開した。

「恵哉はあの事件の真犯人ではありません。無実の罪を着せられ、殺された被害者なんです。真犯人は、こういう条件を満たす人間です。織田さん一家と面識があって、なんらかの理由で織田さんを激しく憎んでいた。また、恵哉とも面識があり、恵哉をある程度思い通りに動かすことができた」

木綿子が息を継いだ瞬間、久野はしょぼついた男に似合わない素早さで口をはさんだ。

「なぜ恵哉をある程度思い通りに動かさなければならないんです」

「ああ、もちろん、恵哉を犯人として殺すためには、警察に踏み込まれた時、恵哉が自分から家を飛び出し、自殺したとされる場所まで誘導しなければならないからですよ。恵哉は、犯人とあらかじめ約束していたんです。警察が現れたら東町ホームタウンまで知らせにいくって。かわいそうに、恵哉は友情から真犯人をかばうつもりだったんです。濡れ衣を着せられて殺されるとも知らずに」

久野は、眉間の皺を深くした。なにか言いたそうだったが、口は閉じたままだった。

「話をもとに戻しますが、そういう条件を満たすとなると、織田さんの近所に住んでいて、なおかつ恵哉と友人関係にあった者が怪しいということになります。つまり、恵哉の同級生です。それで、私は恵哉の同級生を尾形さんに調べさせていたのです。そして、該当する人間に近づきつつありました」

「犯人は高校生だというんですね」

久野は懐疑的な調子で言った。

「恵哉だって高校生で、事件の犯人にされてしまったんだから、おかしいことはないでしょう」

「しかしですよ、恵哉が犯人だとした場合は、恵哉が犯した殺人は一件きりです。それでも充分驚くべき犯罪なわけですが。ところが、あなたのいまの説だと、犯人は織田さん一家を殺し、恵哉を殺し、さらに尾形さんを殺したことになる。とても、高校生が一人でしでかした犯罪とは思えませんね。いくらいまどきの高校生といってもね」

木綿子はまったく挫けなかった。

「私は、一人でやったなんて言っていませんよ。怪しい人物はとりあえず三人います。それも根拠のあることです。一人は、東町ホームタウンに自由に出入りできる子でした。そして、その子と恋人同士の子が首謀者なんです」

「すると、一人は女の子というわけですね」

「いまの女の子が男の子と遜色のないくらい大胆なことはごぞんじでしょう」

「朝倉さん、具体的に名前を出してもらえますか」

「いいですよ。一人は小林陽輔。小学校中学校を通じて恵哉の友人でした。恵哉は親友だと思っていたようですが、陽輔は恵哉に嫉妬していたし、小学五、六年の時から恨みさえ抱いていました」

「どんな」

「恵哉が陽輔のいじめをとめたんです」

「それがなぜ恨みにつながるんです」

「まあ、ちょっと乱暴なとめ方だったせいですけどね。でも、これひとつとってみても、どちらが殺人犯にふさわしい性格か分かるというものでしょう」

久野は、賛同しなかったが否定もしなかった。眉間の皺はいっそう深まっている。

「それで、ほかの二人は」

「中村理佐子。東町ホームタウンに出入りできる子です。この子は恵哉にふられた経験をもっています」

「それがこの恐るべき犯罪にくわわったきっかけだと？」

「そうです。現在は陽輔と付き合っていますけど、恵哉のことが忘れられなかったんでしょう」

理佐子と陽輔が付き合っているかどうかなど、まだ調べてもいなかったが、木綿子は迷わず言いきった。

「もう一人は」

「鈴木仁美といいます」

「え、もう一人も女の子ですか」

「そうです。なにか問題ですか」

「いや。その子も恵哉になにか恨みを抱いていたんですか」

久野は疲れ果てたように聞いた。木綿子は、はじめてためらった。

「いえ、それはなかったと思います。中学の一時期、恵哉と付き合っていましたけど。彼女の場合は、織田事件に関連していただけかもしれません。おそらく陽輔が織田さんを殺す動機になったんだと思います」

「それはまたどうして」

「陽輔は仁美に恋をしていたんです。片思いですけど。ところが仁美は、織田さんと関係をもっていたんですね。仁美は家にも寄りつかない不良で、織田さんとの関係は援助交際だったんだと思います」

口から出まかせだったが、言っているうちに真実らしく思えてきた。推理がほとばしるように頭から出てくる。

「そうなんですよ。仁美は援助交際をしていたんですよ。だけど、仁美に恋をしている陽輔のほうはそんなふうには思えない。織田さんが仁美を陵辱したように誤解したんでしょう。そして、あの凶行におよんだ」

久野は小さく口をあけた。が、言葉は出てこなかった。木綿子が一瞬の切れめもなくしゃべりつづけていたからだ。

「そういう意味では、仁美は共犯者ではなく犯罪の原因だったと言ったほうがいいですね。織田さん一家を殺してしまった陽輔は、さすがに自分の凶行に恐ろしくなったんでしょう。ほかの人間に罪をなすりつけようと考えた。そして、日ごろから快く思っていなかった恵哉に白羽の矢をたてた。事件当日恵哉の姿を見たと、警察に密告の電話をかけることによって、その企ての第一歩は始まったんです。その一方で陽輔は恵哉に、万が一家に警察が来るようなことがあったら、東町ホームタウンに知らせにきてくれと頼み込んだ。どういう理由をつけたか当人に聞いてみなければ分かりませんが、とにかく恵哉は陽輔に丸め込まれたんです。そして、実際に警察が来ると、約束を守ってホームタウンへひた走った。無実の罪を着せられて殺されるとも知らず。かわいそうな恵哉！」

木綿子は、浮かんできた涙を菫色にマニキュアした指先でぬぐった。

そのわずかな隙をぬって、久野は言った。

「分かりました。署までご足労でした」

木綿子は久野の意図が理解できず、きょとんと久野を見た。久野は立ち上がった。

「もうけっこうですので、どうぞお帰りください」

「もうけっこうって、尾形さんの殺人を織田さんの事件とリンクさせて調べる必要性が充分分かったんですか」

「ええ、分かりましたよ。あとは私達にまかせてください」

あまりに唐突な宣告だった。木綿子はなんだか狐につままれた気分だった。まだなにもしゃべっていない気がした。だが、久野はしょぼつく目に精一杯愛想を広げている。愛想ではなく自信がみなぎっているのならいいのだけれど、そう思ったが、久野がどんどん部屋を出ていくので、木綿子もしたがわざるをえなかった。

「尾形さんの解剖の結果はいつ出るんですか」

廊下を歩きながら聞いた。

「明日の午前中には出ると思いますよ」

「そんなに遅いんですか」

「鑑定医の先生も遊んでいるわけじゃありません」

「そんなことは言っていません、私。じゃ、明日の昼に連絡しますね」

久野は立ちどまり、怒りを押し殺した顔を木綿子にむけた。

「奥さん、これが犯罪だとしたら、なんの返事もできませんよ。警察は民間人にたいして捜査の状況を報告することなどしませんからね。そもそも、あなたは尾形さんや織田さんとは家族でもなんでもない、ただの死体発見者なんだから、事件に口をはさむ資格などないんです」

木綿子は面食らった。しかし、自分の正体を明かすべきだと決意するのに、まばたきする間もかからなかった。

「あら、私は恵哉の実の親ですよ。恵哉の事件が進展したかどうか知らせてもらうのは当然じゃないですか」

「ほう、奥さんは佐伯恵哉の実の親なんですか」

久野の声には侮蔑の響きがあった。久野は木綿子に背をむけて歩き出した。木綿子はひどく自尊心を傷つけられた。久野のあとを行きながら、

「嘘じゃないですよ。とても複雑な背景で佐伯さんの実子になっているけれど、でもあの子は私の子供なんです」

「分かりました、分かりました」

久野は面倒くさそうに言った。

もう玄関ホールだった。

「では、また」

久野は、木綿子を強引に建物の外に押し出した。木綿子は不満だったが、とりあえずすることがないのも事実だった。諦めて警察署を去った。

22

絹恵は、家路をたどっていた。べつに家に帰る必要なんかない、そう思ったが、だからといってどこへ行くあてもなく、家にむかっているのだった。足は自宅までの道を覚えていて、頭を使わなくとも正しい順路を進んでいた。

頭は使いものにならなかった。大脳のすべてが活動を停止したかのように思考力を失ってしまった。絹恵のいまの精神状態を表現するなら、なにかが燃えつきてできた灰だった。なにか、というのは、多分、絹恵のこれまでの人生だった。

そんな状態だったから、自分の名前を呼ばれていることにしばらく気づかなかった。

「佐伯さん」

ようやく声が聴覚神経を通って大脳の一隅に届いた。絹恵は立ちどまり、ぼんやりと辺りを見回した。背後に女が立っていた。どこかで見たことがある。辛子《からし》色の絹のブラウスと同系色のかっちりした仕立てのスーツ、ルイ・ヴィトンのバッグと靴、グラムの多そうなプラチナのネックレスとイヤリング、香水はシャネルのナンバー19、絹恵の周辺から絶えて久しい高額な女性だ。

「どなたでしたっけ」

絹恵は思い出す努力を放棄し、聞いた。相手の吊り加減の目尻がさらに吊った。

「朝倉……いえ、桜亜由子です。まさかお忘れになったんじゃないでしょうね」

「ああ、桜さん。そう、そうですね。失礼しました。ちょっとぼんやりしてしまって」

「どうしたの。お顔の色が悪いですよ」

「なんでもありません」

そう言う先から、絹恵の頰を伝って涙が一筋こぼれ落ちた。亜由子の顔を見て、張りつめていた心がゆるんだ。考えてみれば、亜由子は恵哉が犯罪者ではないと言ってくれる唯一の人なのだ。実のきょうだいや母親よりもずっと近しく感じられる。

「あらあら」と亜由子は絹恵の肩に手をかけた。耳もとに顔を近づけ、やさしくしっとりした声でささやく。「まだ落ち込んでいるのね。大丈夫よ。今日は朗報をもってきたんですから」

「朗報？　恵哉のことでですか」

「ええ。外で話すようなことではないです。お宅に行きましょうよ」

いつの間にか、角を曲がればもうアパートの見える位置まで来ていたのだった。蒲団が敷きっぱなしだ。普段なら、咄嗟にそんなことが絹恵の脳裏をよぎるはずだった。しかし、いまの絹恵にとって、そういったことは人生になんの影響もおよぼさない些事《さじ》だった。た。絹恵は亜由子をともなって家へ戻った。


木綿子は、佐伯家の室内が埃にまみれていることに気づいた。台所に続く和室には蒲団が敷きっぱなしだ。しかし絹恵は、和室との間の引き戸をしめて隠そうともしなかった。絹恵は主婦的な体裁を気にする女性ではなかったか。少なくとも恵哉の葬儀の日にはそう感じさせた。

恵哉の事件がボディブローのようにきいて、絹恵はゆっくりと壊れつつあるのだろうか。とすると、絹恵は意外に強く恵哉を思っていたということか。

恵哉を独占していた絹恵にたいする嫉妬が、木綿子の中に芽生えた。

「それで、どんな朗報なんでしょう」

絹恵は、家に入りキッチンの椅子に腰を落ち着けるなり聞いた。木綿子は、絹恵の精神状態を改善してあげることに多少の不快を感じた。それで、朗報の説明をやや迂遠《うえん》なところから始めた。

「事件が動いたんです」

「どういうことですか」

「私の雇った私立探偵、尾形といいますが、昨日から彼と連絡がとれなくなったんです」

「それがいいことなんですか」

絹恵は首をかしげた。そうすると、ちょっと少女めいて見えた。もう五十に手が届く年齢なのに、なんということだろう。よほど苦労なしで生きてきたのだ。

「事件の真犯人が動き出したということですよ」

「よく分かりません」

「尾形は、事件の真相に迫ったんです。これできっと、恵哉の事件が再捜査されることはまちがいないですよ」

「もっと具体的に言ってもらえます。尾形さんという方は犯人を追っているんですか」

「あら、いいえ。彼は殺されたんです」

絹恵は大きく目を見開いた。

その瞬間、絹恵の頭にかかっていたもやのようなものが晴れた。

亜由子はさっき朗報だと言ったはずだ。探偵が殺害されたことが朗報だというのだろうか。だとしたら、この人は頭がおかしい。絹恵は亜由子を見直した。しっかりと化粧された目鼻立ちの整った顔のどこかに狂気の影が忍び寄っていないだろうか。

「探偵が殺されたというんですか。それは、桜さんの想像ですか」

「想像だなんて、どうして想像するんです？　私がこの目で見つけたんですよ、彼の死体を、彼の事務所で」

絹恵はしばらく二の句が継げなかった。

和室がまる見えなことに気がついた。立ち上がって、引き戸をしめた。お茶を出していないことにも気がついた。薬缶《やかん》に水を入れ、ガスレンジにかけた。それからやっと次の台詞が見つかった。

「もちろん、それは朗報じゃないですよね」

「ああ、尾形さんが殺されたのは残念なことです。彼はなにかをつかんだはずなのに、なにも言い残さずに死んでしまったんですから」

残念という言葉が尾形の死にかかっているのか、それともなにも言い残さなかったことにかかっているのか、絹恵には見極めがつかなかった。絹恵はまたも亜由子の正気を疑った。

亜由子は絹恵のそんな気持ちも知らず、生き生きとしゃべりつづけている。

「でも、尾形さんを殺害した犯人の目星はついています。それは、警察でも説明してきました。だから、近いうちに織田さん事件でも再捜査が始まるにちがいないんです。そうすれば、恵哉が自殺したんじゃなくて殺されたんだということも分かるに決まっています」

恵哉、この人は他人の息子を呼び捨てにするのね。アメリカの暮らしが長かったから？　アメリカという国名が、絹恵の脳裏のどこかにひっかかったが、どこにひっかかったのか考えるだけの余裕はなかった。

「ねえ、理解していますか」

亜由子が焦《じ》れったそうに言っている。

「恵哉の冤罪が間もなく晴れるんですよ。こんないいことって、ないでしょう」

恵哉の冤罪が晴れる。本当だろうか。本当だとしたら、こんな嬉しいことはない。母親にまるで恵哉を産んだことが罪のように言われることもなくなるだろう。絹恵の名誉も回復されて、甥の結婚式に出ることもできるだろう。じわりと、喜びが絹恵の胸に湧いてきた。

「沸騰していますよ」

亜由子が注意した。ガスレンジで薬缶がさかんに湯気をたてていた。

この人、大丈夫かしら。木綿子は思った。絹恵は、お茶っ葉の入っていない急須にお湯を注いでいた。それを湯飲みにつごうとして、あらっという顔をした。慌てて急須の湯を捨てて煎茶を入れる。いまのは茶器を温めるための行為だというようなとりつくろいさえしない。

木綿子は、絹恵が湯飲みを木綿子の前に置いた刹那《せつな》、その手をつかんだ。

「しっかりしてください、絹恵さん」

絹恵は、面食らったように木綿子を見た。

「はい？」

「はいじゃないですよ。これからが正念場です。私達がしっかりしなければ、恵哉を無実の罪から救い出せませんよ」

絹恵は木綿子の手をさりげなくはずして、自分の椅子に戻った。

「でもあの、私になにができるんでしょう」

「警察には、疑惑の人物の名前を伝えてあります。ただ、警察が調べきれるか、ちょっと疑問ではあるんです。なんといっても、織田事件を見事に勘違いして解決したと思い込んでしまった人達のお仲間ですからね。私、自分でも犯人を調べつづけるつもりなんです。あなたもそれに協力してください」

「犯人を調べる、というんですか」

「情報を提供してくれればいいんです」

「だって、私……」絹恵はそこではっと気づいたように聞いた。「いったい犯人は誰だというんです」

「小林陽輔、それから中村理佐子、旧姓若山理佐子、鈴木仁美。この三人に絞っています」

「え」と小さく叫んで、絹恵は湯飲みを手から落とした。湯飲みはテーブルに落ち、お茶が一帯を濡らしたが、絹恵は意に介することもなく呆然としている。こりゃ駄目だ、木綿子は思った。

「どういう事件だったのかというと……」

木綿子は、とりあえず久野に聞かせたのと同じ推理を披露した。絹恵はまるで木偶人形のようで、表情も乏しく、聞いているのかいないのか心もとなかった。


真犯人をつかまえ、恵哉の名誉、ひいては自分の名誉が回復されるかもしれない。絹恵は、そう期待していた。しかし、亜由子の挙げた犯人の名前は絹恵を混乱させた。彼らが犯人だという亜由子の推理も、なんだか空中から無理やりとりだした下手な手品のように感じられる。

「一番の問題は、三人の中で鈴木仁美がどんな役割を担ったのか不明だということなんですよ。織田事件の原因になっただけであって、犯行にはくわわっていないのかどうか。尾形さんが最後に仁美に会いにいく予定を知らせたきり、音信が途絶えたことから考えれば、まったくの無垢《むく》とは言えないと思うんだけれど。だから、この娘を重点的に調べてみたいんです。聞いていています、絹恵さん？」

「あ、はい」

「一枚くらい仁美の写真があるでしょう。恵哉のガールフレンドだったんですもの。それを見せていただきたいの」

恵哉のアルバムに仁美の写真があっただろうか。思い出せない。

「鈴木さんの写真を見て、どうなさるんです」

「聞き込みに写真は欠かせないでしょう」

「桜さんが聞き込みをなさるんですか」

「私もやるつもりです。でも、私一人の手にあまるから、また探偵を雇うつもりですけどね。いま連絡をとろうとしているんだけれど、仲介者がアメリカ人なのでなかなか手間がかかって」

日本の探偵をアメリカ人に紹介してもらうのか。亜由子の行動は絹恵には及びもつかない。こういう人なら、夫に先立たれたとか、親との仲が険悪になっただとかいうことで一々《いちいち》悩んだりしないだろう。こういう人が母親なら、恵哉も不登校になどならなかったかもしれない。

「さあ、アルバムを」

亜由子は促した。

「鈴木さんの写真があったとしても役立つかしら。ずいぶん顔が変わってしまっているから」

そう言いながらも、絹恵は立ち上がった。亜由子にはあらがえないものがある。奥の部屋へ行った。亜由子はついてきた。


「これが恵哉が使っていたお部屋？」

木綿子は、つくづく四畳半を見回した。机と整理箪笥以外なにもない。こんな寂しい部屋で暮らしていたのか。恵哉の部屋を自宅につくってあげてよかったと、いまさらながら思う。

絹恵が言い訳がましく言った。

「なにもないでしょう。警察がほとんど恵哉の持ち物をもっていってしまって……」

「まあ。それ、是非とり返さなくちゃね。そういえば、恵哉って、捕ってきた虫を写生するのが好きだったそうですね。それは残されているんですか」

木綿子は、恵哉の創作物を是非見たかった。部屋に飾れるものだったら、飾りたい。絹恵は首をかしげてから、困ったように言った。

「こちらに移ってくる時に処分してしまって……」

木綿子が落胆した顔を見せたせいか、絹恵はくどくどと説明を始めた。

「いえ、私じゃなくて、恵哉が。昆虫採集とその写生は、恵哉というより夫の趣味で、ほら、夫の世代は昆虫マニアが多かったでしょう。恵哉は夫にひきずられていたところが多分にあったんです。だから、自分の作品に執着がなかったんでしょうね。とっておくほど上手でもなかったんですよ。でも、あれがあったら、マスコミはまた、異常性格者の材料にしたかも……」

息子の作品にたいする冷淡さへの言い訳もここに極まれりという感じではないか。木綿子はうんざりして話を遮った。

「警察は写真ももっていったとおっしゃっていたわね」

「そうそう。そうなんです。クラス全員で撮った写真をもっていかれてしまって。だから、鈴木さんの写真があるかどうか……」

絹恵は押し入れをあけた。そこの下段に、アルバムが十冊ばかり積み重ねられてあった。背表紙にはすべてナンバーがふってある。

絹恵は一番上の、『№10』と打たれたアルバムをひっぱりだした。以前にも木綿子に見せたものである。中学時代の写真が数ページにわたって貼られているだけで、あとは白紙だ。木綿子が求めているのは、まだ見たことのない恵哉だった。

木綿子は、勝手にべつのアルバムをひっぱりだした。№2のアルバムだ。

「あ、それは結婚したころの写真です」

絹恵は慌てたように言った。

恵哉の赤ん坊のころを見たい。幼稚園時代も小学生時代も見たい。№2が夫婦の新婚時代のアルバムなら、恵哉は№3から登場するのだろうか。木綿子は№3をひっぱりだそうと、腕を伸ばした。

「あ、ありました」

いくらか乱暴に、絹恵はもっていたアルバムを木綿子の前につきだした。

絹恵は私が恵哉の写真をあれこれ見るのを阻もうとしているのだろうか。木綿子は苛立ちながらも、絹恵の手の中のアルバムを覗いた。前回にも目にした覚えがある。絹恵がすぐにページをめくってしまったので、恵哉を見つけられなかった一枚だ。

「十月十七日・陸上競技大会」とキャプションの貼られたスナップ写真。競技場の座席に、鉢巻・Tシャツ・短パン姿の生徒が十数人ばかり座っている。その最前列、右端から二番目の子を、絹恵の指はさしている。

長い髪の毛を兎の耳のように二本に結んで垂らした女の子、お決まりのVサインを出している。文字通り、小学生に毛がはえただけの子だ。この子が翌年のバレンタイン・デイには恵哉にチョコレートをあげ交際を始めたというのだから、笑止だ。

仁美を数瞬見ただけで、木綿子の目は恵哉の姿を探している。恵哉どこ。恵哉のいない写真を撮るとは思えないのだが、なかなか見つからない。仁美の後ろにいて隣の男子とふざけ合っている子がそうではないかと思うのだが、横顔なので自信がない。数枚の写真を一度見たきりでは当然かもしれないが、情けなさが募る。

「やっぱりずいぶん変わっているわ」

絹恵が言った。

「え、なにが」

「鈴木さんですよ。この写真だと、かわいいことはかわいいけれど、でも、どことなくいたずらっ子の雰囲気があるでしょう。いまはすっかり楚々とした美少女になってしまって」

「最近、鈴木仁美に会ったんですか」

木綿子はやっと気がついて聞いた。

「ええ。数日前に、恵哉を拝ませてくださいって、来てくれたんです」

「え。なんでいままで教えてくれなかったんです」

「だって、聞かれないから……」

絹恵は困ったように目を伏せた。

木綿子は呆れ、怒った。知らないことは聞きようがないではないか。

「正確にはいつです」

「ええと……ああ、昨日のことだわ。四時すぎくらいに」

昨日！　それでは、尾形と連絡がとれなくなってから仁美は絹恵の前に現れたのか。どういうことなのだ。尾形の殺人となにか関係しているのだろうか。まさかアリバイ工作？

「それで仁美はどんな様子だったんです」

「どんなって、悲しそうでした。恵哉君が悪いんじゃないとも言ってくれました。まさかまだあの子が恵哉を想ってくれているとは知らなかったので、嬉しかったですよ」

木綿子は心臓が飛び上がりそうになった。

「恵哉君が悪いんじゃない？　そう言ったんですか」

「ええ」

「それこそ、仁美が事件に関係しているという告白じゃないですか」

絹恵は目と口を大きく開き、そうなるとまるで知力がない人のように見えた。

「え、そうかしら。そうですか。私はそうは思っていませんでしたけれど……むしろ、それがあるから、鈴木さんが犯人の仲間だなんて信じられないんです」

「人は、好意をもっている相手だからといって、害をなさないとはかぎりませんよ。好むと好まざるとにかかわらず、事件をひき起こしてしまうことってあるんですから」

「はあ……」

と、絹恵は曖昧な表情をしている。

木綿子は、絹恵とは合わないと思った。こんな愚鈍な女に大事な息子を育てさせたのかと思うと、悔しい。


絹恵は、亜由子の発想についていけないと思った。もっとまともな人が恵哉の無実を主張してくれたのだったら、どんなにたよりになっただろう。いや、これからは誰かをたよりにしたいなどと思ってはいけないのだろう。一人で生きる覚悟を決めるか、あるいは生きることをやめるか。

「絹恵さん、これからどうなさるの」

亜由子は、絹恵の心を読んだかのような質問をした。絹恵は戸惑って、亜由子を見返した。

「恵哉の思い出の詰まった部屋にいるのは辛いでしょう。我が家に引っ越してきてはどうかしら」

　そういう意味か。

「うち、部屋があまっているんですよ。絹恵さんが来てくだされば、私も寂しくなくなるわ」

「寂しく暮らしてらっしゃるんですか」

　とてもそうは見えないけれど。

「ええ。私、夫を亡くしただけじゃなく、癌なんです。手術して一応治ってはいますが、いつどうなるか」

　突然の告白に、絹恵はなんと応じていいか分からなかった。

「お元気そうなのに……」

「見かけだけですよ」

　ふっと、言葉通りの寂寞《せきばく》感が亜由子から漂い出た。絹恵は心を動かされた。これからどう生きていいか、お先真っ暗の状態だ。突如降って湧いたように絹恵の人生に登場したこの女性と、しばらく生活をともにしてみるのも悪くないかもしれない。

「数日中にこちらを引き払うということでいいですね。帰ったら早速、引っ越しの手配をします」

亜由子は、絹恵が引っ越すものと決めてかかっている。この強引さはいささか鼻につくけれど、

「ええ。よろしくお願いします」

絹恵は素直に頭を下げた。

「そうと決まれば忙しくなるわ。帰ります。あ、これ、おあずかりします。新しい探偵にも見せたいので」

亜由子は、恵哉の中学時代のアルバムをもって立ち上がった。絹恵に否と言わせる隙もなかった。

帰り際、亜由子の一瞥が整理簞笥の上の骨壺にむけられた。まるで骨壺に投げキッスでもする仕種《しぐさ》をして、亜由子は去っていった。なんだか嵐のあとのようで、絹恵は長い間放心していた。

木綿子は、嬉しさを抑えきれずに絹恵の家を出た。恵哉の写真が手に入った。どうして早くこの方法に気がつかなかったのだろう。もちろんほかの年代の恵哉も知りたいけれど、手もとに置けるなら中学時代のであろうとなんであろうとかまわない。外階段を踏む木綿子の足は躍るようだった。

23

中学の校門前で、制服姿の恵哉が澄まし顔をしている。私はカメラのシャッターを押そうとしている。

「はい、チーズ」

シャッターを押した瞬間、恵哉は盛大なアカンベエをする。

「こら」

叱ると、恵哉は笑い顔を残して駆け出す、校内にむかって。

「待ちなさい。写真を撮ってからよ」

校内には桜の花びらが地吹雪のように舞っていて、恵哉の姿を覆いかくしてしまう。私は焦る。なんだか二度と恵哉をつかまえられないような気がして。

花びらをかいくぐっていくと、そこは驚いたことにドクター・モリスのオフィスだった。弁護士と医師の資格をもつドクター・モリスが卵子を売買するために開いていたオフィスだ。商談のための部屋は白と黒のカラーで統一されて機能的な雰囲気を漂わせ、人の卵ではなく、なにか最新の商品を売買するのだという気分にさせたものだ。

テーブルのむこうがわには髭面《ひげづら》のドクター・モリスではなく、絹恵がいた。絹恵は、中学生の恵哉を膝に抱きかかえていた。

絹恵は、私にむかって札束を投げつけた。何個も何個も投げつけた。

私はもう、金と子供を引き換えたりしない。いや、あの時だって真っ白な冷たい手術室に入った瞬間にひどく後悔したのだけれど、後の祭りだった。だから、心をコンクリートのようにして、子供にまつわるすべてを封じ込めたのだ。

私は絹恵を無視した。札束の礫《つぶて》をたくみにかわして、恵哉にむかって手をさしのべた。

「いらっしゃい、恵哉。中学校の入学式に遅れるわよ」

よく見ると、恵哉は絹恵の体に紐でくくりつけられていた。これでは逃げられない。

恵哉の唇が動いた。お母さん、助けて、そう言いたいにちがいない。しかし、恵哉の唇から声は出てこなかった。

そうだ、私は恵哉の声を知らないのだ。そう気がついたところで、木綿子は目を覚ました。

木綿子はベッドに起き上がった。室内は暗いが、サイド・テーブルの時計はあと五分ほどで十時になると告げていた。階下からは物音がしている。家政婦の堀内夏子がすでに来ているのだ。この部屋は、鎧戸《よろいど》をあけなければ朝か夜か分からない。

不快感が心に残っていた。なんだかひどく内省的な夢を見たような気がしたが、記憶にあるのは、恵哉が絹恵の膝にいて、しかも自分は恵哉の声を知らないと気づいた、そこのところだけだった。

木綿子は室内灯を点け、テーブルからアルバムをとりあげた。ゆうべ眠りにつくまで飽くことなくアルバムを眺めていた。おかげで、夢の中にまで恵哉が出てきたのだろう。アルバムを開くと、一ページ目に夢の中と同じ制服姿の恵哉がいる。

絹恵は、恵哉の声を録音したテープやビデオをもっていないのだろうか。絹恵はこの家に引っ越してくる。もし恵哉の声をもっていれば、その声も一緒にここに引っ越してくるだろう。その考えは一瞬、木綿子を幸せな気分にさせた。しかし、本当に一瞬だった。恵哉の顔と声を知ったとしても、恵哉とただの一分も時間を共有していないという事実が、今日の木綿子には我慢のならないことだった。恵哉との時間を奪った殺人犯にたいする怒りが、あらためて湧き起こってくる。

その時、ドアにノックの音がした。

「木綿子さま、ご気分でも悪いんですか」

夏子の遠慮がちの声がした。いつもなら夏子が来る前に居間におりている木綿子が姿を見せないので、心配したのだろう。

「いえ、いま起きますよ」

「ああ、そうですか。お食事はどうなさいます」

「いつも通りでけっこうよ」

「分かりました」

夏子の去っていく足音がした。

木綿子は起き出した。いつまでも失った未来を嘆いていても、仕方がない。しなければならないことは山のようにある。そう思ったが、いつもとちがい、いっこうに陽気な気分はやってこない。

階下におりていくと、夏子はすでに朝食兼用の昼食をテーブルに用意していた。クロワッサン、野菜を数種類混ぜあわせたフレッシュ・ジュース、シーザース・サラダ、プレーン・ヨーグルト、チーズ、デザートは季節の果物（今日は巨峰）。これがブランチの定番だ。癌になってから、肉類は避け、野菜と果物を多くとるようにしているのだ。

夏子は、木綿子が席に着いてからもテーブルのわきに立っていた。いつもは木綿子が食事をしている間、掃除や洗濯に忙しく動きまわっているのが普通である。

そういえば、と木綿子は思い出した。

「今週中にこの家に一人、住人がふえます」

夏子はびっくりした顔をしたが、質問はしなかった。そういう差し出がましくない性格がこの家政婦の長所なのだと、木綿子は思っている。

「佐伯絹恵さんといって、私の遠い親戚だと考えてもらっていいわ。ただ、そんなに丁寧に扱う必要はないの。居候ですからね。同僚に毛のはえたような人が来ると思っていればけっこうよ」

「分かりました。お部屋のご用意はどうしましょう」

「客間のむかいの部屋にするつもりよ」

「北がわのお部屋ですね」

「そう。今日、畳を敷く手筈になっているの。佐伯さんはベッドよりもお蒲団の生活に慣れているから。もうそろそろ業者が来るんじゃないかしら」

「はい」

　話はついた。しかし、夏子はまだテーブルのそばに立っている。ようやく木綿子は、夏子がもの言いたげなことに気がついた。普段は一筋の乱れもなくアップに結っている長い髪の毛が無造作に黒ゴムで束ねられていることや、ふっくらした頰が一夜にしてこけてしまっていることにも目が届いた。

「なにかあったの」

「あの、娘が入院しました」

「あら、どうして」

「虫垂炎をこじらせて腹膜炎になってしまって、ゆうべ夜中に緊急手術しました。治るまで一カ月近くかかるということです」

それだけでもう、夏子の両眼は潤んでいる。

いつもの木綿子だったら、「かわいそうに」という言葉のひとつも反射的に口から出てきただろう。しかし今日は、他人の娘が腹膜炎になろうが癌になろうが知ったことではないという気分だ。なにしろ木綿子の息子は殺されているのだ。

「それは大変だったわね」

と言ったものの、かなりお座なりな調子になった。

「はい。それで、病院は完全看護なんですけど、なにしろ娘はまだ小学校の一年生なものですから、ずっと一人で置いておくのはかわいそうで。ベッドから出られるようになるまでの間、面会時間中だけでもついていてやりたいんですけど」

「面会時間って、何時から何時までなの」

「平日は一時から七時までで、土日は九時から七時までです」

夏子は窺うような目をしている。木綿子は心の中で苛立った。しゃべりたいことがあったらはっきり言ったらどうなのだ。雇主に使用人の気持ちを忖度《そんたく》するという余計な労力を強《し》いずに。こういうところがこの家政婦の欠点だ。

「それで、なにが望みなの」

「一週間ほどでいいんですが、午後からお休みをとらせていただけないでしょうか。あ、佐伯さまが引っ越していらっしゃる日には、朝から夕方までいるようにします。午前中は八時ごろから来て、午後の分まで一所懸命働きますので」

病気の子供につきそうために時間をつくる。糖蜜のように甘い生活だ。木綿子が決して得ることのできない幸福。

「八時なんかに来てばたばた動きまわられたら、目が覚めてしまうわ」

木綿子は不機嫌に言った。夏子は慌てた様子で頭を下げた。

「申し訳ありません」

厳しい雇用状況下で、雇主の機嫌をそこなうと職を失うことは承知しているらしい。もっとも、家政婦の替えがいくらでもあるというわけではない。とくに夏子のように家事万端を満足にこなせてなおかつ信頼できる家政婦となると、雇主のがわにだいぶ運が必要になってくる。夏子が想像しているほど厳しい状況ではないのだ。

「あなたにとって、子供って、なに」

「は？」

たです」

「いないことなど考えられません。ゆうべはこの子を失ったらどうしようと、とても怖かったです」

「それでも失っちゃったらどうする？」

意地悪を言っているのではなく、木綿子は純粋に知りたかった。夏子は迷わず答えた。

「それはきっと、自分の人生が半分失われたような気がすると思います」

「自分の命と引き換えにできる？」

「できます」

「ずいぶんきっぱり言えるわね。他人の子が窮地に陥っている時、自分の命と引き換えにしてまで助けると言えるかしら」

「それはどうでしょう。たとえば海で溺れている子がいて、咄嗟に助けにいって結果的に死んでしまうということはあるかもしれませんが、いまここで、無条件で自分の命と引き換えにするとは言えません」

「そうよね。咄嗟に助けにいくことさえできないかもしれない。だって、その子を助けて万が一自分が死んでしまったら、幼い我が子が親を失ってしまうことになる、そう考えるかもしれないものね」

「ええ、そうですね。幼い子供にとって、親は神ですから」

「親が神？」

「大きくなってからはべつとして、幼い子供には親がすべてなんです。そばにいてくれるだけで安心できる、絶対の存在なんです。神に似ていませんか」

「でも、神は自分の命を捨ててまで子供を救わないわよ。キリスト教の神ときたらむしろ、自分の子供を犠牲にしたくらいだわ。それに、神というのは、いつも人を庇護《ひご》してくれるわけじゃない。時として無慈悲に見放したり罰を与えたり」

そうやって神を描いていくと、親によっては神にそっくりな者もいる。自分の父親の顔を頭の隅に浮かべながら、木綿子は思いいたった。継母のいじめを見て見ぬふりをしていた父親。

夏子は淡く苦笑した。

「親も、時として見放したり罰したりします。でも、最後には子供を守りきります。もっとも、虐待する親もいますから、絶対とは言えませんけど」

「そうね」

父親のことを思い出してしまった木綿子は、すでにこの話題に倦《う》んでいた。

「けっこうよ、来なくても」

木綿子は言葉を投げ出した。真意をはかれず、夏子は泣きそうな顔になった。木綿子は、うんざりしながら説明した。

「一週間、午前中だけ仕事をしてくれればいいわよ。土曜はまるごとお休みなさい。絹恵さんが移ってくるのは日曜あたりにしようと思っていたけれど、明日の午前中にしてもらいましょう。そうすれば、休日出勤する必要もないわ」

「ありがとうございます」

夏子は、感謝感激の面持ちで最敬礼した。鬱陶しい。木綿子は、夏子を無視して食事にかかった。

夏子が土日に来ないということがあとあとどんなアイデアを生み出すか、この時木綿子は想像もしていなかった。

食後、木綿子は池袋署に電話した。

「刑事課の久野さんお願いします」

『どちらさんですか』

「昨日の事件で情報を提供した者です」

『待ってください』

受話器から「久野さん」「え、誰」などという声が聞こえてくる。間もなく久野の声が流れてきた。

『もしもし。どちらさん？』

「昨日はどうも。尾形さんの遺体の発見者の朝倉です」

久野は、うーっという犬が唸るような声を出した。おそろしくぶっきらぼうに、

『なんの用です』

「そろそろ尾形さんの解剖結果が分かっているかと思いまして」

『あれは自殺です』

久野の声には自信がこもっていたが、木綿子は当然信じられなかった。

「なんですって。ちゃんと解剖したんですか」

『ちゃんともなにも、縊死の痕跡しかなかったし、遺書も出てきましたからね』

「まさか」

『疑うなら葬式に行ってみればいいでしょう。本当はこんなことあんたに教える必要なんかないんですよ。失礼』

音高く電話が切れた。

木綿子はしばらくの間混乱していた。遺書が出てきた？　どこから？　昨日机の周辺を探

したけれど、白紙一枚しかなかったではないか。いや、もちろん、遺書を求めて室内を調べたわけではないから、見落としたこともありうる。鍵のかかった引き出しに入っていたのかもしれない――どうして自殺者が遺書をわざわざ鍵のかかった場所に後生大事にしまうわけがあるだろう。

遺書なんかどうせ偽物に決まっている。木綿子は、なんの根拠もなくそう結論した。それにしても、確認してみる必要はある。尾形の葬儀に行ってみよう。木綿子はふたたび受話器をとりあげた。尾形を紹介してもらった富樫の短縮番号を押す。

『もしもし』

富樫はまだ眠っていたのか、ひどく間延びした声で応じた。木綿子はいきなり言った。

「尾形さんが殺されたのは知っているでしょう。彼のお葬式に行きたいの。場所、知っている？」

十秒もの間、富樫は沈黙していた。それから、聞いた。

『誰が殺されたって？』

「尾形さんよ、探偵の、あなたに紹介してもらった」

『尾形が殺された……久雄君が死んだって？』

「知らなかったの」

『初耳だ。いつのこと』

「昨日の昼、私が見つけたのよ」

『ちょっと待って。尾形に電話してから、かけ直すよ』

富樫が電話する尾形というのは、尾形の兄のことだろう。富樫と尾形の兄が大学時代の友人という関係で、富樫は尾形を木綿子に紹介したのである。

電話の前でじりじりと待つ。そういえば、新しい探偵を雇うためにアメリカのドール探偵に依頼しているのに、その返事もまだ来ない。時計を見る。十一時半、ニューヨークでは宵の口だ。国際電話をかけようとしたとたんに、ベルが鳴り出した。富樫からだった。

『もしもし、さっきの話はどういうこと？』

開口一番、富樫は聞いた。声に怒りがある。

「どういうって、どういうことよ」

『久雄君は自殺だっていうじゃないか。あなたが他殺だなんて言うものだから、恥をかいてしまった』

「遺書のことを言われたの？　嘘よ、そんなの。どうせワープロかなんかで打ったものでしょう。本人が書いたとは断定できないにちがいないんだから」

『見たの』

「見てはいないわ。事務所の中にはなかったもの」

『じゃあ、尾形の言うことにまちがいはないよ。彼は弟の筆跡だったたって言っているんだから』

木綿子は顔をしかめた。自筆だったのか。しかし、それだって字を真似ることはできる。

「お通夜やお葬式はどこで行なわれるの」

『話を聞きに押しかけるつもりかい』

「当然よ。殺人事件を自殺として葬り去られちゃ正義にもとるわ」

『正義！』富樫は吐き出すように言ってから、『教えないよ』

「トンちゃーん！」

『そんな甘い声を出しても駄目。事情が事情だけに、家族だけで密葬しようとしているんだ。僕だって断られているのに、あなたを出席させるわけにはいかないよ』

「そんなことを言うんだったら、私達の関係はもうおしまいよ」

『そんなもの、とっくに終わっているじゃないか。もうあなたの父親がわりはごめんだよ。エディくらいの年の男を探したら』

電話が切られた。久野ほど激しい勢いではなかったが、こちらも受話器をフックに叩きつけたようだ。

木綿子は、しばらく頭が熱くなって冷えなかった。なんて勝手な男だ。ニューヨークで私がいいお客を紹介するとか何枚か絵を買うとかしなかったら、とっくに父親から勘当されていたにちがいない放蕩《ほうとう》息子のくせに。それに、エディが生きているうちからニューヨークに仕事だと称して現れては私を口説いたくせに。日本に帰ってから、ステディのように付き合ってあげたら、二年かそこらでもうご立派な口をきく。

父親がわりはできないですって？　父親になれる柄でもなかったくせに。第一、私は男に父親なんか求めていない。なにを勘違いしているの。はじめから恋人関係じゃなかったのだから、この場合おしまいになる関係は商売までひっくるめたすべてだということが分かっているのかしら。分かっていないに決まっている。なにしろ父親どころか生まれたての赤ん坊のように甘ちゃんなんだから。

目の前に、夏子が立った。緊張した面持ちだ。家政婦に緊張させるような雰囲気を発散していることに、木綿子は気づかない。

「なに」

「帰っていいでしょうか。畳屋さんがまだいるんですが」

掛け時計に目をやると、十二時をすぎている。

「どうぞ」

「ありがとうございます」

夏子は嬉しそうに帰っていった。

誰も彼も私よりも生き生きと生きている。木綿子は怒りにかられた。私だけが世界から見捨てられたみたいだ。幸運の女神も愛の女神もこの手に大切につかまえていたはずなのに、いつの間にかすりぬけてしまっていた。夫には死なれるわ、癌にはなるわ、息子は殺されるわ、雇った探偵は仕事半ばで殺されるわ……私はなにもまちがったことをしていないのに、こんな仕打ちってあるだろうか。私の運命を描いた神がいたとしたら、この手で報復してやる。

神？　ああ、神っていうのは継母と父親のことか。神のことなど考えるのはやめよう。怒ってばかりいても事態は改善されない。木綿子は目のふちを濡らした涙を手の甲でぬぐい、なんとか気持ちを切り替えた。尾形の葬儀に行けないなら、重要参考人達と接触する作業にかかればいい。

それにしても、新しい手足がほしい。木綿子はニューヨークの探偵に電話した。ドールは事務所にいた。木綿子がEメールさえできればすぐに返事ができるんだが、とかなんとか依頼者のせいにしつつ、ドールは恵哉を探し出すのに使った日本人探偵の連絡先をファックスで送ってよこした。

事務所の住所は新宿だった。名称は「根岸《ねぎし》探偵社」。我が事務所と提携している大きな探偵社だ、とドールは説明した。その中でもとびきりの探偵は所長の根岸耕造《こうぞう》だから、そう指名するように。

とびきりの探偵。尾形はそう言いがたかった。富樫なんぞに紹介してもらったのが、そもそものまちがいだったのだろう。今度こそ事件を解決できる探偵にちがいない。木綿子はそう信じた。

III

「ウッ、ウッ、ウウ、ウ、ゥ、ゥゥゥ」

痛い痛いぞなんでだカモネギが痛いぶたないで父さんそれは学校に払う助けて母さんどこおまえなんか殺してやる俺は親父とはちがういつか一旗あげてアメリカンドリームございませんああ心のオアシスけっ結婚結婚してください子供かあ俺は親父とはちがうちょっとした浮気皿割るな俺は親父とはちがうアルバイトもせずごろごろこの金食い虫の餓鬼え税金だってなんの世話にもなってないのに俺は親父とはちがうちょっとあそこをしぼっていまさら戻ってくるか中風やみ俺は親父とはちがうこの不景気ですんません渋谷の一等地俺も女ならアメリカンドリームビルおまえはいい奴だカモネギだ食うぞ食うぞ痛たたたくそったれ俺は親父とはちが

24

根岸探偵社は、新宿といっても、大久保駅に近い場所にあった。ごちゃごちゃした町の一角の、尾形探偵事務所が入っていたのとさして変わらない五階建てのペンシル・ビル、その三階。

エレベーターは、尾形探偵事務所が入っていたビルのものよりは揺れなかった。三階で降りると、すぐ目の前に磨りガラスのはまったドアがあった。ガラスには、金文字で仰々しく「根岸探偵社」と書かれてある。

ドアのむこうから、話し声や足音など複数の人間がいる気配が漏れていた。大きいというほどではないにしても、尾形探偵事務所より本格的な組織であることは確かだ。

木綿子は、軽くノックしてからノブをまわした。

まず現れたのは、三方を黄色のパーティションでかこった狭い空間だった。パーティションにはパソコンで作ったらしいチラシが何枚も貼られている。「お子さんの行動を調査いたします……お子さんがいじめられていないか、ご心配のある方、ご相談ください」「ストーカーに狙われていませんか……当社ではストーカーを完全に封じ込めます」「現代は盗聴社会です……盗聴されていないかどうか一度調べてみませんか」。尾形よりはるかに手広く仕事をしているらしいと分かる。

受付と書かれた札の立った机があったが、人はいなかった。よく見ると、机には「御用の方はこのブザーを押してください」と紙が貼ってあり、横にボタンがあった。木綿子はボタンを押した。

待つこともなく、目の前のパーティションと右手のパーティションの隙間から男が一人現れ出た。よくこの狭い間を通りぬけられるものだと感心するような大男だ。赤ら顔でもみ上げが長く、薄紫色のワイシャツに太い縦縞の茶色いズボンをサスペンダーで吊っている。年は木綿子と同じくらいだろう。路上で出会ったら、ヤクザと見まちがえそうだ。

「なんでしょう」

男は雰囲気からは想像もつかない、グレゴリオ聖歌が似合いそうな声を出した。

「ええと、根岸さんをお願いしたいんですが」

「どなたです」

「ニューヨークのウイリアム・ドール探偵から紹介されました。朝倉木綿子といいます」

「ああ、ビルから」

と相手が相好《そうごう》を崩したので、木綿子は内心げっそりした。

「あなたが根岸さんですか」

「そうです。そうです。ビルからあなたのことは聞いていましたよ。ビルとは、僕がアメリカを放浪した学生時代に出会って、それ以来の親友です。日本とアメリカで最高の探偵になろうと誓い合った仲ですよ」

「最高の探偵さん、にしちゃ、ちょっとお派手じゃありませんこと」

根岸はきょとんとした顔をしてから、ビロードのような笑い声をたてた。

「そんなことはありません。探偵というものは、環境に馴染まなければならんものなんです。この町で目立たずにいるには、これくらいがちょうどいいんです」

「そんなものですか」

納得したわけではないが、まあ、有能でさえあればなんでもいい。

「ちょっと待って。背広をとってきます。ここの応接間はいっぱいなんで、外へ行きましょう」

左右のパーティションのむこうからは声が漏れている。応接間がいっぱいというのはハッタリではないだろう。二つしかない応接間だって、二つとも埋まっていればいっぱいに変わりはない。

十分後、木綿子と根岸耕造は近くの喫茶店でむかい合っていた。出てきたコーヒーはどろ水のようだったので、木綿子は手をつけなかった。根岸はどろ水をおいしそうに飲み、まるでスポンジで作ったように見えるサンドイッチを二人前たいらげた。遅すぎる昼食か早い夕食、それとも間食かもしれない。

木綿子は、この人は真面目に聞いてくれているのかしらと怪しみながら話した。織田事件から始まって、恵哉の自殺、尾形の死、木綿子自身の推理。

「小林陽輔、中村理佐子、鈴木仁美、この三人が絶対に事件の鍵を握っているんだと思うんですよ」

そう言って、話を終えた。すでに食べ終えていた根岸は腕を組んでまぶたをとじていたのだが、そこで目を開いた。

「あなたの推理は的を射ていると思いますよ」

そう言った。

木綿子の推理に共鳴してくれたはじめての人物だ。木綿子は根岸を見直した。ヤクザに見えて、なかなか優秀な人物のようだ。

「三人の行動は実に怪しい。高校生だからといってあなどっちゃいけません。最近の高校生は大人顔負けのことをしますからね。あるいは、売春がらみの組織さえこしらえているかもしれない」

「売春組織？　それが今度の事件となにか関係があるとでも？」

木綿子の脳細胞が忙しく働いた。

「織田さんが三人の所属する売春組織に接近しすぎたために消す必要があったとか、そういうことかしら。その場合は、ヤクザもからんでいるかもしれないわね。とするなら、あれほど残酷な殺人事件になったとしても、おかしくはない」

「いやいや」と、根岸は早口で割り込んだ。「売春の背後にヤクザがいる可能性があるとしても、殺人の件は見るからに素人のやり口です。高校生達が単独で動いたんだと思いますよ。まあ、今回は売春組織のほうまで手をつける必要はないでしょう。朝倉さんが暴きたいのは、恵哉君が無実の罪をかぶって殺された件でしょう」

「ええ。その通り。その過程でなにが出てこようと出てこまいと、私は興味ないわ」

「分かりました。それじゃ、織田事件の解決に全力を注ぐということでいいですね。なに、簡単なことですよ。女の子をちょっと締めあげればいいんです」

と、根岸は邪気のない人のような笑みを浮かべた。木綿子は、目をしばたたいた。

「締めあげるって、文字通りの意味？」

「そうです」

木綿子は、ほんの二分の一秒ばかり考えた。根岸が荒事に走るとは思ってもいなかった。容貌から言ったらおかしくはないのだが、有能な探偵がそのような実力行使で事件解決を申し出るのは不可解だ。だが、もしかしたらこれは、木綿子の望みがかなう絶好の機会かもしれない。

「締めあげるなら、私もしたいわ」

葉巻に火をつけようとしていた根岸の手がとまった。しかし、その顔に驚きはなかった。

「いいですよ」

あっさりと言った。

「いつごろになりそう?」

「今日は無理でしょう。まず情報を収集する必要があります。早くても明日の夜」

「私は明日の夜からずっと待機していなければならないの」

「不満ですか」

「日にちをはっきりさせておきたいわ」

「よろしい。土曜の夜としましょう。鈴木仁美をホテルに連れ込みます。売春しているなら、たやすいことです。朝倉さんはあらかじめ同じホテルの別室にいて、私の呼び出しを待っていてください」

「ラブ・ホテル？」

「まさか。朝倉さんはそんなところには足を踏み入れたくないでしょう。新宿辺りの高層ホテルにしましょう。部屋代は少々高くなりますが」

昏のはしが好色そうにめくれあがった。この男、仕事よりも欲望が先行しているのじゃないかと木綿子は疑ったが、不問に付した。

「ホテルはやめましょう。悲鳴でもあげられたら、元も子もないわ。私のうちへ連れてきて」

「お宅へ？　でも、お宅は家政婦がいるんじゃないですか」

「どうしてそれを？」

「そりゃあ、海外から来た話の場合、クライアントを確認するくらいはさせてもらいませんと。違法行為を引き受けるわけにはまいりませんからね」

ニューヨークのジェイコブ病院妊娠サービス・センターで木綿子の卵子提供を受けたカップルを探し出したのは、ドール探偵である。ドールから根岸に依頼した仕事は、これらのカップルの追跡調査だったはずだ。つまり、子供が順調に生まれ育っているかどうか。ドールが追跡調査の目的をべらべらしゃべらないかぎり、根岸の目には普通の人探しとしか映らなかったはずである。違法行為うんぬんなどと考えてクライアントの身元調査をするなど、越権行為もはなはだしい。しかし、もしかしたらこの男、とんでもなく嗅覚がいいのかもしれない。

この嫌らしい男に、私の秘密を握られてしまったのだろうか。木綿子は憮然となった。

「未成年者とラブ・ホテルに行くことだって、違法行為でしょう」

「なにをおっしゃいます。ホテルへ行ったからといって必ずナニしなければならないわけじゃありませんよ。良識のある大人は、高校生の売春婦がいたら、お説教するものです」

「だったら、ホテルに連れ込む必要はないわね」

「そう、いつもは路上でたくさん。だが今回にかぎっては、密室でなければ目的が達成できません」

「密室は不要よ。そんな違法になりそうなことはしません。ちゃんとお客さまとしておもなしします。根岸さんは、鈴木仁美をうちに連れてきてくだされればけっこう」

「ほう。家政婦の目も耳もかまわないと？　尋問はあなたがなさると？」

「ええ、そのつもりです」

実際には土日に、夏子はいない。代わりに絹恵がいるだろう。しかし、絹恵だって恵哉の事件の真相が分かると知れば、つべこべうるさいことは言わないだろう。

しばらく、根岸は黙って葉巻をふかしていた。やがて、つぶやくように言った。

「素人さんにはむずかしいと思いますがね」

木綿子は、ただにっこりと優雅に微笑した。

根岸は、外国人のように肩をすくめた。

「ま、クライアントがそれでよければ、私どももいいんですがね」

それから、話は料金に移った。根岸は、三日間の仕事としては高すぎる金額を提示した。木綿子はねぎった。ねぎらなくてもよかったのだが、最初から言い値を飲んで甘く見られたくなかったのだ。

三十分あまりの交渉ののち、双方ほんの少しずつ譲歩して、話がついた。

25

絹恵は、この三日ばかり流れに身をまかせて生きていた。いや、それをいうなら、恵哉を逮捕するために警察が踏み込んできて以来、主体的な生き方を捨ててしまっていた。母親を問いつめにいった時だけ、心が起きていたと言っていい。

そんな具合だから、昨日桜亜由子から金曜日の午前中に越してきてほしいと言われた時も、なんら異議をとなえなかった。千歳が丘から引っ越した際に家財道具のあらかたを処分したとはいえ、この2Kのささやかな部屋にもけっこう荷物はある。たった半日で荷造りするなど大変な作業だ。それでも、絹恵は黙々と段ボールに荷を詰めつづけた。翌日、亜由子が手配した引っ越し業者が来た時には、ほとんどの作業は終わっていて、あとは家具を梱包するだけになっていた。徹夜作業の結果だった。

荷物を出したあと、絹恵自身は電車で渋谷の桜宅へ行った。あらかじめ言われていた通り、そこの表札は「桜亜由子」ではなく「朝倉木綿子」となっていた。桜亜由子というのはコラムニスト用のペンネームなのだと、木綿子は説明した。桜亜由子などというコラムニストの名前は知らなかったが、絹恵は怪しまなかった。

木綿子の家は、絹恵の実家より小さかったが、千歳が丘の昔の家より大きかった。そして、両者よりはるかに見栄えがよかった。一階と二階の一部分は煉瓦造り、二階の大部分は白壁にして蔦を這わせている。重厚でいながらロマンチックな建物だ。渋谷という立地も、絹恵のこれまでの環境とかけ離れている。大都会の真ん中で邸宅に住むのが、絹恵の若いころの夢だった。やさしい夫とかわいい子供達にかこまれて。

夫と子供を失ったあとで、こんな家に住むことになるとは想像もしていなかった。

人生をやり直せるだろうか、この家から。絹恵は自問自答して、首をふった。もう遅すぎる。すべては終わってしまったのだ。どんな夢も見るだけあとの失望を大きくさせるだろう。

まして、絹恵をここに呼びよせたのは、白馬の王子さまでもなんでもない、少々得体の知れない女なのだ。夢の入り込む余地はない。

　引っ越し荷物は絹恵より先についていて、おろしている最中だった。木綿子が玄関前に立って、業者を指揮していた。今日は白いシャツ・ブラウスとジーンズ姿で、ダイヤのピアスが頭を動かすたびに光る。躍動的で、どこが病気なのだろうと首をひねりたくなる外見だ。

　絹恵が近づくと、木綿子は張り切った声で言った。

「遅かったですね。勝手にやっちゃってましたよ」

「すみません。駅を出てからちょっと道に迷ってしまって」

「あら、タクシーでいらっしゃらなかったのね」

　木綿子はあくまで金持ちの発想だ。

「私、なにをすればいいでしょう」

「ああ、ここで私の代わりをしていてください。私、家の中で指図をしますから」

　木綿子の代わりといっても、ただ立っているだけである。引っ越し業者はすでに荷物を運ぶべき場所を心得ているらしく、きびきびと作業をこなしている。絹恵が到着してから五分も経たないうちに、荷おろしは終わった。

　絹恵は、恐る恐る家の中に足を踏み入れた。玄関で靴を脱ぐ、普通の日本家屋だ。外見と異なり壁も床も天井も材質は木材で、親しみやすい。広々とした玄関ホールに、なにやら壊れた自転車と鉄の塊のオブジェが置いてあるのは普通ではないけれど。

「お邪魔します」

廊下にずっと引っ越し業者の布が敷いてあるので、どこに荷物が入ったのか分かる。広い玄関ホールの正面にある階段の裏が、その部屋だった。

部屋ではすでに梱包が解かれはじめていた。木綿子が段ボールのひとつを開いている。さすがに絹恵は慌てた。段ボールには下着なども無造作に詰め込んであるのだ。

「あ、それは私がします」

「あら、そう。遠慮しなくともいいのに」

木綿子は、不満そうな顔で段ボールを開く手をとめた。

絹恵は部屋を見回した。畳が敷いてあるが、隅々にはフローリングの床が覗いている。洋室を大急ぎで和室に変えたようだ。大きさは五畳ばかり。ほかに物入れがあるが、半間くらいしかない。いくら荷物が少ないとはいえ、2Kにあった物を全部おさめきれるだろうか。

そう思って見ると、すべての荷物が入っているわけではないようだった。

「ああ、冷蔵庫はキッチンに置くことにしました。絹恵さん専用ということで家政婦さんには言っておきますから」

絹恵の不審を察したのか、木綿子が説明した。

「あとテーブル・セットは、空き室に運びました。必要ないと思うんで」

「机も見当たらないようですが」

「恵哉君の学習机？」

木綿子の目が硬い光を放った。

「二階の洋間に入れました。畳の部屋にはむいていないと思うので」

あれは、恵哉が日夜使っていた物の中では手もとに残された唯一の品だった。しかし、畳の部屋には入れられないと言われると、反論できない。わざわざ和室にしなくてもよかっただろうにとは思うけれど。

「恵哉君にかんする物があったら、全部洋間に運びましょう。選んでもらえますか」

「あ、いえ、机しかないんです。ほら、この前も言ったように全部警察のほうに……」

言いかけて、絹恵は口をつぐんだ。引っ越し業者に聞かせたい話ではない。木綿子は眉をひそめた。

「衣類やなにかも？」

「何点かもっていきました」

「あいつら丁寧に扱ってくれているかしら。じきに返却してもらうんだから」

こんな邸宅の女主人とも思えない乱暴な口調だ。

「返してくれるものなんでしょうか」

「当たり前ですよ。犯人でもないのに。ひとつでもなくしていたら、訴えてやるわ」

絹恵は、不思議なものを見る思いで木綿子の紅潮した頰を眺めた。木綿子の、恵哉にたいするこの強い愛情はどこから来ているのだろう。達哉に恋していたとしても、会ったこともない息子にまで興味以上の感情を示すものだろうか。

引っ越し業者が帰ってから、絹恵は家の中を案内された。

一階には、絹恵に与えられた即席和室のほかは、さほど広くない応接室、一続きの部屋として使えるリビングとダイニングがあるだけだった。応接室はロココ調の家具で華やかに飾られているが、リビング・ダイニングはジープを乗りまわす女性にふさわしい北欧系のモダンなインテリアである。横羽目板張りの壁には、さまざまな絵や写真がかかっている。中には、カンディンスキーやピカソの作品ではないかと思われる油彩や版画もあった。

二階には、木綿子の部屋のほか、三部屋あった。

木綿子の部屋は寝室と居間に分かれていて、寝室にはバスルームがついている。どちらも家具はアール・ヌーボー調で、びっくりするほど豪華というわけではないが、お洒落でなおかつくつろげる雰囲気に仕上がっていた。

木綿子の部屋の隣は十五畳ばかりの洋間だった。そしてそこに、恵哉の机がおさめられてあった。

「客用寝室だけれど、最近お客を泊めることがないので、ちょうどいいかと思って」

木綿子は説明した。

しかし、客用寝室にしては、誰か特定の住人のためにしつらえたようなインテリアだった。ドレープのいっぱい入ったカーテンと毛足の短いカーペットはともに青色で、乳白色のガラスのシェードのフロアランプからこぼれる光を受ければ、なんだか海の底、あるいは宇宙にでもいるような心地がするのではないだろうか。天板がガラス製のテーブルに帆船の模型が置かれ、ベッドも船形で、ますますその雰囲気を強めている。ベッドの頭上の壁には誰の作品だろう、「イエローサブマリン」の歌詞を思い起こさせるシルクスクリーンがかかっている。

若い男が夜ごと船出するための部屋、とでも言ったらいいだろうか。どこへ船出するのだろうと首をめぐらせば、太陽系を描いたシルクスクリーンに目が行く。

そういう中に、恵哉の安物の学習机が置かれているのである。なんとも珍妙な光景だ。文句を言う筋合いではないにしても、木綿子はどこかおかしいのではないだろうか。

「あとの部屋は」と木綿子は、ホールをはさんだむかいがわに並ぶ二つのドアを指さした。

「明日、人を迎えます」

どこか決然とした調子だった。どういうことか分からなかったので、絹恵は曖昧に首を動かした。

「絹恵さんにも世話を手伝ってもらいます」

「はあ……」

勧められるままに引っ越してきてしまったけれど、いったいこれからどんな生活が始まるのだろう。お手伝いとしてこき使われるのだろうか。失職間近だったことを考えれば、運がいいと言えるのかもしれない。そう、悪夢の中のほんのささやかな幸運。しかし、絹恵の胸には不安の芽が小さく頭を覗かせていた。

26

夜の食事は、近くの店からピザとサラダを配達してもらった。飲み物は一本数千円のテーブル・ワイン。十人は座れるマホガニー製のダイニング・テーブルに、女が二人むかい合って、デリバリィの夕飯をとっている。花もなければキャンドルもない。なんだか一人でいる時よりも侘しくなったのではないか。

木綿子は、絹恵が夕飯を作ると申し出るかと思っていたが、なにも言わなかった。まったく気がきかない女だ。これでよく子供を育てられたものだ。恵哉はずいぶん不自由な思いをしたのではないだろうか。

「絹恵さんの得意料理って、なんです」

木綿子はピザを食べながら聞いた。


絹恵は体を硬くした。ああ、お手伝いとしての資質を問われはじめた、と思った。料理はそんなに好きじゃなかったと、正直に答えたほうがいいだろうか。

「得意っていうわけじゃないんですけど、ケーキを焼くのが好きでした」

「あら、じゃ夕飯はケーキだったりして？」

「さすがにそういうことはしませんでしたけど」

「出来合いの惣菜ですましていたということではないでしょう」

「そういうこともありました、忙しい時には」

「専業主婦だった時にも忙しかったことってあるんですか」

木綿子はしつこい。絹恵はちくちくと小さな針で刺されている心地だ。

「それは……もちろんありました。ＰＴＡの集まりなどもありましたし」

木綿子はほんの少し顔を輝かせた。

「ああ、ＰＴＡでなにかやっていたんですか。日本の学校って、親がＰＴＡの役員をやっていると子供にもいい影響があるのでしょう」

「ええ、まあ、そうです……」

本当は役員などやっていなかった。主婦仲間とファミリーレストランで延々としゃべっているうちに夕飯の支度に間に合わなくなって惣菜を買って帰ることがよくあった、というのが実態だ。だが、それを言ったら、木綿子に責められそうで怖い。

「べつに家事をほっぽらかしにしていたわけじゃないですよ。お料理より掃除やお洗濯のほうが得意だっただけで」

絹恵の口調が弁解がましくなったところで、木綿子は話をもとに戻した。

「私、最近肉料理はひかえているんです。魚料理が得意だと嬉しいわ」

「お魚さばくの苦手なんです。お歳暮で鮭をいただいたりすると、主人がさばいてくれました」

「幸せな奥様だったのね」

絹恵は痛そうな表情を見せた。こんな邸宅で自由気ままに暮らしている木綿子に揶揄される身ではない、とでも思っているのだろう。木綿子は、絹恵の精神状態など知りたいわけではなかった。

「じゃ、食卓にはもっぱら肉料理が出てきたんですか」

「そうですね。主人も息子もお肉のほうが好きでしたから」

そうそう、そういうことが聞きたかったのだ。

「恵哉君はお肉以外になにが好きだったんです」

「あまり好き嫌いのない子でしたから、私が作ったものはなんでも食べましたよ」

「ハンバーグとか卵焼き？」

「小さいころは、それさえ与えていれば満足って感じでしたね」

与えている。ふむ、まるで動物に餌を与えるような言い方だ。

「小さい子の好物って、だいたいそうですよね」

「よく知っていらっしゃるんですね。もしかしてお子さんを育てた経験がおありなんですか」

アメリカでベビーシッターをしこたまやった。しかし、そんなことを絹恵に打ち明けるつもりはない。

「いいえ、とんでもない。私、子供嫌いなんです。うるさいから」

じゃあ、どうしてこの人は恵哉のことをいろいろと気にするのだろう。絹恵は腑に落ちない。

「絹恵さんは子供はお好き？」

「さあ。どちらかといえば、嫌いなほうかもしれません」

木綿子は軽く眉を吊り上げた。

「それなのに、子供をもったんですか」

「それとこれとはべつです。結婚して子供が生まれるのは当たり前ですから」

「結婚したから子供を産んだ、っていうんですか。それって、無責任じゃないですか」

「無責任？」

あ、ここでも子供を産んだことを非難されるのかと、絹恵は身が縮む思いだ。

「でも、私、子供がほしかったんです。ほしくてほしくてたまらなかったんです」

「ペットにするために？」

私の育て方がまずかったから、恵哉があんな事件を起こしたと言いたいのだろうか。しかし、この人は恵哉の無実を信じているはずだ。

「私は、恵哉をペットになどした覚えはありません。子供は愛玩《あいがん》するための存在じゃないでしょう」

「もちろんちがうでしょう。でも、じゃあ、人はなぜ子供をもとうとするのかしら。種の保存のため？　それも真実っぽくないわ」

「子供がいない家庭はなにか完結していないように思いませんか。というか、子供を産み育てるのは、生き物の本能のようなものではないでしょうか」

「でも人は、本能が壊れてしまった生き物ではないかしら。私は、それを否定したり、いけないことだと非難する気はないんです。生殖年齢に達したからといって、生殖行為をしたからといって、なぜ子供をつくらなければならないんです。家庭には子供がいなければならないというのは、本能の代わりに文化を手に入れた生き物として、つまらない強迫観念だと思いますよ。私は結婚に際して、子供のことなど考慮しませんでした。絹恵さんだって、子供が好きでたまらなかったんじゃないかぎり、夫婦二人の家庭を築くという選択肢があったんじゃないですか」

　いったいなにが言いたいのだろう、この人は。恵哉が最新の医療技術で授かった子だということを知っているのだろうか。もしかしたら、私が知らないところで達哉と接触をもっていた？　どちらにしろ、絹恵はこの話から逃げたかった。

「あの肖像画は、亡くなられたご主人ですか」

絹恵は、リビングの壁にかかっている三十号大の油彩画を指さした。数ある絵の中で、肖像画とおぼしい人物画はそれだけだった。銀髪に青い瞳、小太り、カーディガン姿の紳士が、テーブルに片肘をついて穏やかに微笑している。もう一方の手にはパイプ。木綿子の父親といっても通用しそうな年齢に見えるが、黒髪黒目の木綿子の父親が青い目をしているわけはない。写実的なタッチだから、仮想の色使いでもないだろう。

木綿子の頬に血の色がのぼった。

逆襲が来るとは思わなかった。おとなしそうな顔をして、けっこうな牝狐《めぎつね》だ。

「あら、夫が老人だったから子供ができなかったわけじゃありませんよ。つくろうと思えばつくれたんです。でも、二人の時間をエンジョイするほうが、私には重要だったんです。私達、年がちがっていても気が合って、遊ぶことに夢中だったんです」

観劇、旅行、パーティ、セーリング、ハンティング……結婚するまでは高嶺《たかね》の花だった数々の遊びを楽しむためには、妊娠などしている暇はなかった。それに、つくろうと思えばつくれたというほど、エディは威勢のいいしろものじゃなかったし。

いっそのこと、精子バンクからとびきりの精子を選んで体外受精し、受精卵は代理母にあずければよかった。どうして気がつかなかったのだろう。まあ、こんな未来が待ちうけているとは知らなかったから。予知能力があれば、人はみなもっと賢く行動できるのに。

「いえ、そういう意味で言ったんじゃないんです。ただずっとあの絵がどなたか気になっていたものですから」

絹恵が赤くなりながら言い訳した。木綿子は自分の思いにとらわれていた。

「予知能力があれば、私ももっとちがう生き方があったんですけどね」

予知能力があればもっとちがう生き方……本当にそうだ。これからなにが起こるか分かっていれば、あのクリスマス・イブの夜、私は達哉を残してディナーを食べにいくことなどしなかった。私がいさえすれば、達哉は早い手当てで一命をとりとめたにちがいないのだ。そうしていまごろはまだ、三人で幸せな生活を続けていられただろう。恵哉もあんなことにならず。

いや、それよりも、私は達哉と結婚すべきではなかったのだろうか。達哉は眼前の人と結婚したほうが幸せだったのだろうか。

「あの」絹恵は、ためらいをねじ伏せて聞いた。「桜……朝倉さんと達哉の間には、結婚、のお話でもあったのでしょうか」

木綿子は大きく目を見開き、それから吹き出した。絹恵が気を悪くするほど大笑いしてから、言った。

「つまり、それで私が絹恵さんをかまっているのだと思っているのね」

「ええ、まあ……そうです」

「それはとんでもない誤解ですよ。さっさと捨ててしまってください。私がいま関心があるのは、恵哉君だけです」

「でも、どうして恵哉に……一度も会ったこともないのに」

「会ったことがないからこそ、興味をそそられるんです。殺人犯の汚名を着せられて殺された少年がどんなふうに生き、どんなふうに死んでいったのか」

絹恵は、どうしても納得できない。

「小説とかドラマを見るような興味ですか、それは」

「楽しんでいるように見えたら、それは心外です。私は、心の底から恵哉君の身に起きたことを悲しんでいます。もしかしたら、絹恵さんよりこの思いは強いかもしれない」

木綿子の口もとがかすかに震えている。芝居しているようには見えなかった。だから、ますます絹恵は混乱する。

「絹恵さんは、だって、私が行くまでは本当に恵哉君が殺人を犯して自殺したと信じていたわけでしょう。もしかしたら、いまも恵哉君を信じていないんじゃないですか」

木綿子は憤然と続け、絹恵は答えられずに目を伏せる。恵哉の無垢を信じたいけれど信じきれない思いの中で、ずっと揺れている。木綿子のようにいつでも確固としていられたら、どんなにいいだろう。人生で勝利を得るには、この強さが必要なのかもしれない。


木綿子は絹恵の態度に苛立った。恵哉の無実を疑うあんたには恵哉の母親を名乗る資格などない。私が恵哉の母親なのだ。そう叫びたかった。しかし、そんなことは口が裂けても言いたくない。卵子を売らなければならないほど貧乏だっただなんて知ったら、馬鹿にするにちがいない。この手の女はそういう精神構造をもっているものだ。

「明日、恵哉君の無実の罪を晴らしてみせます」

木綿子は怒りを飲み込んで言った。絹恵はびっくりしたように目をあげた。

「あなたにも手伝ってもらいます。そんなに自信のない様子はしないで」

「ええ、でも……」

「でもはなし。恵哉君のことを話してくださいな。少しでも多く、恵哉君のことを知っておきたいわ」

「それが、無実の罪を晴らすのに役にたつんでしょうか」

「ええ、そうです。ああ、そういえば、恵哉君のビデオはないんですか。運動会とか入学式なんかの時の」

「ありますけど……」

「見せてください」

これこそ、木綿子が絹恵を自宅に招き入れた理由だった。こんなささやかなことになんてまあ、手間暇かけなければならなかったことか。

絹恵は実に奇妙な面持ちをしていたが、拒絶の言葉は口にしなかった。


夕食後、絹恵は木綿子にせつかれてまだ片づけ終わっていない荷物の中からビデオを探し出した。ビデオは五本ばかりあった。背表紙を見ると、ある親戚の結婚式のものなど写したことさえ忘れているものもあった。しかし、あまり多くはない。絹恵が機械に弱く、達哉がいる時でなければビデオ撮影ができなかったからだ。

リビングのテレビのカセット・デッキに入れ、木綿子と二人、クッションに座って画面に見入る。最初のビデオ・テープは、家族でディズニーランドへ行った時のもので、恵哉は三歳だった。撮ったあと、一度視聴したきりで、あとはラックの中にしまいっぱなしだったものだ。ホーム・ビデオなど、そういうものである。

まず、小さなリュックサックを背負った恵哉の後ろ姿が映し出される。遠景には、シンデレラ城が見えている。そうだ、この時恵哉は私の手を放して入り口にむかって駆け出したのだ。

『六月七日、恵哉君、はじめてのディズニーランドでーす』

達哉の説明が入る。その、ビデオ用にちょっと気取った声を聞いただけで、絹恵は目頭が熱くなった。

しばらくディズニーランドのあちらこちらが映し出される。画像はだいぶブレている。なにかの乗物の長い列で並んでいる絹恵と恵哉の姿をさっと舐めていく。

「タツニイはあんまりいいキャメラマンじゃないわね」

木綿子が渋い顔でコメントする。もっと家族の姿をじっくり写せばよかったのに、と絹恵も歯がゆい。

ミニーとミッキーにはさまれて面映ゆそうにしている恵哉のアップが来た。恵哉の後ろに絹恵が立っている。笑ってはいるが、疲れた顔。あちらで並びこちらで並びしたあとで、くたびれきっていた。幼児の体力はこういう場面になると抜群で、親はふりまわされっぱなしだった。もう帰ろうと言っても、もう一コもう一コと言って、夜暗くなるまでいつづけた。そのくせ、帰りの車の中では眠りこけて、家についても目覚めなかった——至福の時だったのだ。もう二度と帰ってくることはない。

見ていられなくなった。

「私、いいでしょうか」

絹恵は立ち上がった。木綿子は画像を一時停止して、絹恵を見上げた。

「あら、中学校の入学式のビデオには友達も写っているんでしょう。それを説明していただきたいのに」

「でも……」

木綿子は、しばらく絹恵を見上げたままだった。許してくれないのだろうか。絹恵は息苦しくなって、顔をそむけた。

「いいわ」

思いがけず、木綿子はやさしい声を出した。

「まだ落ち着いて見ていられるほど時間が経っていませんものね。お風呂に入って休んだら」

「はい。そうさせてもらいます」

絹恵は足早に居間を去った。

一人になった。木綿子は、必ずしも絹恵の説明が必要だったわけではなかった。恵哉の姿を独占できる。そのほうがずっと価値がある。

しかし、いまの絹恵の態度が少なからず木綿子の心を苛《さいな》んでいた。私は、恵哉の姿を求めて食い入るように画面を見つめている。はじめて動く恵哉を目にすることができるのだ。単純に嬉しい。しかし絹恵は、ビデオを見つづけることが苦痛なのだ。ビデオに切りとられた恵哉ではなく、生きて動いていた恵哉を知っているからだ。画面には映っていない多くの出来事が、絹恵の胸を通過していったことだろう。絹恵はそれらがすべて失われたことを嘆き悲しんでいるのだろう。

だが、私はといえば、過去にも未来にも恵哉の肉体に迫ることができない事実を嘆くしかないのだ。私のものであった出来事を失ったことを悲しむのではなく、出来事が私のものでなかったことを悲しむ。それしかできないのだ。

どんなにビデオを繰り返し見ても、私は絹恵に追いつけない。そう思うと、たまらなく悔しい。

テレビの中で止まっている恵哉の顔を凝視した。三歳の私の息子。あどけない眼差しとふっくらしたほっぺた、かわいらしい子供の理想像そのものだ。抱きしめると、きっと甘ずっぱい汗の匂いがしたにちがいない。

一時停止をとくと、恵哉は動き出した。癪《しゃく》なことに、動き出すやいなや背後の絹恵をふりかえり、なにかしゃべった。絹恵はうなずき、二人そろってミッキーとミニーにバイバイし、その後達哉の目線は妻子ではなくしばらくミッキーとミニーを追いつづける。なんて父親だ。息子を写せ！　怒鳴っても届かない。まさしく靴の上からかゆいところをかいている感じ。あんなに焦がれたビデオだったのに。

木綿子は深々と溜め息をつき、それでも画面を見つづけた。

27

土曜日、絹恵は寝坊した。昨夜、疲れているのになかなか眠れず、明け方にまどろんで目覚めたと思ったら、十一時近くになっていた。慌てて起きていくと、二階からおりてくる木綿子とかちあった。木綿子はすでにしっかりとメイクして、黒革のパンツ・スーツを着ている。血のようなルビーのイアリング、ペンダント・トップ、指輪。燃えたぎって（なにに？）、五歳は若返っている。

「出かけます」

木綿子はそっけなく言った。咄嗟に絹恵の口から出てきた言葉は、適切というべきか惚けているというべきか。

「はい、いってらっしゃい」

木綿子は、横目で絹恵を見た。

「戸締まりを厳重にして、ずっと家にいてくださいね。二時ごろまでにはお客を連れて帰ります。家の中から玄関ドアや門扉をあける方法は覚えていますね」

「はい。リビングにあるテレビ・ドアフォンの横のパネルで操作すればいいんですね」

「ええ。あ、そうそう。ケーキを焼いておいてもらえますか。材料は台所にそろっているはずですから」

「どんなケーキを？」

「そうね。恵哉の好きだったケーキでも作ってください」

「はあ」

お客に出せるようなケーキが焼けるかしら。このところお菓子づくりをする暇などなかったから。そう思ったが、口には出さなかった。

木綿子は出ていった。しばらくして車の音がした。居間の窓から覗くと、真っ赤なスポーツカーが車庫を出ていくのが見えた。ああいう車ももっていたのか。お金をもっていると戸締まりにも神経質になるのだろうな、と絹恵は考えるともなく考えた。

念のため、家じゅうのドアと窓をチェックしようとしたが、部屋のほとんどのドアは施錠されていて、中に入ることができなかった。

なんのことはない。絹恵が出入りを許された空間は、与えられた即席和室と居間、食堂、台所、トイレだけだった。信用されていないのだろう。もちろん、絹恵のほうも木綿子を心底信じているわけではない。

鯨の巨体に飲み込まれた小魚の気分。私はこの家から出ていけるのだろうか。この家の丈高いコンクリート製の塀と頑丈そうな鋼鉄製の門扉を考えた時、ふと思ったが、試してみる気力もなかった。

さて、客である。木綿子は、ちょうど下校時間に客を捕捉することができた。彼のかよう私立高校は土曜が休みではなかった。

「お昼ご飯を一緒に食べて、それから湾岸道路を突っ走りましょう」

そんな誘い文句を投げかけると、小林陽輔は怪しみもせず、フェラーリに乗り込んだ。

お昼を食べる場所、ということで自宅に連れ帰る。もっとも、そこを自宅とは言わず、看板をかかげていない会員制の高級フレンチ・レストランと称したのだが。

素直に信じたらしい陽輔は、家の中に入るまで、興味津々といった様子で辺りを観察するのに余念がなかった。

「政治家なんかも食べにくる？」

「来るかもしれないわね」

「こういうところってきっと、警備会社と契約して二十四時間警戒しているんだろうね」

「そうよ。だから、織田さんにしたみたいなことはできないのよ」

「でも、暗殺のプロならできるにちがいないよ——こんなところで食事したなんて話したら、ママはなんて言うかな」

陽輔は興奮気味だったが、玄関で絹恵に出迎えられると、呆気にとられたらしかった。絹恵のほうも、よほど思いがけない客だったらしい、こぼれ落ちそうな目で陽輔を見つめた。

先に言葉をとり戻したのは、陽輔だった。

「おばさん、ここで働いているの」

「え、まあ、そう。でも……」

絹恵は問う目を木綿子にむけた。木綿子は、しらっとして言った。

「ほら、探偵は事件の解決編で必ずすべての関係者を一堂に集めるものでしょう」

「事件て……」

言いかけて、陽輔は言葉を飲み込んだ。顔が心なしか青ざめた。

「ここはどこ」

木綿子を睨みつける。なかなか察しがいいようだ。

「私の家よ。ごめんなさいね。高級フレンチは用意できそうもないわ。佐伯さんは料理があまり得意じゃないそうだから。でも、ケーキはおいしいのが焼けているのでしょう。なんのケーキ」

「シフォンケーキです」

「ですって。好きだといいけれど」

「馬鹿にすんなよ。帰る」

陽輔は怒鳴った。絹恵はぴくりと肩を震わせたが、木綿子は大声ぐらいでは退いたりしない。

脱いだばかりの靴をはこうとしている陽輔にむかって、悠然と言った。

「そんなに短気なことをしていいの。鈴木仁美も来るのに」

陽輔は、足をとめてふりかえった。絹恵もびっくりした顔になっている。

「鈴木が、なにしに」

「もちろん、今度の事件にかかわっているからだわ」

「今度の事件って、織田さんの事件？」

木綿子は、陽輔の顔に視線を据えて言葉を継いだ。

「そして、恵哉君が殺された事件、尾形探偵が殺された事件」

「恵哉君が殺された？」

陽輔は眉をひそめた。そのまま木綿子を見、ついで絹恵を見た。それ以上の反応はない。高校生とは思えないほど図太い。

絹恵は陽輔に見られて、困ったように首をふった。その口から説明してやればいいだろうに、まったくたよりにならない。

「とにかく、お入りなさいよ。仁美ちゃんに会いたいでしょう。そして、事件の解決に立ち会いたいでしょう」

「なんの解決なんだか」

口の中でつぶやきながらも、陽輔は観念したように靴を脱いだ。

陽輔を家に上げると、木綿子はふたたび外出した。「絶対に陽輔を帰しちゃ駄目よ」と、絹恵に釘を刺して。今度は仁美を連れにいったのだろうか。

絹恵は、木綿子がなにを考えているか分からず途方に暮れた。とはいえ、木綿子の命令にはそむけそうもない。居間で陽輔とむきあっているのも気まずいから、台所で陽輔の昼食を作ることにした。木綿子は高級フレンチを食べさせると言ったらしいが、そんなものは能力外だから、手っとり早く牛丼にした。

その間、陽輔はおとなしくシフォンケーキを食べ、テレビでスポーツ観戦をしていた。時折、「打った」などと声をあげる。呑気なものである。どうも状況を把握していないらしい。もっとも、絹恵にしても、今後の展開はまったく見通せていなかった。

牛丼ができあがると、陽輔は食欲よくたいらげた。

「おいしい？」

「うん。牛丼なんて久しぶり」

「あら、そうなの」

「狂牛病騒ぎがあってから、うちのお母さん、牛肉断ちしてんの」

「え、だってあれはずいぶん前のことで、もう安全なんでしょう。病気の牛はちゃんと検査して、とりのぞかれているはずよ」

「ていうかさ、あの当時、牛が皮を剝かれて吊るされている場面が何度もテレビで流されたでしょう。あれを見て、すっかり嫌になったみたいなんだ」

絹恵は、陽輔の母親の神経質そうな顔を思い浮かべた。サラリーマンの家に生まれ育ったという彼女なら、そういうこともあるかもしれない。絹恵は、実家で鶏も飼っていてそれを絞めるのを見ていたから、生き物と食との間に殺生があることは承知している。

「恵哉君もそうだったよね」

「え？」

「牛が吊るされているのを見て、すごく萎えていたじゃない」

そんなことがあったかしらと考えたが、思い当たらない。

「牛肉はずっと食べていたわよ」

狂牛病騒動の時は牛肉の値段が下がって、ずいぶん助かったものだ。しょっちゅう牛肉を食卓にのぼらせていた記憶がある。

陽輔は「ふーん」と少し考えてから、

「うちのお母さんみたいに気持ちが悪いとかそういう次元の話じゃないから、食べることはできたのかもしれないね」

絹恵には意外な話だった。恵哉が狂牛病騒動の時にどんな感想を抱いたかなど、いままで考えてみたこともなかった。

「気持ちが悪いんじゃないとしたら、どんなことで萎えていたのかしら」

「だから、人間というのは、こうやってほかの生き物を殺して食べなきゃならないから大変だというか、厄介だというか……いや、そんな言い方じゃなかったな。滑稽だって言っていたんだな」

「滑稽だって、そう言いながら萎えていたわけ？　どういうことなのかしら。小林君には分かる？」

「分かりません」

陽輔は冷たく聞こえるほどきっぱりと言った。

会話が、途切れた。絹恵は、なにか聞いておかなければならないことがあるのではないかと思ったが、なにも考えつかない。

沈黙の隙間に、アメリカ大リーグの中継が入り込む。突然歓声があがって、陽輔はテレビに目を戻した。

「ホームランだ。逆転だ」

陽気に叫ぶ。

絹恵には陽輔の精神状態も分からない。それをいえば、木綿子の気持ちも分からない。この世は分からないことだらけだ。私はもうこの世で生きていく資格を失っているのかもしれないと、絹恵はもの悲しく考えた。

木綿子は、二人目の客をなんとかその自宅で捕捉した。初対面でもあるし、陽輔のようにドライブで誘い出すわけにはいかない。

「織田さんの事件で話があるの。小林陽輔君も出席するわ」

大ざっぱに説明すると、中村理佐子は簡単に木綿子の車に乗った。

理佐子は車中ほとんどしゃべらなかった。いまどき珍しいほど赤く染めた髪と濃い化粧で隠れているが、本質は知的な子なのではないかという印象を受けた。

理佐子の無口に乗じて、木綿子は詳しい説明を省いた。家についたのは四時十五分前。最後の客が来るまで、一時間かそこらである。

インターフォンを鳴らさず、自分の鍵で中に入った。居間に入っていくと、陽輔はそこでテレビを見ていた。ソファに寝そべって、自分の家のようにくつろいでいる。たいした心臓だ。もっとも、木綿子と一緒に理佐子が入っていくと、号令でもかけられたように起立したが。

床のクッションに座って陽輔とテレビを見ていた絹恵は、不思議そうに理佐子を見た。

「仁美ちゃんじゃないわね……」

とつぶやいた。どうやら、仁美を連れ帰ると思っていたらしい。

「中村理佐子さん、旧姓若山理佐子さんよ」

「ああ、理佐子さん……」

事件と理佐子とのかかわりについては、すでに話してある。それでも、絹恵は心もとない表情をしている。理佐子とはあまり面識がないらしい。

理佐子のほうも戸惑っている。恵哉の母親がここにいるとは思っていなかったのだろう。頭を下げるような下げないような格好をした。木綿子の予想外だったことは、理佐子が陽輔のほうを見ようとしないことだった。

「小林君の隣にでも座ったら。絹恵さん、ケーキを出してあげてください」

「あー、はい」

絹恵は立ち上がって台所へ行き、理佐子はソファの片隅に腰をおろし、陽輔も座り直した。

「なんで中村さんを連れてきたの」

陽輔は詰問するように言った。

「恋人同士なんじゃないの、あなた達」

「そんなんじゃないよ」

陽輔が言下に言い、理佐子が横目で陽輔を一瞥する。

「じゃ、利用する時だけ恋人だったんだ」

「なに、それ」

陽輔は呆れたように叫び、理佐子が木綿子を上目遣いで見る。

木綿子のスーツの胸ポケットで、携帯電話が震えた。木綿子は電話に出た。根岸だった。

『あと五分くらいで行けますが、いいですかね』

「いいわよ」

これで役者がそろう。木綿子は、体の芯からとろとろとエネルギーが流出してくるのを感じた。

28

根岸に連れられて、仁美が来た。

「ようこそ」

木綿子が玄関の扉をあけると、仁美はまばゆい光でも浴びたように目をしばたたいた。

アルバムで見たよりかわいい子だった。清純そうで、援助交際するようには見えない。制服のスカートもパンツが見えそうなほど短くはない。理佐子よりはるかにまともな姿だ。しかし、こういったタイプのほうが中年男性の需要があるだろうとは思う。

「この家の人？」

と、仁美は根岸をふりかえった。

「ご苦労さま。あなたはもういいわ」

仁美と一緒に入ってこようとする根岸を、木綿子は蠅を追う手つきで押しとどめた。根岸は軽くうなずき、足をひいた。

「こっちへ」

木綿子は仁美の手をとって、中へ導いた。

「え、でも」

仁美はひどく戸惑っている。それも当然かもしれない。援助交際するつもりだったのに男と切り離されたのだから。

背後でドアがしまる音を聞きながら、木綿子は仁美を居間へ連れていった。

絹恵、陽輔、理佐子が一斉に仁美を見、仁美も三人を見た。中学の同級生同士の当惑は頂点に達したようだった。

「なんなの、同窓会でも開いてくれるっていうの」

陽輔が苛立たしげにつぶやく。仁美と理佐子は顔を合わせて、にこりともしない。かといって火花が散る様子もなく、どういう関係なのか外からは見極められない。

「そんなにみんな硬くならないで、気楽にしてちょうだい。仁美ちゃん、ケーキはどう。恵哉君のお母さんの手作りよ。恵哉君の好物だったのよね」

「ええ」

「恵哉なんか……」

と、仁美が唇を噛んだので、木綿子はおやと思った。

「あなたは恵哉君と付き合っていたんでしょう。あ、嫌いになったから別れたのね」

仁美は、怖い目で木綿子を一瞥した。木綿子は思わず苦笑した。自分の母親ほどの女を睨むとは、まるで私の女子高生のころのようではないか。

「とにかく座って。織田さんの事件で話があるの」

仁美は、どういうこと？　と聞き返さなかった。観念したように座った。ソファの横のスツールである。絹恵が紅茶を全員に配り、ケーキを仁美の前に置いた。

「絹恵さんも座ってください」

木綿子と絹恵はそれぞれ、ソファのむかいの一人用の肘掛け椅子に席を占めた。

木綿子は、全員の顔を順繰りに見回した。みんな、これからなにが起こるのか固唾《かたず》を飲んで待っている様子だ。誰も怒って席を立とうとしないのは、やはり事件に関係しているからだろう。

「さて」と木綿子は、紅茶で唇を湿してから、にこやかに始めた。

「今日みなさんに集まってもらったのは、織田事件の真相を知りたいからなんです。もっと具体的にいえば、恵哉の冤罪を晴らしたいからなんです。恵哉は織田さん一家を殺したりはしていません。したがって、織田さんを殺した罪の意識から自殺するなんてこともしていません。殺されたんです」

陽輔は、さっき簡単な説明を受けていたためか、顔色を変えることもなかった。理佐子は息を飲み、仁美はまたしても睨みつける目になる。

「誰に殺されたのかは私が言うまでもありませんよね、小林君」

「おばさんがなにを言っているんだか、分からない」

陽輔は、冷笑を頰に浮かべて言った。

「あら、そう。正直にその口で言ってくれれば考えようもあったんだけれど。まあ、いいわ。ゆっくりいきましょう」

体の芯から流れ出ているとろとろしたエネルギーが徐々に熱さを増していく。それを、木綿子ははっきりと自覚した。

「ところで、警察に垂れ込んだのは小林君、あなたでしょう」

「垂れ込んだって、なにを」

「織田さん一家が殺された日、織田さんの家の近くで恵哉の姿を見たと、警察に匿名電話をかけたでしょう」

「ああ、あれ」

陽輔の面を、わずかに後ろめたさがよぎった。

「だって、本当のことだから……」

「えー、信じられない」

仁美が素っ頓狂な声をあげた。

「なんでそんなことするんだよ、友達なのに」

仁美が陽輔を責めている。とすると、仁美はやはり事件の原因ではあっても、陽輔の仲間ではないのか。陽輔は悲しいような困ったような様子で、仁美から顔をそむけた。

「友達なもんですか」

理佐子が水をさす冷たい調子で割り込んだ。

「陽輔は恵哉君が嫌いだったんだよ。友達のふりをしていただけ、私とあなたのように」

仁美は光る瞳を理佐子にむけて、なにか言おうとした。木綿子はその内容を聞きたかったが、絹恵が横からさらった。

「小林君、あの日恵哉を見たというのは、本当のことなの」

仁美は口を閉じて陽輔を注視した。その視線をはね返すように、陽輔は答えた。

「嘘なんか言っていません」

すかさず、木綿子は聞いた。

「何時ごろだったの」

「夜中の十二時をまわったばかりだったと思うよ」

「そんな時間に、あの辺りであなたはなにをしていたの」

「そりゃ、家が近いからね。歩いていることもあるさ」

相手が絹恵と木綿子とで言葉遣いがちがう。それも、木綿子には陽輔の人間性を物語っているように思える。

「正確になにをしていたか話してもらいたいわね。それでなければ、あなたの発言に信憑性を感じられないわ」

「あんた、警察じゃないんだろ。なんの権利があって、そんなに威張っているのさ」

「人間が話題をそらそうとするのは、自分にとって不都合な質問をされた時だと思うけど、ちがう？」

「そらそうなんてしていないよ」

「じゃあ、話して。なにをしていたの」

「私とデート」

ぶっきらぼうに、理佐子が言った。陽輔の顔が赤くなったのが、木綿子には面白かった。陽輔が自分と理佐子とのデートを知られたくなかったであろう仁美は、べつだんどうってことない表情をしている。いや、しかし、となると、木綿子は気がついた。

「あなたも恵哉を目撃したって言うんじゃないでしょうね、中村さん」

理佐子は目を伏せかけ、気をとり直したように木綿子をまっすぐに見た。

「見ました」

短く明瞭に言った。その短く明瞭な言葉は、木綿子の頭で谺《こだま》する。見ました、見ました。脳のどこかに穴があいたようになりながらも、木綿子は素早く立ち直った。

理佐子も恵哉を見たという。だからどうしたというのだ？　たんに嘘つきが二人にふえたというだけではないか。

「恵哉はその時、帰るところだったのかしら、行くところだったのかしら……ううん、これは一人ずつ別室で聞いたほうがよさそうね」

そうだ、容疑者が複数いた場合には別個に話を聞くのが捜査の鉄則だろう。口裏を合わせているにしても、どこかで嘘がほころびを見せるにちがいない。

「絹恵さん」

茫然自失の表情をしている絹恵に声をかけた。

「私と中村さんが別室にいる間、仁美さんと小林君をおもてなししていてください。お願いしますよ」

「え、はい」

絹恵は夢から覚めたようにうなずくが、なんともたよりない。しかし、人手がないのだから、彼女をアテにするしかない。

「行きましょう」

木綿子は、理佐子の腕をとった。理佐子は抵抗せず素直に立ち上がった。陽輔も仁美も身じろいだが、理佐子をかばおうとする動きではなかった。まったくけっこうな同級生同士だ。

二階北がわの洋間で、理佐子を尋問する。部屋には施錠した。内がわからも外がわからも鍵がなければあかないタイプの錠だ。昨日急いでとりつけた。

お客が宿泊することも考えて、ベッドも二台入れてある。隣の洋室には一台。つまり、こちらに女の子二人、隣に男の子一人を泊める予定。部屋にあった装飾品はすべてもち去って、カーテンも絨毯も灰色にとりかえた。くわえて、こちらには絹恵の家にあったテーブル・セットを置いた。殺風景なことこのうえないが、大切にもてなすつもりの客ではないのでこのほうがいいのである。

「正確にどこで恵哉を見たの」

テーブル・セットの椅子にむかい合って座り、木綿子は尋問を開始した。

「織田さんの家の前。門扉に手をかけていた」

「恵哉は家から出てくるところだったの、入るところだったの」

「多分、出てくるところ」

「人を殺したあとのように見えた？」

理佐子は小さく首をふった。

「どんな様子だったの」

「静かでした、とても」

「どんな服装だったかしら」

「え？　さあ、黒っぽい服装だったとしか覚えていません」

「織田さんの家の前でなにをしていると思った？」

「なんでこんなところにいるんだろうとは思ったけれど、まさか……」

理佐子は言葉を切って、首をふった。

「なにか言葉を交わしたの」

「いいえ」

「恵哉はあなたと小林君を認めたのかしら」

「ええ」

「どうしてそう分かるの」

「目が合いましたから」

「その後、恵哉はどうしたの」

「さあ。私達、すぐにその場を去ったから」

「なぜ」

「なぜって、私達別れ話をしていたし……」

「じゃああなた達、別れたんだ」

理佐子は、軽く肩をすくめた。

「小林君が恵哉のことを警察に通報したのは知っていた？」

「いいえ。もう別れているから。警察に通報があったなんてことも知らなかったし」

「織田事件についてあまり知らないの」

「興味ないから」

「あなた自身は、恵哉を告発する気はなかったの」

「興味ないって言ったでしょう」

理佐子は、打ちっぱなしのコンクリートのような表情で言った。

理佐子を居間に戻し、陽輔を洋間に連れてきた。

「恵哉を見た正確な場所を話して」

「ええと、織田さんの家の前」

「服装はどんなだった」

「Tシャツにジーパンじゃなかったかな。どっちも黒っぽかった」

「恵哉はなにをしていた」

「そうだな。門扉に手をかけていた、こんなふうに」

陽輔は、右手を後ろにまわして丸いものを握る手つきをした。

「恵哉は家から出てくるところだったの、入るところだったの」

「出てくるところだろ」

「人を殺したあとのように見えた？」

「興奮していたかって？　そういうふうには見えなかった。落ち着いていたよ、とても」

「なにか言葉を交わしたの」

「いや」

「恵哉はあなたと中村さんを認めたのかしら」

「多分」

「どうしてそう分かるの」

「佐伯が中村を見ていたから」

「その後、恵哉はどうしたか知っている」

「さあ。俺達、佐伯どころじゃなかったから」

「なぜ」

「うるさいおばさんだな。別れ話をしていたの、俺達」

陽輔と理佐子の話は、言い方のちがいはあっても一致している。事前に口裏を合わせていたのはまちがいない。悪いことをしているのでなければ、どうして前もって相談するはずがあるだろう、そう木綿子は思った。嘘のほころびを見つけることはできなかったが、それは事前の口裏合わせが入念だったからだろう。

聞きたいことはまだある。しかし、続きはみんなの前で聞いたほうがいいかもしれない。

木綿子は陽輔を連れて居間に戻った。

居間で、理佐子も絹恵もさっきと同じ位置にいた。仁美は絨毯の上のクッションに移動している。三人の視線はテレビにあった。テレビは野球が終わって、舞台中継に変わっている。つまらなそうな現代劇だ。三人とも見入っているのだろうか。絹恵はこの間、二人の女の子相手になにも問いただささなかったようだ。情けないことだ。

木綿子と陽輔が入っていくと、仁美が挑戦的な目をむけた。

「今度は私？」

「いいえ、まだ小林君に聞きたいことがあるの」

「なんだ、まだなにがあるって」

「座って」

命じられると、陽輔はさっきと同じ場所に腰をおろした。

木綿子は、ギャラリーを意識して質問する。

「さっき恵哉が人を殺した雰囲気ではなかったと言っていたわね。だったら、なぜ警察に届けたの」

「べつに佐伯が人を殺したなんて言っていないよ。ただ、佐伯を見たと言っただけ」

「でも、警察に通報したのは、恵哉が怪しいと思ったからでしょう」

「そりゃ、日時がちょうど合っていたからね」

「それだけ？　ほかにもっとなにかなかったの。同級生が殺人罪で逮捕されるかもしれないのよ」

「日時が合っていれば充分じゃん。それに、調べて事件となんの関係もなければ、警察だってつかまえたりはしないだろう」

「警察への信頼が厚いのね」

「いったいあんた、俺になにを言わせたいの」

「仁美をさらわれた復讐をしたかった、その本音が聞きたいんでしょう」

理佐子がテレビに目線をあずけたまま言った。陽輔の顔が赤くなる。これで二度目。絹恵は途方に暮れた様子で理佐子と陽輔を見比べ、仁美が髪の毛をかきあげながらつぶやく。

「バッカみたい」

本当にバッカみたいな話だ。十代の青くさい恋のさや当てで、殺人事件が発生するなんて。大事な息子を奪われるなんて。木綿子は、はらわたがひき千切れるような激しい怒りを覚えた。

「鈴木さんをさらわれた腹いせに、織田さんの事件を恵哉にかぶせたってわけね」

「かぶせたんじゃないってば。見たことをそのまま電話しただけで、そうしたらやっぱり佐伯だったということに」

陽輔の言い訳を最後まで聞きたくなかった。

「嘘言うんじゃない」

木綿子は怒鳴った。

「スーパーで包丁買ったのだって、わざわざ恵哉に似るような服装をしていったんでしょう。あなたははじめから恵哉を陥れようとしていたのよ」

陽輔は、ぽかんと口をあけて木綿子を眺めた。陽輔だけではない。仁美も理佐子も、弛緩《しかん》した表情で木綿子を見つめている。絹恵だけが両手で鼻から口を覆って、あらぬほうをむいていた。

「あなたがなぜ織田さん一家を殺したのかは分からないけれど、恵哉に犯行をなすりつけた理由はよおく分かったわ」

「俺が、織田さん一家を殺した？　マジで言ってんの」

陽輔は喘《あえ》ぐように言った。

「いまさらしらばっくれるんじゃない。全部分かっているんだから、あらいざらいしゃべるのよ」

木綿子は両の拳でテーブルを殴った。テーブルに載っていたウエッジウッドの茶器が揺れて音をたてた。

「ちょっと待って」

理佐子が顔を青くして割り込んだ。

「小林が織田さん一家を殺したなんてことありえないですよ。ずっと私が一緒だったんだから」

「別れた恋人をかばうの。それとも、あなたも同罪なの」

木綿子の剣幕に、理佐子は言葉を失った。木綿子にはそれが肯定と受けとれた。

「同罪なのね。どこまで加担しているの。織田さん一家の殺害まで。ううん。ちがうわね。恵哉の殺害にもくわわっているんでしょう。だからこそ、恵哉はあなたのお父さんの住む東町ホームタウンで殺されたのよね」

「殺してなんかいないよ」

「誤解です」

理佐子と陽輔が同時に叫んだ。

「誤解なもんですか。恵哉が人殺しのわけはないっ」

木綿子は腹の底から声を出した。絹恵が両手で耳をふさいだ。木綿子は絹恵を叱りとばした。

「あなたもなんとか言っておやりなさいよ。いくら血のつながらない息子でも、殺人犯として殺されたのよ。少しは怒っていいでしょう」

「血がつながらない？」

反応したのは絹恵よりも仁美が早かった。

「恵哉君、やっぱり養子だったの」

木綿子と絹恵の答えが重なった。

「それがどうかした」

「恵哉は養子じゃないわ。私の子よ」

仁美は木綿子と絹恵を交互に見た。

「どっちが本当なの」

絹恵が木綿子に視線を移した。はじめて両眼に力強さがこもっていた。

「あなたは誰なんです」

「いまはそういう話じゃないわ」

木綿子ははねつけた。

仁美はなにごとかを感じとったらしかった。その表情に変化が表われていた。硬い芯のようなものが抜けて、どこか幸せそうに見える。

「恵哉、嘘ついていたんじゃなかったんだ」

口の中でつぶやいたのを、木綿子は聞き逃さなかった。

「嘘ってなによ」

仁美は赤くなって、首をふった。

「あんたには関係ないことだよ」

「恵哉にかんすることなら、なんでも私の関心事だわ。言いなさい」

「うざい」

「なんですって」

「そんな大声出さないでよ。大声出せば思い通りになるなんて、相手が子供のうちだけだよ」

仁美は立ち上がった。歩き出す。

「どこへ行く気なの」

「帰る、もう用はないから」

木綿子は逆上した。用があるのは仁美ではなく、木綿子なのだ。仁美は事件とは直接的な関係をもっていないかもしれないが、好きにさせるつもりはない。

立っていって、仁美の腕をとらえた。

「待ちなさい。あなたの責任はまだ追及していないわ」

仁美はふりむいた。怒りに満ちた表情を木綿子にむける。

「責任てどういうことよ」

「尾形さんを殺したでしょう。あれはどういうことなの」

「誰を？」

「探偵の尾形さんよ」

「えー、なに、あの人殺されたの」

「とぼけるのがうまいのね。まだ高校生のくせに」

「とぼけてなんかいないよ。本当に初耳なんだから。ふーん。あの女子高生フェチのインポ野郎、殺されたの」

木綿子のほうが赤面したくなることを言う。木綿子だって、べつだんお上品な世界ばかり歩いてきたわけではないけれど。

「本当に知らないの」

「知らないわよ。そりゃ、ホテルまでは行ったけど、こんなことはいけないとかなんとか言いながら、逃げ出しちゃったんだから」

どうやら信じるしかなさそうだ。尾形が自殺だという説は真実だったらしい。まあ、推理を展開するうちに、恵哉の事件とはあまりかかわりなさそうではあったが。

「もういいよね」

仁美はドアノブに手をかけようとした。

「まだよ。小林君を凶行に走らせた原因にあなたの態度がかかわっていなかったかどうか、それをまだ確認していないわ」

仁美は笑った。笑おうと決意して喉からしぼりだした笑いだった。

「さっきからなに勘違いしてんの。織田さんを殺したのは小林じゃないよ。恵哉よ。それははっきりしているじゃない」

木綿子は、食い入るように仁美の口もとを見つめた。紅をうっすらとさした、ふっくらと愛らしい唇。言葉を吐き出すと、くるりと背中をむけて、もうふりかえらない。

木綿子は、まず部屋の隅のキャビネットに駆け寄った。部屋に合わせて瀟洒な見かけになっているが、鋼鉄製のしっかりしたキャビネットだ。今日は片時も肌身から離さなかった鍵束を出して、その中の一本で解錠した。中から散弾銃を出し、玄関に走った。

仁美は、ちょうど玄関のドアをあけていた。

「戻りなさい。さもなければ撃つわよ」

仁美はうんざりした様子でふりむき、そして目を点にした。

「なに、それ」

あいたままのドアから、根岸が顔を覗かせた。散弾銃を見て、仁美と同じ表情になった。

木綿子は根岸を睨みつけた。

「帰ったんじゃなかったの」

「いや、なに」

根岸は照れ笑いを浮かべた。それで誤魔化せるとでも思っているのだろうか。

「まさか本物の銃じゃないですよね」

「その体で本物かどうか試してみたい？」

木綿子は平素ユーモアのある人間だが、いま現在はこれっぽっちのジョークを言う気もなかった。

「二人とも入りなさい」

木綿子の表情にも声にも笑みを見いだせなかったらしい、仁美と根岸は両手を挙げて木綿子のもとへ来た。

29

木綿子がキャビネットから出したものがなにか、絹恵はしかと確認できなかった。実のところ、絹恵はそれどころではなかった。織田さんを殺したのは小林じゃないよ。恵哉よ。そう言った仁美の声が頭の中を駆けめぐっていた。ああ、やっぱり、という思いと、口から出まかせを言っているのだという思いが、せめぎあっていた。

　仁美が居間に戻ってきた。両手を挙げ、蒼白になっていた。ついで見知らぬ体格のいい男が、やはり手を挙げて現れた。見知らぬ？　いや、どこかで見たことがあるようだ。二人の後ろから木綿子が来た。

　仁美は、陽輔と理佐子の間にぺたりと腰が抜けたように座った。陽輔と理佐子の顔色も白くなっている。見知らぬ男は、借りてきた猫のようにおとなしくソファの隣のスツールに腰をおろした。

　そこでようやく、絹恵は木綿子の手の中にあるものがなにか、気がついた。いったいどうしてそんな物を……叫ぼうとしたが声が出ず、唇がぱくぱくと動いただけだった。木綿子の顔を見ると、表情が完全にどこかに飛んでいた。どこか、多分絹恵が行きたくても絶対に行けない世界。

「さあ、さっさと白状しなさい。あんた達がやったこと、全部」

　木綿子は静かに言った。静かすぎて、絹恵は背筋に鳥肌が立った。

　陽輔は、さっきまで残っていた余裕が完全に消えていた。ほとんど聞きとれないような声で答えた。

「なにもやっていないよ、俺は」

仁美が陽輔のわきを肘でこづいてささやいた。

「警察に告げ口したでしょ」

「ああ、そうだ。それは、やりました。ごめんなさい」

「それだけじゃないでしょう。織田さん一家を殺した、恵哉を殺した」

「それはやっていません」

木綿子の両目が細くなった。ひきしぼった弓のように剣呑《けんのん》だ。

理佐子が口を出した。

「信じてください。私達、織田さんの事件とは関係ないです。恵哉君を見たことを黙っていなかったのは、陽輔が馬鹿だから」

「理佐子も馬鹿だし」

仁美がつぶやき、理佐子が勢いよく仁美をふりむいた。今日はじめて二人は目と目を合わせた。

「恵哉にマンションの鍵のコピーをわたしたのは、あんたでしょう」

睨み合いは瞬時に終わり、理佐子が仁美から顔をそむけた。

「だって、恵哉が高いところが好きだったから。好きな時に屋上にのぼりたいと言ったから。

飛び降りるとは思わなかったから」

「そんなことで恵哉の歓心を買えると思ったんだ」

「あんたなんかに私の気持ち分からないよ」

理佐子は両手で顔を覆った。

「勝手に話すんじゃない」

木綿子の怒声が飛んだ。絹恵なら恐れをなして口をつぐむところだが、仁美は果敢に木綿子に話しかけた。

「分かったでしょう、おばさん。恵哉君は織田さん一家を殺して、理佐子から借りた鍵で東町ホームタウンの屋上へ上がって、そこから自分で飛び降りたの。事件はテレビが伝えている通りの形だったんだよ」

「なにが分かったでしょう、よ。なにも分からないわよ。どうして恵哉が人殺しをするわけがあるの。誰も理由を説明できないじゃない」

「説明できるよ、私」

「なんだって」

「猫なんだ」

猫？　絹恵は、はっとして仁美を見た。仁美の目は木綿子を見つめていて、絹恵のことなど眼中にない。

「中学二年の時、恵哉は公園で三匹の捨て猫を見つけて、必死で飼ってくれる人を探したの。最後に残った一匹をもらってくれたのが織田さんだった」

「恵哉がそんなやさしい人を殺す人間だというの」

「もちろん、織田さんがそのまま猫をかわいがっていれば、恵哉も殺そうとはしなかったよ。でも、織田さんのところに新しく子供が生まれて、それから数カ月して織田さんは猫を殺してしまったんだよ。恵哉は偶然、織田さんがまだ生きている猫を庭に埋める現場を目撃しちゃったの」

「ひどいよね」

理佐子が手の中から顔をあげて言う。目が合ったので、絹恵は思わずうなずいた。しかし、だからといって、人を四人も殺す理由になるとは思えない。理由になったのだとしたら、恵哉は頭がどうかしている。木綿子がどう思っているかと木綿子の顔を覗き見たが、そこからは感情が剝げ落ちていた。木綿子は三人の子供達を視野におさめて、沈黙していた。銃を握りしめる指先が白い。

「仕方がないよ。猫アレルギーだったんだろ、赤ん坊が」

陽輔がのろのろと言った。

「おふくろが、織田さんところのおばあちゃんがそう言っていたって、しゃべってたぜ」

「あんたはきっとそれを恵哉に教えたんだね」

仁美が鋭くつっ込んだ。陽輔は黙っていたが、苦い薬でも舐めたような顔をした。

「だから恵哉は気になって、織田さんの家へ行って、猫殺しの現場を目撃しちゃったんだ」

すると、恵哉が猫を殺されてキレることまで計算して、陽輔は恵哉にそのことを伝えたわけだろうか。ふっと絹恵はそんな疑いを抱いた。それから、慌てて打ち消した。陽輔がそこまで邪悪だとは思えない。思いたくない。

「証拠は」

氷の塊のような声が響いた。木綿子が感情の剝げ落ちた顔のまま、そう言った。

「証拠？」

仁美が唾を飲む音が、絹恵のところにまで聞こえた。

「恵哉が自分でやったとでも言ったの」

「それは、聞いていないけど。でも、理佐子と小林が織田さんの家から恵哉が出てくるのを目撃しただけで充分だよ」

「私はそうは思わない。たとえ恵哉がその口で、僕が織田さんを殺したと言っても、素直に信じたりはしない。誰かをかばっているのではないかと疑う。それが愛ってもんでしょう。

仁美も理佐子も恵哉に恋していたようだけど、愛していたわけじゃないわね。よく分かった」

絹恵は面食らった。木綿子の口から愛という単語が出てくるとは思ってもみなかった。それも、恵哉との文脈の中で。いったいこの人は恵哉のなんなのだ、あらためて絹恵は疑問を抱いた。

仁美が一瞬の沈黙のあと、顔を真っ赤にして吹き出した。これもまた、絹恵には解せない反応だ。

「なにがおかしいの」

木綿子の一喝で、さすがに仁美も笑いをひっ込めた。

「証拠ならあります、あの紙」

理佐子が恐る恐る口をはさんだ。木綿子の刃先のような視線が理佐子にむく。

「織田さんの遺体に載っていたという紙。そこに書かれてあったVS。あれがあったから、私はすぐに恵哉君とあの夜のことが結びついたんです」

「VSって、どういう意味なの」

「分からないけれど」

「分からなきゃ、どうして恵哉と結びつけられるの」

「陸奥君と恵哉君がアルファベットを使って手紙のやりとりをしていたのを知っていたから」

「陸奥君？　仙台かどこかに引っ越したという子？」

「そうです」

絹恵は、恵哉と同い年なのに二つも三つも下に見える生徒を思い出した。恵哉が何回か家に連れてきて、その母親とも顔見知りになった。母親は、小学生の子をもっているにしては年がいっていた。あのころすでに五十歳を越していたように思える。それで絹恵は、俊一には出生の秘密があるだろうと想像していた。俊一が養子で、それをネタにいじめられているという噂を耳にしたのは、いつのことだったか。ひどい世の中だ、そう思う一方、赤ん坊ではなく海外で卵子をもらったのは正解だったと、喜んだものだ。

俊一と恵哉は、よく達哉のパソコンを使って遊んでいた。そういう時、ほかの友達は来なかった。二人だけの世界をつくっていたのかもしれない。しかし、俊一が仙台に転居してしまってからは、友情も途切れたものと思っていた。

そういえば、アパートに越してからは何回か手紙が来ていた。もしかしたら二人は、ずっとEメールをやりとりしていたのかもしれない。去年の秋我が家のパソコンが壊れて、買い替える余裕もなかったので、通信手段を手紙に変えたのだろう。

「彼に聞けば、多分VSの意味が分かると思います」

木綿子は、頭の中で検討しているようだった。散弾銃の筒先が下をむいた。

いまのいままでまるで存在を消したようだった根岸が、目の玉をわずかに動かした。

絹恵は、木綿子の横顔を見るともなく見るうちに、不意に胸を衝かれた。木綿子は恵哉に似ているのではないか。あの尖った鼻先、きゅっと目尻の上がった二重まぶたの目。

「あなた、まさか」

思わず声をあげた。木綿子は、絹恵をふりかえった。ひるみたくなるような鋭利な目つきだったが、絹恵は最後まで口にした。

「卵子提供者……なのね」

なのね、とつけくわえたのは、木綿子が否定しそうもない表情をしていたからだ。烈火のごとく怒るのではないかと思われた木綿子は、誇らしげに頭をかかげて宣言した。

「私は恵哉の本当の母親だわ」

三人の子供達が了解不能の顔をした。

絹恵は、体から力が抜けていくのを感じた。恵哉の遺伝子上の母親だったのか。道理で恵哉にこだわったわけだ。

とはいえ、いまさらなぜ恵哉の母親を名乗るのか不思議だった。代理母が赤ん坊の親権を主張するという例は聞いたことがあるけれど、卵子提供者が親として名乗りをあげたことがあっただろうか。この人は、恵哉が生きていたら私から恵哉をとりあげようとしたかもしれない。でも、なぜ。そんなに子供がほしければ、自分で産めばよかったではないか。

木綿子は息がかかるほど絹恵のそばに来て、言った。

「私は、あなたのような偽物の母親とはちがうの。だから、息子が殺人犯だなどと言われても、はいそうですか、と、おとなしく警察に息子をつきだしたりはしない。必ず無実の罪を晴らしてみせる」

いきなり、木綿子はソファをふりかえった。

「動くんじゃない」

爆竹がはぜる音とともに硝煙がたちのぼった。木綿子が散弾銃を撃ったのだと分かるのに、絹恵にはまばたきを二、三回するだけの時間が必要だった。恐怖で心臓が口から飛び出しそうだった。

木綿子が叫んだ相手は根岸だった。根岸は、スツールから転がり落ちて、だらしなく顎を伸ばしている。

木綿子が撃ったのは根岸ではなかった。筒先は下をむいていた。ペルシャ製の段通《だんつう》カーペットにいくつもの穴があいて、ぷすぷす煙っている。

三人の子供達は、彫像のように固まっていた。いつの間にか、仁美と理佐子は肩を寄せ、手を握り合っている。

「動かないでね、みんな」

木綿子は、室内の全員をぐるりと見渡して言った。わざわざそんなことを言わなくとも、誰も動くとは思われない。木綿子の様子は完全に常軌を逸している。なにをしてもおかしくないように見えた。

「ずっとこうやって銃をもっているのもくたびれるわね。絹恵さん」

「あ、はい」

「台所の物入れに荷造り用のロープがあるわ。それをもってきて、四人の腕を縛って」

「縛るんですか」

「言われたことは一回で実行するっ」

「はい」

跳ね飛ぶようにして絹恵は立ち上がり、台所へ行った。ロープはすぐに見つかった。

誰かを縛るなんてことはしたくなかったが、言う通りにしなければ木綿子がなにをするか分からなかった。四人の腕を後ろ手に縛りあげた。四人ともおとなしくされるがままになっていた。

木綿子は、ようやく銃をおろした。といっても、すぐにとりあげられるように、手もとに置いてある。絹恵だけ自由でいられるかと思ったが、ちがった。銃から解放された木綿子が、絹恵の両腕を縛りあげた。いったいこれからどうなるのか、見当もつかない。

「VSと書かれた紙が織田さんの遺体に残されていた。それは私も週刊誌で知っているわ。それが本当に恵哉が犯人だという証拠になるかどうか、陸奥君に聞いてみればいいんだ。そうでしょう」

言って、木綿子は部屋を出ていった。素早く根岸が立ち上がった。縛られたままの手で、二重のカーテンをあけ、フランス窓のクレセント錠をはずそうとする。絹恵が手首のところに幾重にもロープをまわしたので、やりにくそうだ。

「あんた、もっとゆるく縛ってくれればいいのに」

「すみません」

根岸が錠をはずす前に、木綿子が戻ってきた。窓際に立つ根岸を冷たい目で眺めた。

「座っていなさい」

根岸はふぐのように頰をふくらませて、ぺたりと絨毯に尻を落とした。

木綿子が部屋を出ていったのは、アドレス帳をもってくるためだったらしい。手帳を見ながら電話の子機のボタンを押した。

「もしもし、佐伯と申しますが、俊一さんはいらっしゃいますでしょうか……俊一さんの千歳が丘小学校の友人の母親です」

言葉だけ聞いていると、落ち着いて感じのいい中年女性だ。まさか銃をわきに置いてしゃべっているとは、電話線のむこうの人間は想像もつかないだろう。

「え、いらっしゃらない？　何時ごろお帰りですか。お帰りになったら、すぐにお電話をいただけますでしょうか。恵哉のことで話があると、そう伝えてくだされぱいいです。よろしくお願いします」

木綿子は苛立たしげに子機を置いた。

「電話、来ないと思う」

仁美が小声で言った。理佐子が肘で仁美を突いたが、木綿子は仁美の言葉を聞き逃さなかった。

「どうして」

「陸奥って、きっとひきこもりの友達だから。恵哉、陸奥への手紙を投函する時、俺も最近ちょっとこいつみたいだ、なんて言っていたもの」

「でも、恵哉という名前を出したから、電話よこすかもしれないよ。ひきこもっている間も連絡をとりあっている友達なわけだから」

根岸が、ビロードのように心地よい声で言った。そうかな、という気にさせる声だった。

「待ってみるわ」

木綿子は、掛け時計を見上げながら椅子に座った。

時計の針はすでに午後七時をさそうとしている。子供達の家族が心配しだすのではないだろうか。理佐子や仁美の家族はともかく、陽輔の母親は息子の行方不明を放置しておかないはずだ。だが、だからといって、この事態を打開できるだろうか。

少し考えて、絹恵は首をふった。駄目だ。陽輔が道々パン屑でも落としているのでなければ、誰もここまで容易にたどりつけないだろう。

いつの間にか木綿子の目が、絹恵に注がれていた。心中を見抜かれたかと、絹恵は背筋が寒くなった。しかし、木綿子はちがうことを考えていたらしい。

「絹恵さんて、恵哉のことをまったく把握していなかったのね」

なにが言いたいのだろう。

「友達のリストをわたされた時、陽輔のところには親しい友人だと記されていたけれど、俊一と文通していたことは全然書いてなかったし、仁美にいたっては小学校の同級生になっていたわね。いまでも付き合いが続いていたみたいなのに」

責めているのか。恵哉とうまくコミュニケーションがとれていなかったことを。恵哉をまっとうに育てられなかったことを。遺伝子を半分提供した権利でもって、責めているのか。

「ごめんなさい」

絹恵は思わずつぶやき、つぶやいてから、心の底にひっかき傷ができた。

「あなたに謝ってもらっても、恵哉は帰ってこないわ」

木綿子は猛々しく突き放した。絹恵の心の底にできたひっかき傷から血がにじんでくる。

なぜこんなふうに傷つくのか。

「親が全部、友人関係をつかんでいるわけないじゃん」

仁美が木綿子を真正面から見て言う。なんてことを言うんだろう、と絹恵は心臓に汗をかいた。

木綿子は、仁美を見返した。

「おばさんだって、若いころは親に友達関係を知られていなかったでしょ」

木綿子は憮然と黙っている。

「親と子なんてそんなもんだよ。そうじゃなきゃ、こっちが困る」

絹恵をかばった発言のようだった。絹恵は嬉しかったが、木綿子を怒らせるのではないかと不安が募った。

木綿子の沈黙は続いている。それに乗じて、仁美はしゃべりつづける。まるで木綿子の気持ちをどこからかそらそうとしているかのようだ。絹恵の視野の隅には、根岸が両腕をそろそろと動かしているのが映っている。木綿子の目はとらえているだろうか。

「おばさん、どうして恵哉が殺人犯じゃ駄目なの」

木綿子の肩が小さく揺れた。

「自分の遺伝子に、殺人犯の文字が書かれているかもしれないことが怖いの」

木綿子の目が大きく見開かれた。ヒステリーを起こす。絹恵は身を縮めた。しかし、木綿子は唇を閉ざしたままだった。

「恵哉はね、自分と捨て猫を重ね合わせていたんだよ。その猫を最後に殺してしまった織田さんを許せなかったのは当然じゃない。そりゃ、子供達まで殺しちゃって、行きすぎはあったけど。子供を捨てた親として、恵哉のしたことをまるごと受けとめてあげたっていいじゃない」

きらきらきらきら、仁美の目から美しく光るものがこぼれ落ちた。

仁美の涙に呼応するように、絹恵の心の傷から激しく血がふきだした。

「木綿子さんが捨てたんじゃない。私が産んだ子なのよ、恵哉は」

考えるより先に言葉が口をついて出た。

「望んで望んで、そして生まれた子なのよ。だから、遺伝子なんか関係ない。恵哉は、私の子。殺人を犯したとしたら、遺伝子のせいではなく、私の育て方が悪かったから」

「黙りなさい」

木綿子がとうとう叫んだ。

「育てたからって、えらそうなことを言わないで。私だって、もう少し早く恵哉にめぐりあっていたら、恵哉に遺伝子だけでなくいろんなものを与えることができたのよ。私なら、恵哉をもっと幸せにできた。あんなぼろアパートに住んで、不自由な思いをさせることはなかった。恵哉が人を殺すこともなかったはずよ」

「恵哉が人を殺したって、認めるんだね」

仁美が静かに割り込んだ。

木綿子は唇を噛んで、仁美をふりかえった。

「私、佐伯さんはえらいと思う。恵哉が殺人を犯したと知っても、自分の子だと言いつづけている。あれは自分の子じゃないって言える立場なのに。逃げないのって、すごい」

こんな緊迫した場面なのに、絹恵は胸がほかりと温かくなった。血をふきだしていた心の傷がふさがっていく。しかし、木綿子がこの言葉を容認するわけはなかった。

「えらい？　この女がえらくてすごいですって。ちがう。この女が恵哉を自分の子供だと言いつづけているのは、えらいからでもすごいからでもないわ。女としての見栄が捨てられないからよ。子供を産めないと告白することが女の価値を下げると思っているのよ。子供がほしいだけなら、養子でも里子でもなんでもよかったはずなんだから」

木綿子は、すさまじい剣幕でまくしたてた。それは鞭のように絹恵に襲いかかる。絹恵は青ざめて、返す言葉が見つからない。一方、木綿子の意識は完全に銃からそれていた。

突然、根岸が飛び上がった。図体は熊のようだったが、身のこなしは豹だった。木綿子のわきにあった銃に突進した。木綿子は気づいて銃を手にしようとしたが、一瞬遅かった。根岸が銃を鷲掴みにした。根岸は木綿子の目を盗んで、両手のロープをほどいていたのだ。

「そこまで」

散弾銃の筒先は、ぴたりと木綿子にむけられていた。木綿子は両手を挙げた。

30

子供達が帰っていく。ひっそり静かに、交わす言葉もない。しかし、仲のいい友達同士のように肩を寄せ合っている。

誰か警察に告げ口するだろうか。しないような気がするが、したとしても、彼らは脅威ではない。問題なのは、根岸だ。

子供達が帰ったあとも、根岸は木綿子の家に居座った。居間のソファにふんぞりかえって、散弾銃をいじりまわす。

「これはいい銃だなー。所持許可証はもっているの」

言葉遣いもすっかりぞんざいになっている。

「もっているに決まっているじゃないの。アメリカに住んでいたころからずっと鴨撃ちが趣味だったと、調べがついていないの」

「そうか」

根岸はいかにも残念そうな顔をした。木綿子は苛立った。

「さっさと帰ったら。もう用はないわ」

「用はないと言われてもねー。監禁罪とか、いろいろあるんだよ。あの仁美って子の親にちょっと垂れ込めば、あそこの親だって、告訴に乗るだろうな。家を建て直したばかりなのにリストラされちまって、娘の授業料も払えないほどの生活苦だからね」

「告訴しようとしても、仁美は否定するわよ」

「そこまであんたをかばうかな。あんたが恵哉の親じゃなきゃ、またべつかもしれないがね。あの娘は親ってものを憎んでいる。どうしてか知っているかい」

「知るわけないでしょう」

「近親相姦。親父にずっとやられていたの。親といったって、いろいろあるんだよな」

木綿子は睨みつけた。そんな話は聞きたくない。とくにこんなスケべ面の男からは。

木綿子の隣で絹恵が青くなっている。かわいそうに、なんてつぶやいたら、ひっぱたいてやる。しかし、絹恵はべつのことを言った。

「思い出したわ」

そう言ったのだ。

「なにを」

「私につきまとっていた時期があったでしょう、あなた。五月かそこらだったわ」

根岸をまっすぐに見つめて言った。

「ああ。そりゃ、この人から調べるようにたのまれたからね」

根岸は木綿子を顎でしゃくった。

「恵哉を探していたのよ」

木綿子はそっけなく説明した。絹恵はまだなにか言いたそうだった。その時、電話が鳴り出した。

「出なよ」

根岸に命令されるまでもなかった。木綿子は受話器をとりあげた。

「おっと。スピーカーをオンにしてくれ」

癪にさわったが、木綿子は言う通りにした。

『もしもし』

スピーカーから、思いがけず、おどおどした少年の声が流れてきた。はじめて聞く声だが、木綿子は直感した。

「陸奥俊一さん？」

『そう、です』

恵哉が殺人を犯した、と思わず認めてしまったが、百パーセント冤罪説を捨てたわけではなかった。木綿子は期待をこめて聞いた。

「恵哉がいま、どういうことになっているか知っているかしら」

『いいえ。このごろ手紙が来ないんで、心配で』

本当に心配そうな口調だった。一から十まで真実を告げてしまったら、言葉を失うのではないかと思えた。

「実は恵哉はいま、ある犯罪の容疑で警察につかまっているの」

俊一が息を飲む音が聞こえた。木綿子は急いで言った。

「それで、無実を晴らすためにあなたの力が必要なの」

「暗号を使って恵哉と手紙のやりとりをしているわね。その暗号の読み方を教えてほしいの」

『僕の、ですか』

『それは、でも、恵哉君との秘密だから』

「お願い。ぜひ必要なのよ」

電話線のむこうに沈黙がおりた。

「恵哉は怒らないと思うわ。だって、自分の運命がかかっているんですもの」

木綿子が必死で言うと、『じゃあ』と、俊一は小声で話しはじめた。

『たいした暗号じゃないんです。パソコンのキーボードを応用しただけ』

「というと？」

『キーボードをアルファベット入力にしておいて、キーの上では仮名を使う、そうやって発明したんです。濁音とか半濁音はなし』

よく分からない。パソコンが苦手なせいかもしれない。

「具体的に聞くわ。それだとＶＳはなにになるの」

『ＶＳ？　僕達の一番嫌いなものですね』

「なんなの」

『ひと』

「ひと？　人間のひとのこと？　あなた達はそれが一番嫌いなの」

『そう。恵哉君は昔はそんなこともなかったみたいだけど……この世界で人ほど愚かで恐ろしい生き物はないと、僕達意見が一致しているんです』

　この世界で人ほど愚かで恐ろしい生き物はない。

『人はまるでガラスの鋭い破片でできていて、そのガラスをふりまきながら生きているみたい。どんなに危険か知れやしないのに、気づいてもいないんだ。この世界を自分のものだと思って、好き勝手やっているでしょう。ほかの生き物はもちろん、人自身をも平気で壊していく、神にでもなったみたいに。ああ、神って、僕達が二番目に嫌いなものなんです。人を創ったのなら一番目だけど、そうじゃなくて、人が創り出したものだから、二番目なんです』

「あなた達は、暗号を使っていろんなことをしゃべりあっていたのね」

『ええ。恵哉君は僕になんでも話してくれました。恵哉君、自分が試験管の中で創られたから人じゃないとも言っていました。すごく羨ましかった』

　恵哉は体外受精の事実を知っていたのか。

「それはいつのこと」

『この夏はじめて打ち明けてくれました』

唐突に、俊一は声をひそめた。

『僕、しゃべりすぎちゃったみたいです。敵が傍受を始めました。もういいですか』

「え、ええ。いいわ。どうもありがとう」

『恵哉君をきっと救ってあげてください』

「ええ、もちろん」

電話が切れた。

茫然とふりかえると、絹恵と根岸が睨み合っていた。

「あなたが、恵哉にいらないことを吹き込んだのね」

絹恵は、彼女のものとも思われない鋼のように強い声を出した。

「インタビューしただけだよ」

「インタビューだけで、恵哉が人を嫌いになるほど、殺人を犯すほど、心がすさむわけはないわ。あなたが現れたころからなのよ、恵哉が学校にも行かず家にこもるようになったのは」

「そうだとして、俺が責められることかい。実行したのはあんた達二人だ。まるで品物のように子供のもとを売って、子供のもとを買った。それはあんた達だ。俺じゃない」

木綿子も根岸の役割に気づいた。

「お金のやりとりで生まれた子だと、恵哉を嘲ったのね」

「嘲るものか。慰めたんだよ。いまに人間は遺伝子を好きなように入れ替えたデザイナーズ・チャイルドを作るようになる。それにくらべたら、きみはまだ立派に人間だって」

根岸は鼻毛を抜いて、ふっと吹き飛ばした。

「そうそう、こうも言ってやったよ。人身売買同然のことをやって子供を得た男と食いつないだ女、その二人の遺伝子を受け継いでいるからってしょげることはない。人間を決定するのは遺伝子じゃなくて環境だ。親を否定したかったら、親とちがう人間になれって。まさか人殺しになるとはね」

根岸は呵々《かか》と笑った。

目のくらむような憤怒が、木綿子を襲った。

「許さない」

木綿子は台所へ飛んでいった。

「待て。逃げるな」

散弾銃を手に、根岸が追いかけてきた。

木綿子は流しの下から肉切り包丁を出した。根岸は目を剝いた。

「カモネギが逆らうか」

絹恵は、根岸のあとから台所に飛び込んだ。爆竹のはぜる音がした。今日二度目。しかし、それは床に焼け焦げを作ったわけではなかった。散弾銃は根岸の手から離れ、テーブルの下に転がっていた。

木綿子が根岸に抱きついていた。根岸の体があおむけに絹恵の足もとへ倒れてきた。木綿子も一緒だった。

絹恵は悲鳴を上げながら、木綿子を抱き起こした。木綿子の胸にはいくつも穴があいていた。その穴のひとつから、血が泉のように湧き出ている。

根岸のほうは包丁を胸に突き立てて呻いていた。「アメリカン・ドリーム」「親父とはちがう」切れ切れの言葉が呻き声にまじる。しかし、絹恵は根岸どころではなかった。

「しっかりして、木綿子さん」

木綿子は絹恵の顔を見て、口のはしをひきのばした。それが笑いだと気づいたのは、あとになってからのことだった。

「ほらね。私は恵哉の母親よ」木綿子は苦しい息の下から言った。「恵哉の人を殺す遺伝子は私譲り……」

救急車とパトカーを呼んだ。

木綿子の体内には無数の散弾が入っていた。手術で重大な何個かをどうやらとりのぞいた。しかし、容態は予断を許さなかった。警察の対応を終えて病院に駆けつけた絹恵に、医者は「今日明日が山でしょう。親族がいらしたら、連絡してあげてください」と告げた。

集中治療室に横たわる木綿子の顔はほとんど死者の色をしていて、絹恵は恐ろしかった。ふと木綿子の唇が動いたようなので、絹恵は耳を近づけた。「愛して」そう言ったようだった。「愛している」なのか、「愛してほしい」なのか、そしてその言葉が誰にむけられたものなのか、絹恵には知りようもなかった。

ところで、根岸のほうは手術をするまでもなかったという。病院に到着した時点で心停止の状態だった。肉切り包丁は心臓を刺し貫いていたということだった。

木綿子の命は細々と続いている。

病院にいても、することがなかった。明け方、絹恵は木綿子の家へ帰った。木綿子の親戚などの情報は、家政婦の夏子に聞くしかない。夏子が来るまでなにもできなかった。

夢遊病者のように、絹恵は二階に上がった。木綿子の隣の客室に入った。カーテンを通してさしこむ朝の淡い光が、部屋を海の底か宇宙のように染めあげていた。その中で漂流物のようにたたずむ恵哉の机。

ひざまずいて、机の脚に触れた。そこに刻まれたアルファベット。

VS EKA±2NID. MK
VS IHHES6DEMK
—HMVSIULQE
人 命を踏みにじるもの
人 憎く愛しいもの
僕も人になりたい

絹恵は、アルファベットを指先で撫でさすりながら、涙を落とした。

涙は、足もとのカーペットでひとしずくの海となり、やがて消えた。

参考文献

「ヒューマンボディショップ」(A・キンブレル著、福岡伸一訳、化学同人)
「生殖革命」(M・A・ダドレール/M・トゥラード著、林瑞枝/磯本輝子訳、中央公論社)
「犯罪捜査大百科」(長谷川公之著、映人社)

解説

佐々木克雄

不妊症に悩む日本のカップルは十組に一組はいるそうです。

みなさんのまわりにも「子供は望んでいるけれど……」という方はいるでしょう。そのくらい妊娠・出産は身近で、切実な問題なのです。

本作『証し』に登場する佐伯絹恵さんは歯科医師と結婚（まあ安泰の人生コースのハズ）しましたが、子宝に恵まれず、それどころか排卵誘発剤の使いすぎで卵巣嚢腫となり、両方の卵巣を切除することに……。もし自分が彼女だったらと想像してみてください。もう自分の子供が抱けない——死ぬほど辛いはずです。藁にもすがりたいはずです。

現代医学には、すがるべきものがありました。

卵子提供――本書を読まれた方は、どのようなものか理解されたと思いますが、念のため説明しておきますと――ダンナさんの精子と他の女性の卵子を体外受精させ、それを絹恵さんの子宮に移植させるという生殖医療です。ただお分かりのとおり、その子のDNAの半分は絹恵さんのものではありません。

ちなみに、とあるエージェンシーのホームページを見たところ、卵子提供にかかる総費用は四百万円以上（！）。絹恵さんのように、それなりの経済力がないとムリのようです。

かくして絹恵さんは卵子提供によって、待望の赤ちゃんを産むことができました。

それは、十六年後に一家四人を惨殺したとされる我が子、佐伯恵哉の誕生でした。


話はすこし横にそれますが、本作を書いた矢口さんには『償い』（初版二〇〇〇年、現在は幻冬舎文庫）という作品があります。

この作品の主人公はホームレスの男です。以前は優秀な脳外科医だったのですが、自らの過失で我が子を死なせ、妻を自殺に追いやってしまった過去を背負っています。ストーリーは、男が流れ着いた町で連続殺人事件が起こり、探偵となって事件の真相を追うというものですが、命の重さを問いかける感動の人間ドラマです。未読の方は是非。

矢口さんの作品には『償い』をはじめ、共通する人物像が多いようです。病気に苦しむ人、家族関係に傷を抱えた人――弱い人間が逆境に苦しみながら一筋の光を求めていく小説に、自分を重ねて深く読み込んだ読者もいることでしょう。

『証し』の絹恵さんも、矢口ワールドのカテゴリーに入る人です。自分の卵子で子供が産めない身体もしかりですが、本作では「残忍な殺人犯の母」になってしまうことから、彼女のストーリーが始まるのですから。

ところがです。矢口さんは本作で、とんでもないキャラクターの女性を、絹恵さんと共にダブル主演として用意してきました。絹恵さんに卵子を提供した、すなわち佐伯恵哉に自分のDNAを分け与えた人物、朝倉木綿子さんです。

彼女のセレブぶり、登場場面からインパクト大でした。

「東京ベイエリアのお洒落なホテルでフランス料理に舌鼓を打ち、それから最上階のラウンジに移動して、夜景を楽しみながらカクテル・グラスをかたむける。スイート・ルームには手際よく宿泊の予約が入っている」

おお、ゴージャス。ちなみに車はフェラーリ。その人物イメージに叶姉妹のお姉さんを当てはめてしまう自分の想像力の狭さが悲しいのですが……。まあそれはいいとして、木綿子さんはそのようなセレブです。しかし、最初からお金持ちではありません。お金が必要で、自分の卵子を売ったことがあるのですから、困窮の時代もあったワケです。

木綿子さんが絹恵さんに近づいたのは、自分の遺伝子を持つ「我が子」を取り戻したいと思ったからであり、それは木綿子さんが癌に冒され、子供が産めない身体になったことからでした（皮肉にも出会う直前に恵哉はマンションから身を投げるのですが……）。一見高飛車なセレブに見える木綿子さんも、やはり矢口ワールドの一人だったのです。

『証し』は十六歳の佐伯恵哉が「一家四人惨殺事件」の犯人として疑いをかけられたまま自殺、その真相を朝倉木綿子らが解明する——という筋です。恵哉の友人たちのインタビューを読んでいるうちに少年犯罪の複雑怪奇が滲み出てくるのですが、それは表層部分であると分かってきます。矢口さんが仕掛けたものは、佐伯絹恵と朝倉木綿子の心理戦——。「産みの母」と「育ての母」による確執や子供の葛藤は、ひと昔前なら珍しい話ではなかったはず。「愛してから異母兄妹と知った……」なら、大映ドラマの百恵ちゃん（たとえが古い？）、今どきなら韓流ドラマでこれでもかと見られるでしょう。ところが本作は「卵子提供」ですから、「ＤＮＡの母、朝倉木綿子」と「産みの母、佐伯絹恵」という構図です。

木綿子さんは「コラムニストの桜亜由子」として絹恵さんに接しており、卵子提供者としての素性を明かしていません。探偵役となって「やりすぎでしょ」とツッコみたくなるくらいに「我が子」の無実を晴らそうとします。それは「自分のＤＮＡが殺人を起こすなんて考えられない」というプライドにほかなりませんが、容疑者全員を邸宅に集めるなんて、なんとまあエキセントリック！（展開としてはドラマティック！）

　一方、絹恵さんは「我が子」の無実を信じることができず、失意の日々。

「自然の摂理に背いたから、あんな恐ろしい怪物みたいな子になったんだよ」

　実母の言葉は、卵子提供に対する世間のアンチテーゼの一例ですが、自分が産んだ子供なのに自分の子ではないという葛藤が起こり、絹恵さんは苦しみます。

　二人の母親は「我が子」をめぐって苦悩し、静かに感情をぶつけ合います。食事をしながら交わす以下の会話を覚えていますか？　ピリピリした空気が伝わってきます。


「絹恵さんは、子供はお好き？」

「さあ。どちらかといえば、嫌いなほうかもしれません」

　木綿子は軽く眉を吊り上げた。

「それなのに、子供をもったんですか」

「それとこれとはべつです。結婚して子供が生まれるのは当たり前ですから」

「結婚したから子供を産んだ、っていうんですか。それって無責任じゃないですか」

「無責任？」

二人を見て思います。

子供って何でしょう？

自分が生きている「証し」なのでしょうか。

——でもそれは、産み育てた母親だから言えるのでしょう？

——いえそれは、DNA上の母親だから言えるんじゃない？

そんな声が、二人の母親から聞こえてきそうです。

卵子提供や代理母出産については活発に議論が交わされているのですが、法規、医学など、さまざまな現場から提言はなされるも、現時点で答は出ていません（たぶんこれからも）。

本作は、二人の母親を登場させることで、生命の意味、母性とは何かといった重いテーマを投げかけてくれたのです。この小説にあるような出来事が起こるのも、そう遠くはないでしょう。いや、もう起こっているのかも知れません。

最後に、蛇足ですが。

犯行現場に書き残された「VS」の意味を知ったとき、思わずパソコンに向かって確認した方も多かったのでは？　かく言う私もこの解説を書くべく、パソコンのキーをたたきながら「おおお」と納得している次第です。本格ミステリーの技（謎解きが分かれば、もの凄い大技です）が楽しめるのもステキですよね、矢口作品。

——書評家

この作品は二〇〇二年六月小社より刊行された『ＶＳ』を改題したものです。

証《あか》し

矢《や》口《ぐち》敦《あつ》子《こ》

平成20年4月10日　初版発行
平成20年5月30日　6版発行

発行者——見城　徹
発行所——株式会社幻冬舎
〒151-0051東京都渋谷区千駄ヶ谷4-9-7
電話　03(5411)6222(営業)
　　　03(5411)6211(編集)
　　振替00120-8-767643
印刷・製本—株式会社　光邦
装丁者——高橋雅之

万一、落丁乱丁のある場合は送料小社負担で
お取替致します。小社宛にお送り下さい。
定価はカバーに表示してあります。

幻冬舎文庫

ISBN978-4-344-41120-3　C0193　や-10-2